LA BALLADE D'IZA

Le domaine hongrois, aux éditions Viviane Hamy

Traduit du hongrois

Du même auteur
La Porte
Prix Fémina étranger 2003

Róbert Hász
Le Jardin de Diogène
La Forteresse

Dezső Kosztolányi
Alouette
Anna la douce
Le Cerf-volant d'or
Le Traducteur cleptomane

Frigyes Karinthy
Voyage autour de mon crâne
Je dénonce l'humanité

Cécile de Tormay
Fille des pierres
La Vieille Maison

Kálmán Mikszáth
Le Parapluie de Saint-Pierre

Écrit directement en français

André Lorant
Le Perroquet de Budapest

MAGDA SZABÓ

LA BALLADE D'IZA

Traduit du hongrois par Tibor Tardös
Revue et corrigée par
Chantal Philippe et Suzanne Canard

VIVIANE HAMY

Conception graphique : Pierre Dusser

ISBN 2-87858-199-7

I

LA TERRE

1

La nouvelle était arrivée au matin. Elle faisait griller le pain au-dessus du feu de bois.

Iza leur avait envoyé, trois ans auparavant, un drôle de petit appareil ; entre les filaments portés au rouge, les tranches croustillaient en un clin d'œil. Elle l'avait tourné et retourné dans tous les sens avant de le remettre dans sa boîte et de le fourrer au fond du buffet de la cuisine pour ne plus jamais l'en ressortir. Elle se méfiait des mécaniques, des appareils et, au fond, même une chose aussi courante que l'électricité ne lui inspirait guère confiance. Si une panne ou un orage interrompaient le courant pour quelques heures, elle prenait sur le buffet son chandelier en cuivre à deux branches, toujours équipé de bougies par mesure de précaution, et le portait de la cuisine dans la chambre en traversant le couloir à petits pas, tenant au-dessus de sa tête ce rameau flamboyant comme un doux cerf vieilli porte ses bois.

Jamais elle ne se ferait au grille-pain électrique, car elle ne s'accroupirait plus devant le feu ; elle aimait écouter le halètement de la braise, mystérieux comme s'il venait d'un être vivant ; quand le feu était allumé, elle ne se sentait plus seule, même s'il n'y avait personne d'autre dans la maison.

Elle était penchée en avant sur son escabeau, devant la porte béante du poêle, quand Antal sonna ; elle alla lui ouvrir, la longue fourchette où grillait sa rôtie à la main.

Antal la regarda en silence, puis lui prit le bras, et la gaucherie de son geste trahit ce qu'il aurait voulu taire. Les yeux de la vieille femme se remplirent de larmes, mais qui ne coulèrent pas, comme si une puissance obscure les tenait suspendues au bord des paupières. Plus forte que tout autre réflexe, la politesse lui tira de la gorge un « Merci, mon fils ».

Ils gagnèrent la pièce du fond, celle où il y avait le feu ; elle se rassit sur l'escabeau, et Antal se réchauffa les mains contre le poêle. Ils ne disaient rien, mais ils se comprenaient parfaitement. Il faut que je tienne bon, se disait la vieille femme, je l'aime tant !

Remettez-vous, nous avons tout le temps, implorait intérieurement Antal. D'ailleurs, cela ne sert pas à grand-chose que vous y alliez. Depuis l'aube, celui qui repose là-bas n'est plus celui que vous connaissiez. Je vais pourtant vous conduire auprès de lui, vous avez droit à ce néant.

Au moment de partir, elle glissa à son bras son filet à provisions. Elle l'avait toujours pris pour aller à l'hôpital, c'est dans ce cabas qu'elle apportait à Vince ce qu'il réclamait, ou ce qu'elle jugeait bon de lui porter : des mouchoirs, des biscuits, des citrons surtout. Cette fois-ci encore, les boules jaunes luisaient entre les mailles du filet.

Pauvre bonne fée ! pensa le docteur. Avec ses trois citrons rabougris, elle croit pouvoir opérer un miracle. Elle s'imagine que la mort reculera si elle fait semblant de ne pas la craindre. Elle croit qu'il suffit d'apporter à Vince ses trois citrons pour le trouver encore en vie.

Il avait gelé dans la nuit ; l'escalier était glissant, elle n'y avait pas répandu de cendres depuis la veille au soir. Antal lui prit le bras pour l'aider à franchir les marches. La porte de la remise à bois était ouverte ; sur le seuil, un bourrelet de neige sale s'était formé et derrière, comme d'un parapet, Kapitany faisait le guet. On l'entendait s'ébrouer dans la paille : une fois de plus il avait éparpillé sa litière. La vieille femme ne jeta pas un coup d'œil vers le hangar, son bras se raidit et sa respiration s'accéléra.

Elle a sûrement vu Kapitany, se dit le docteur, mais elle fait comme si de rien n'était. Il a le poil noir, et le noir, aujourd'hui, c'est à éviter. Kolman, le gérant du Közért, le magasin d'alimentation d'État, les observait derrière son carreau tandis qu'ils fermaient la porte et se dirigeaient vers la station de taxis.

À peine sept heures, constata-t-il. Eh bien ! le vieux monsieur doit être près de sa fin. C'est bien dommage. Un homme si tranquille, si patient ! Il cédait toujours son tour, même aux hommes et aux gosses. Toujours le dernier à tendre sa boîte à lait. Les petites l'adoraient. En été, il leur apportait des fleurs de son jardin, et quand le temps se mettait au froid, du potiron rôti et du thé. Pauvre vieux, lui aussi le voilà qui s'en va ! Elle va le pleurer, sa fille ! Qu'est-ce qu'elle lui envoyait comme argent ! Tous les mois un mandat de Budapest, à ce que m'a dit le postier. Où avait-il la tête, cet Antal, quand il a divorcé d'une femme pareille ? Pourtant ce n'est pas un mauvais homme, tous ses malades disent du bien de lui.

Devant la pâtisserie, la vieille femme pensait elle aussi à Iza quand ils montèrent dans le taxi. « Papa a un cancer », avait dit Iza d'un ton étrangement neutre. Sur un coup de téléphone de sa mère, elle était revenue de Budapest pour voir le malade. Elle se brossait les mains dans la salle de bains avec la lenteur méticuleuse dont elle avait pris l'habitude durant l'internat.

La vieille femme s'était affaissée sur le rebord de la baignoire. Le monde s'assombrissait brusquement autour d'elle ; pour ne pas tomber, elle se raccrocha au robinet du chauffe-eau. L'instant d'après, elle bondissait sur ses pieds, sortait en courant dans le couloir : Vince l'appelait.

« Qu'est-ce que vous complotez ? » avait demandé Vince, un peu énervé.

Mais elle le fixa sans pouvoir rien dire, saisie de panique et d'horreur, comme on regarde un corps déjà en décomposition. Que répondre ? Rien ne lui venait à l'esprit. C'est Iza qui la tira d'embarras : elle sortait de la salle de bains en agitant ses mains blanches et fines sous le nez du vieillard.

« Tout le monde n'est pas une vieille rosse comme vous », dit-elle, et le maigre visage de Vince s'éclaira.

« Vieille rosse », c'était une expression de la petite Iza, de l'Iza d'autrefois, pleurnicheuse et le nez brillant. « Il y a des gens qui se lavent les mains plusieurs fois par jour, moi par exemple, reprit-elle, et maintenant retournez dans votre chambre, vous allez attraper froid. Si je manquais de suc gastrique autant que vous, je boufferais de la pepsine au lieu de venir faire des histoires. »

La vieille femme savait que Vince avait des soupçons. Depuis qu'étaient apparues ces douleurs sauvages, étranges, et qu'il avait commencé à maigrir, il était devenu méfiant ; sans cesse en alerte, il cherchait à surprendre les moindres bribes de conversation pour savoir enfin la raison de cet affaiblissement continuel, l'explication de ces souffrances lancinantes et bizarres qui l'assaillaient de plus en plus souvent.

Moi, je ne pourrais jamais le rabrouer comme ça, pensa la vieille femme, et même au fond de son désespoir elle était fière à l'idée qu'Iza, elle, en était capable.

« Viens avec moi, maman, on va prendre un verre au café. Vous venez aussi ? »

Mais Vince, sa bonne humeur revenue, contemplait avec fierté ses jambes maigrichonnes : s'imaginait-on qu'il fréquentait les bars, lui ? Il secoua la tête. Iza haussa les épaules et reprit :

« Tant pis pour vous, de toute façon vous ne feriez que lorgner les femmes. »

Elle attrapa son manteau et, comme elle faisait toujours depuis l'enfance au moment de sortir, elle cogna de son front le beau front bombé de son père.

« Mais n'allez pas tromper maman pendant notre absence ! »

Vince cligna malicieusement les paupières, et ses yeux qui depuis des semaines n'étaient plus ceux que connaissait si bien la vieille femme – changés au point qu'elle se demandait avec étonnement ce qui leur était arrivé, pourquoi ils avaient rapetissé et s'étaient en même temps allongés et ternis –, ses yeux retrouvèrent subitement leur éclat.

Vince adorait Iza, ils se taquinaient toujours et leur dialogue n'avait rien de commun avec les conversations ordinaires entre un père et sa fille. Il était amical, fraternel, complice – Dieu sait quoi encore !

Au bar, ni l'une ni l'autre ne touchèrent à leur café ; elles le considéraient en faisant tourner entre leurs mains le petit verre embué. Le visage d'Iza était blême.

« Il lui reste environ trois mois à vivre, dit-elle. Antal se chargera de lui apporter des cachets. Je te laisse de l'argent, achète-lui tout ce qu'il voudra, n'importe quelle bêtise. Surtout, pas d'économies, maman ! »

Une musique jouait en sourdine et tout à coup la vieille femme se fit l'effet d'un bourreau en train de perpétrer avec sa fille quelque chose d'horrible, à l'ombre des rideaux rouges.

Que Vince n'existe plus dans trois mois, et qu'elle puisse savoir dès maintenant qu'il n'existerait plus, c'était comme s'il avait été condamné à mort et qu'on lui eût annoncé aujourd'hui la date de son exécution. Elle n'osa pas demander si le diagnostic de Dekker était sûr. Elle savait, aussi bien par Iza que par Antal, que Dekker ne s'était jamais trompé. La musique s'amplifia, un couple d'amoureux se regarda tendrement et la serveuse demanda si elle voulait de la crème avec son café. Iza répondit « oui » pour elle.

La crème était trop ferme et trop sucrée. Quand elle en mit dans son café elle en laissa tomber et, honteuse, racla soigneusement la nappe.

« Sois courageuse, dit Iza. Je vais t'expliquer à quoi il faut s'attendre ; au fur et à mesure. »

La vieille femme s'efforça d'écouter, mais très vite l'idée lui revint à l'esprit que Vince n'avait plus que quatre-vingt-dix jours à vivre, et c'est à peine si elle entendait sa fille, à peine si elle distinguait, à travers ses larmes, les rideaux rouges du bar.

« Petite mère, nous n'avons que très peu de temps et encore beaucoup de choses à nous dire. »

Elle eut envie de hurler et de renverser la crème. Naturellement, elle n'en fit rien, jamais elle n'aurait eu assez de force ni d'audace ; ce ne fut qu'une impulsion, elle n'était pas coutumière des crises de nerfs. Elle se borna à interroger :

« Dis, tu vas revenir à la maison ? »

Elle posa la question sur un ton presque suppliant et dans son for intérieur elle adressait une prière à Dieu pour que sa fille revienne et ne la laisse pas seule avec un moribond. Iza était médecin, Iza était leur enfant, et elle les avait toujours aidés. Iza se força à avaler une gorgée, comme si le café qu'elle avait approché de ses lèvres avait pris une consistance solide, et répondit :

« Je ne peux pas venir. »

La vieille femme sentit qu'elle avait raison. Même si elle pouvait prendre un congé, ou simplement venir les voir plus souvent que de coutume, Vince s'en étonnerait, chercherait la raison de ces visites rapprochées, et finirait par deviner ce qu'il devait continuer à ignorer. Iza venait toujours à date fixe, une fois par mois, ou pour une fête et pour l'anniversaire de leur mariage. Iza ne pouvait pas venir, bien sûr qu'elle ne le pouvait pas. Et elle, il lui faudrait rester seule avec Vince, avec l'effrayant secret de sa mort prochaine. La promesse d'Iza qu'Antal serait auprès d'eux et les aiderait n'y changeait rien : Antal n'était pas Iza.

Ses larmes ruisselaient maintenant, et sans rien voir, elle sentait qu'on l'observait de la table voisine. Iza n'avait pas essayé de la calmer, elle avait seulement posé sa main sur la sienne. Les doigts de la vieille femme avaient enlacé les doigts froids, sans bague, de sa fille.

Le taxi filait entre les platanes dépouillés. Rue Sandor, une grande affiche à demi décollée annonçait une réunion dansante.

Au soupir qu'elle poussa, Antal, assis à côté du chauffeur, se retourna. La vieille femme ne lui rendit pas son regard ; elle toussota, détourna la tête, et parut s'intéresser aux corneilles qui lissaient leurs plumes dans l'allée. Antal était très gentil avec elle, il était très gentil avec Vince aussi, et autrefois tous deux l'aimaient beaucoup. Mais Antal avait abandonné Iza, et cela on ne pouvait ni l'oublier ni le lui pardonner.

Dans les couloirs, les radiateurs diffusaient une bonne chaleur. L'air était sec et sentait la serpillière. C'est le portier qui leur ouvrit la porte de l'ascenseur, et même en ce moment affreux elle en fut contente, car le sourire du portier représentait pour elle la double protection d'Iza et d'Antal. On la fit asseoir dans la salle d'attente, à l'angle du couloir, pendant qu'Antal allait chercher le professeur. C'était la dernière année que Dekker passait à l'hôpital. D'un geste machinal, elle sortit les mouchoirs et les citrons de son filet, puis les y remit.

L'idée de s'entretenir avec un étranger ne lui plaisait guère ; mais elle se domina, elle savait que ce n'était qu'une formalité, que tous les égards qu'on lui témoignait ici s'adressaient en fait à Iza.

Au fond, elle ne croyait pas que tout fût fini, comme le disait Antal. Mais quand Dekker apparut dans le couloir et s'avança vers elle, le filet pesa brusquement à son bras, comme s'il avait contenu du plomb au lieu des citrons. Dekker était professeur et ce qu'elle lisait sur son visage répondait à la question affolée qu'elle n'osait formuler.

Plus tard, Iza l'interrogea sur sa conversation avec le professeur. Elle essaya de retrouver les phrases au fond de sa mémoire sans y parvenir. Elle se rappelait seulement la main de Dekker sur son épaule, et qu'elle s'était écartée pour chasser cette main bienveillante tandis que montait en elle une amertume farouche, une antipathie violente et exaspérée ; et ce Dekker qui depuis trois mois remuait ciel et terre pour Vince, ce Dekker qui se serait mis en quatre pour le sauver lui avait fait l'effet d'un assassin. Il avait l'âge de son mari. Pourquoi était-il en bonne santé, lui ?

Elle s'immobilisa sur le seuil de la chambre.

Antal disait que Vince avait perdu connaissance depuis l'aube et qu'il passerait sans revenir à lui. Si elle s'approchait de son lit, peut-être se réveillerait-il : quarante années d'une union de corps et d'âme seraient-elles sans effet devant la mort ? Pourtant, que deviendrait-elle si, prenant conscience de sa présence à ses côtés, il se mettait à parler de sa voix enfantine et douce, à demander pourquoi tout s'abîmait en lui et autour de lui, pourquoi la vie le fuyait ? Que deviendrait-elle s'il découvrait, à son heure dernière, le seuil terrible auquel il était parvenu, et s'il éclatait en sanglots comme cette nuit-là, vers 1920, quand il avait perdu son poste et qu'il était venu l'implorer, au pied de son lit, en chemise : « Aide-moi, Etelka ! » Qu'allait-il arriver si cette fois encore il la suppliait de l'aider, si tout en sachant qu'il n'y avait plus d'espoir, il lui réclamait cette chose impossible, la vie ? Vince adorait la vie ; sans travail, malade, misérable, il avait toujours considéré le simple fait d'exister, d'être sur terre, de s'éveiller le matin et se coucher le soir, que le vent souffle ou que le soleil brille, que la pluie tombe doucement ou se déverse en trombes, comme le don le plus merveilleux du monde. Eh bien, elle lui mentirait une dernière fois, comme elle lui mentait sans cesse depuis des mois. Pour elle, il était plus affreux de voir Vince partir sans lui dire adieu que de rencontrer son regard terrifié, que de le voir sortir de son mutisme douloureux et de la somnolence provoquée par les médicaments, pour proférer des reproches et des plaintes.

Quand ils entrèrent, Antal jeta son manteau sur une chaise, et la vieille femme s'aperçut qu'il n'était pas en blouse blanche. Il n'avait plus l'air d'un médecin mais d'un membre de la famille, ce qu'il avait cessé d'être, pourtant, depuis plusieurs années.

Puis elle vit Lidia. L'infirmière, assise à côté du lit, se retourna au bruit de la porte qui s'ouvrait, se leva et tira sur son tablier. Elle ne dit pas bonjour à haute voix, fit seulement un signe de tête et, dans ce cadre si peu naturel, elle seule semblait vivante. Elle arrangea la couverture de Vince et sortit, sans jeter un regard au moribond. Comme elle est bizarre, pensa la vieille femme. Elle est au chevet de Vince depuis des semaines et pourtant elle le quitte sans montrer d'émotion, avec des yeux si froids ! Peut-on à ce point se familiariser avec la mort ?

Vince était sans connaissance, mais il semblait endormi plutôt qu'inanimé : sur son front la peau tendue luisait d'un reflet argenté. Son nez s'était allongé depuis la veille, et on ne voyait plus, entre les deux yeux, le petit croissant rouge, marque de ses lunettes. En le regardant mieux, elle vit que ce n'était pas son nez qui avait changé depuis hier, mais ses joues qui s'étaient creusées. Il m'a abandonnée, pensa la vieille femme. Il ne m'a pas attendue. Pendant quarante-neuf ans, j'ai su toutes ses pensées. Et maintenant je ne sais pas ce qu'il emporte dans l'au-delà. Il m'a abandonnée.

Elle s'assit doucement auprès de lui et l'observa.

Pendant des mois, jour et nuit elle l'avait soigné, jusqu'à l'épuisement, et pourtant elle ne se sentait plus fatiguée à présent, elle aurait recommencé depuis le début, si seulement elle avait pu le ramener chez eux, comme il était, là, dans sa triste chemise ostensiblement entrouverte sur son thorax bizarrement remonté. Peut-être même pourrait-elle le prendre dans ses bras. Mais qu'il en restait peu, de ce corps ! Elle n'aurait pas dû le laisser partir ; Iza voulait leur bien à tous les deux quand elle l'avait fait entrer à l'hôpital, mais on n'aurait pas dû. Peut-être que si elle avait été à ses côtés ces dernières semaines, il aurait vécu plus longtemps. Ici c'était Lidia qui le soignait, qui changeait ses draps deux fois par jour, qui faisait tout pour lui. Lidia était soigneuse, patiente, aimable, mais savait-elle plaisanter pour forcer le malade à manger, lui assurait-elle, en se moquant gentiment, que ce n'était pas bien grave, que c'était seulement la vieillesse, savait-elle apaiser ses plaintes et ses angoisses ? On n'aurait pas dû le laisser venir ici ! Et voilà ! Maintenant il s'en allait, inconscient, sans adieu. Elle se pencha et l'embrassa. Le front de Vince était sec et répandait une odeur de médicament. Elle se rassit à côté de lui et lui prit la main.

Vers midi, Dekker fit un saut et Lidia revint également : Antal ne se trouvait plus dans la chambre ; elle ne s'était pas aperçue de son départ. Dekker ne resta qu'un instant ; elle pensait que Lidia le suivrait, mais la jeune fille se posta près de la fenêtre, à la hauteur du lit, et resta à les observer. Ce regard étranger la gênait ; elle tourna le dos à l'infirmière, et dès qu'elle ne la vit plus, elle oublia complètement sa présence. De Vince, il n'y avait plus rien de vivant que ses cheveux, les mèches rebelles de sa crinière blanche. Elle ne sentait ni la fatigue, ni la faim, elle ne voyait pas défiler les heures, seulement, de temps en temps, elle redressait son dos endolori à force d'être penché.

L'après-midi, Vince se mit à parler.

Elle eut l'impression que son cœur s'arrêtait. Jusque-là un silence impénétrable, profond, un silence austère que le moindre son aurait troublé avait pesé sur la chambre. Quand il commença à parler, son corps tressaillit et ses paupières closes frémirent. Elle se pencha sur ses lèvres pour saisir ce qu'il murmurait. Mais déjà Lidia était auprès d'elle, elles étaient là toutes les deux à tendre l'oreille, et à la vue de ce jeune visage, elle ressentit de la colère et de l'hostilité. Oui, en cette minute elle haïssait Lidia, elle la jugeait indiscrète et sans générosité. Antal était sorti, Dekker aussi ; eux, au moins, ils étaient discrets. Pourquoi restait-elle à l'épier, celle-là ? Et puis était-elle sourde, n'entendait-elle pas le malade demander de l'eau ? Pourquoi ne se remuait-elle pas ? Elle restait plantée là, sans bouger, à le regarder, et c'était elle, la vieille, qui courait chercher le verre sur la table de nuit que quelqu'un avait débarrassée de toutes les affaires de Vince : ses lunettes, son bol, son bout de crayon. En même temps, elle n'était pas mécontente de voir que l'infirmière ne comprenait pas ce qu'elle devait faire, d'être seule à saisir les paroles de Vince, à deviner ce qu'il désirait ; elle était contente de lui donner à boire, et de pouvoir jusqu'au dernier moment faire quelque chose pour lui. Elle versa de l'eau dans le verre, souleva un peu la tête de Vince et l'approcha de ses lèvres.

Sa bouche ne s'ouvrit pas ; une sorte de dégoût, de refus, voila son visage. Il ne but pas.

– Il n'a pas soif, chuchota Lidia. Ne lui donnez pas à boire.

Elle l'aurait volontiers giflée. Elle restait là, comme une statue, elle lui donnait des ordres, elle lui ôtait le verre des mains ! Et de nouveau cette respiration bizarre, ce sifflement léger. Mais pourquoi ne voulait-il pas boire, s'il demandait de l'eau ?

– Je suis là ! dit Lidia à haute voix.

La vieille femme crut d'abord que c'était à elle que s'adressaient les paroles de Lidia, et elle s'en irrita un peu plus. Mais elle s'aperçut bientôt que ce n'était pas elle que regardait Lidia, mais Vince, et que les lèvres de Vince remuaient, et qu'un vague reflet de son sourire d'autrefois illuminait un instant son visage, pour aussitôt disparaître. Lidia s'accroupit de l'autre côté du lit et saisit la main de Vince.

La vieille femme se sentit frustrée et dupée. Elle regarda longuement Lidia, ce visage inconnu, totalement étranger, qui rayonnait d'un savoir indéchiffrable ; la jeune fille lui inspirait subitement une haine violente, comme si elle la voyait pour la première fois de sa vie. Cette voleuse lui dérobait les derniers instants de Vince. C'est Antal qui l'avait choisie. Antal qui l'avait placée auprès du malade. Iza n'aurait jamais fait cela. Et maintenant elle était là, accroupie, tenant la main de Vince. Elle ne lui était rien, c'était une étrangère.

– Dors tranquillement ! dit Lidia. Je suis là.

La vieille femme se laissa retomber sur le lit, tremblant d'une telle colère qu'elle ne ressentait plus sa douleur. Elle s'empara de l'autre main de Vince dont le corps inerte gisait maintenant, soutenu de chaque côté. Le mourant ne parlait plus, et l'on entendait à peine sa respiration. Lidia était toujours accroupie. On ne voyait plus son visage, car elle avait posé son front sur la main de Vince.

Au-dehors la lumière de mars pâlissait à travers les arbres. La vieille femme se raidit et ferma les yeux ; elle ne les rouvrit qu'en entendant Lidia se relever. Vince gisait dans la même attitude que tout à l'heure. Il était seulement encore plus silencieux.

– Il est mort, dit Lidia. Ce n'est pas la carafe qu'il désignait, ce n'est pas « ça » qu'il marmonnait. Il appelait sa fille Iza. Je vais prévenir le docteur.

2

Une voiture stationnait devant le service de médecine générale. Antal l'y conduisit. Elle ne saisit pas tout de suite que c'était Dekker qui l'avait envoyée pour la ramener chez elle.

Alors elle secoua vivement la tête ; non, non, il n'en était pas question. Pas question de monter en voiture et de se laisser ramener à la maison comme si elle revenait d'une noce. Elle allait traverser le petit bois ; la ligne passait de l'autre côté du parc, elle rentrerait en tramway. Ou plutôt non, à pied. Elle voulait marcher maintenant, se remuer. Antal, par-dessus son épaule, jeta un coup d'œil vers la loge du portier où une pèlerine pendait à un clou, comme s'il songeait à la jeter sur ses épaules pour la reconduire.

Inutile de l'accompagner, qu'il la laisse partir ! Elle avait grande envie de rester seule, à présent ! Non, il n'avait rien à craindre, elle ne se trouverait pas mal en route, qu'il la laisse partir tranquillement. Elle le remercia pour tout, lui et Dekker. Antal la supplia de ne pas prendre, au moins, son filet. Pour quoi faire ? Il n'était pas lourd. Et comme il cherchait à la retenir, elle partit sans lui dire au revoir. Elle savait qu'elle faisait preuve d'ingratitude et d'impolitesse, mais elle savait aussi que si elle ne le quittait pas tout de suite, ses forces l'abandonneraient. Antal lui cria encore quelque chose à propos d'Iza et d'un coup de téléphone, mais elle ne comprit pas très bien. Oh ! mon Dieu, qu'il lui fiche la paix, à la fin !

Le parc était hostile, hérissé, comme s'il ne cédait au printemps qu'à contrecœur ; on remarquait çà et là des tas de neige. Les bouleaux courbaient sous le vent leurs troncs maigres et livides. Autour du lac, les saules commençaient à se couvrir de chatons. Mais ce n'était pas le doux mois de mars, c'était un mars plein de rudesse. Le ciel bas pesait sur la terre, presque aussi sombre et tourmenté qu'un ciel de vendredi saint, et au bout des branches, les bourgeons gonflés prenaient des teintes verdâtres et mauves comme de la viande pourrie. Au sommet de la butte, trois vieux sapins mités cachaient entre leurs rameaux des pommes de l'année précédente. Dans les sentiers, les flaques qui se formaient sous les pas se couvraient d'une mince pellicule de glace.

Un pont menait à l'île du lac artificiel ; quand elle arriva à sa hauteur, elle hésita un instant avant de le franchir. De là on voyait très bien la cheminée de la clinique, crachant contre le ciel couleur de fer d'épais tourbillons de fumée, aussi blancs que du coton hydrophile. On pouvait également voir le pignon du bâtiment ; des pigeons étaient blottis entre les figures mythologiques bizarrement contournées. Elle se laissa tomber sur un banc et fixa l'eau.

Le bord du lac était ceinturé de glace, mais l'eau revivait déjà. Elle ne voyait pas les poissons, elle ne devinait que leurs mouvements quand, frôlant la surface, ils la ridaient de cercles concentriques. Le lac était peuplé de carpes brunes toujours affamées ; l'été, du temps qu'Iza était petite, ils venaient souvent les observer ; quand on leur donnait à manger, c'était amusant de les voir se battre pour une bouchée de pain. Sur les pentes dénudées de la rive pointaient les herbes malingres de l'année précédente. Les broussailles, agitées, ne restaient pas un instant en repos. Qu'est-ce que je vais devenir, toute seule ? pensa la vieille femme.

Sur le pont, des pas d'enfants résonnèrent. Pendant un moment, les gamins s'amusèrent à jeter des cailloux dans l'eau ; puis ils s'en allèrent en martelant le sol et se mirent à courir en direction du théâtre en plein air. On n'avait pas encore réinstallé les sièges sur les gradins, et les socles de granit, qui portaient en été des chaises de bois peintes en rouge, avaient cet après-midi la nudité et la rigidité d'une pierre tombale. À cette vue, elle se leva vivement et tourna le dos à la butte où s'étageait le théâtre. Brusquement, son filet lui paraissait lourd, terriblement, ridiculement lourd. Elle sortit les mouchoirs, s'en essuya les yeux et les fourra au fond de sa poche. La bosse des citrons faisait saillie dans le filet ; elle les prit tous les trois, les fit rouler entre ses mains un moment, puis les jeta dans l'eau.

Pour rentrer en ville, le chemin le plus court passait par le nouveau quartier d'habitations.

L'année précédente, quand on avait ouvert le chantier aux environs de la place du Salpêtre et du Fossé-aux-Balsamines puis démoli les cabanes de bois qui faisaient penser à des soues à cochons, et les bicoques recouvertes de carton bitumé, elle avait pleuré sur le vieux quartier. Avec Vince, ils avaient fait par là une promenade pour dire adieu à cet endroit, témoin de leur jeunesse ; leurs souliers s'enlisaient dans le sable fin de la ruelle que les habitants nommaient « le Gué », pour quelque raison mystérieuse. Iza se trouvait justement à la maison, et elle ne tenait pas à lui dire où ils étaient allés ; mais Vince, qui ne pouvait pas garder un secret, l'avait claironné dès leur retour. Iza avait fait un geste de dédain et redressé sa taille mince : « Vous voudriez arrêter la marche de l'histoire, comme deux vieux rétrogrades que vous êtes ! » Son ton n'était pas sévère, mais elle ne plaisantait pas non plus : Iza pensait toujours sérieusement ce qu'elle énonçait. Vince en était resté confus, il avait bafouillé quelque chose au sujet du Fossé-aux-Balsamines et des puits artésiens. « Fossé-aux-Balsamines, avait répété Iza comme si le mot l'agaçait particulièrement, Fossé-aux-Balsamines ! Et l'usine de produits pharmaceutiques, pourquoi n'en parlez-vous pas ? Fossé-aux-Balsamines ! Consultez les statistiques, vous verrez que dans ce quartier presque tout le monde était tuberculeux ! »

La vieille femme était alors en train de beurrer les tartines dans la cuisine, et elle aussi avait eu honte d'avoir pleuré sur le Fossé-aux-Balsamines. Vince l'avait rejointe un instant, farfouillant dans un coin pour éviter de rencontrer son regard, puis il s'était mis à fredonner. Sa belle voix chaude n'avait rien perdu de son timbre avec l'âge. Il avait chanté une vieille mélodie apprise au temps où il faisait ses études : *Comme neige d'hiver – Blanche et froide, hélas !...* Et ils avaient ri, car dans son enfance Iza prenait au sérieux toutes les paroles des chansons, et on ne pouvait rien chanter de triste devant elle, cette chanson par exemple, car elle exigeait en pleurant que la blanche jeune fille ne meure pas et guérisse tout de suite. Vince avait déposé un baiser sur le vieux visage penché au-dessus des tartines. Jadis, au temps de leurs fiançailles, ils allaient s'embrasser au Fossé-aux-Balsamines, sûrs de n'y rencontrer personne de connaissance. Iza avait ouvert la porte de la cuisine et ils s'étaient séparés précipitamment. « Eh bien, avait-elle dit en riant, il va falloir que je frappe avant d'entrer, dorénavant. »

Au coin de l'ancienne place du Salpêtre, elle s'immobilisa. Cela faisait six mois qu'elle n'était pas venue par là ; et maintenant elle devait chercher son chemin à travers le sol défoncé par les fondations des futurs immeubles. Le paysage ne ressemblait plus à ce qu'il était naguère ; sans les cabanes, il évoquait encore davantage la Grande Plaine. Seule la fontaine restait à sa place, mais des camions ronflaient autour d'elle, et par-derrière une machine au long cou s'activait en sifflant. Sur le chantier, une cloche annonça la fin du travail ; on entendit crier. De temps en temps, elle trébuchait entre les amas de terre ; quelqu'un lui prit le bras pour l'aider à franchir une planche vacillante.

– Pourquoi ne passez-vous pas de l'autre côté ? lui demanda une voix de jeune homme. Vous n'avez pas vu l'écriteau « Chantier » ?

Non, elle ne l'avait pas vu, marmonna-t-elle.
Et elle pressa le pas.
En tournant le coin de leur rue, elle vit de loin le lierre dense et verdoyant qui débordait sur la palissade.

Quand Vince avait été réhabilité et qu'il avait enfin touché son traitement retenu pendant vingt-trois ans, ils avaient su tous les deux, sans rien se dire, que leur existence rue du Traban prenait fin. L'argent était arrivé pendant l'hiver 1946 ; Iza suivait ses cours à l'université, ils étaient seuls à la maison. Vince, sans un mot, avait offert une cigarette au facteur, puis il était sorti sans veste, sans écharpe, tête nue, dans la cour. Elle lui avait couru derrière avec sa casquette, mais s'était immobilisée en haut de l'escalier, n'osant pas s'approcher de lui : Vince avait gagné à pas lents la soue à cochons du locataire qui habitait sur la rue ; il s'était accoudé au toit de planches et avait fixé l'intérieur, comme si l'auge ou la bassine d'eau avaient quelque chose d'extraordinaire. Elle savait ce qu'il ressentait, tandis qu'il s'appuyait à la palissade raboteuse. Elle avait remarqué que Vince se voûtait beaucoup ces dernières années, plus qu'il n'était normal pour son âge.
Il neigeait, et les flocons se posaient doucement sur l'abondante chevelure blanche de Vince. Le locataire de la rue traversa la cour à grand bruit avec sa poubelle ; depuis quelque temps, bien sûr, il les saluait. Vince se retourna, embrassa du regard la cour désolée, la soue, les poulaillers du voisin, leur unique et misérable platebande où les fleurs picorées par les poules n'arrivaient jamais à pousser, et ce regard renfermait déjà la vision de leur installation future.
Il s'aperçut qu'elle était sur le seuil à le regarder ; alors il souffla dans ses mains comme s'il s'avisait seulement du froid, et vite il la rejoignit et la prit dans ses bras. Ce n'est que lorsqu'elle se dégagea qu'elle s'aperçut que les yeux candides de Vince étaient remplis de larmes.
Ce jour-là, Iza était rentrée tard ; Vince ne lui avait rien dit – pourtant c'est elle qui avait eu l'idée de la réha-

bilitation, elle qui avait rédigé la demande –, mais il avait glissé l'avis sous l'assiette de sa fille. Iza parcourut deux fois le papier, hocha la tête en signe d'approbation, sourit, et lança à son père : « Je vous l'avais bien dit ! » Vince lui répondit : « Je vous l'avais bien dit ! » et la mère les contemplait en train de se renvoyer la phrase. Derrière ces quelques mots se dissimulaient vingt-trois années d'humiliation, les gens qui se détournaient sur leur passage, le mont-de-piété, les vêtements achetés au marché aux puces et le minuscule logement de la rue du Traban.

« On est en train de construire une grande maison en copropriété à la Boulaie, avait dit Iza tout en mangeant ses pommes de terre au four. Il y aura même le chauffage à air chaud. »

Vince avait souri en secouant la tête, puis il avait répondu après un silence :

« Je veux me retrouver dans une vraie maison.

– D'accord, avait dit Iza en posant sa fourchette, alors louez une grotte et tapissez-la de peaux de bêtes. Mon Dieu, que c'est désespérant, un vieillard comme vous ! »

Dans l'esprit de Vince, une « vraie maison » voulait dire une maison bien à lui, avec des arbres, des arbustes, des fleurs à cultiver, des animaux domestiques à élever, et un grenier dont il aurait l'entière disposition. Vince était né à la campagne, il n'était venu à la ville qu'au moment d'entrer au lycée, et il jurait que l'eau de puits a meilleur goût que celle du robinet. Pendant trois semaines ils parcoururent la ville de long en large, jusqu'à ce qu'ils aient trouvé cette maison. Il avait suffi à Vince de voir les fenêtres de l'extérieur et la grande palissade pour qu'il dise en lui serrant le bras : « Voilà. » C'était le dégel, l'eau dégouttait de partout, et la gouttière qui descendait le long de la porte peinte en brun déversait de la neige fondue. Cette gouttière s'ouvrait par une gueule de dragon d'où l'eau giclait à leurs pieds. La maison avait trois pièces, deux petites et une plus grande ; dans la cour, un chemin de briques rouges menait à la remise à bois, les massifs de fleurs étaient bordés de platanes ; la porte cochère cintrée formait avec le passage voûté qui la continuait une sorte de petite pièce fermée sur trois côtés. Quand la maison fut nationalisée, c'est dans la remise à bois que Vince se cacha pour pleurer. Heureusement qu'il avait pu vivre assez longtemps pour se revoir propriétaire : comme il était heureux, éperdu de bonheur quand on l'avait rétabli dans ses droits ! Pourtant sa santé lui donnait déjà des inquiétudes. « Vieux capitaliste, avait plaisanté Iza, il n'est content que s'il voit figurer son nom sur le registre du cadastre. » Iza n'aimait pas cette maison, car pendant les quatre années de son mariage, Antal et elle avaient vécu dans la grande pièce. Depuis son divorce, elle n'avait plus jamais passé la nuit chez eux quand elle venait leur rendre visite. Elle ne donnait pas d'explications, mais la vieille femme savait que pour sa fille la grande chambre gardait le souvenir d'Antal ; Iza détestait les souvenirs.

Comment allait-elle vivre, maintenant, entre ces murs ?

Cette maison, pour elle, c'était Vince ; au fond, elle ne l'avait jamais considérée comme leur possession commune, quoiqu'elle fût enregistrée à leur nom à tous deux. Mais ils l'avaient achetée avec l'argent de la réhabilitation de Vince, au prix des années d'humiliation vécues par Vince. C'est Vince qui avait souffert pour elle, elle était tout pour lui, elle était la justification de son existence et sa principale fierté après Iza. Pour bien faire, c'est ici qu'on devrait l'enterrer. Dans le jardin. Qu'allait-elle devenir, toute seule dans cette maison ? Elle n'allait pas y rester rien qu'avec Kapitany ! Iza viendrait moins souvent, désormais, elle n'aurait plus à fêter ni l'anniversaire, ni la fête de son père, ni l'anniversaire de leur mariage. Devrait-elle prendre un locataire ? Mais sur qui tomberait-elle ? Et s'il était comme celui de la rue du Traban ? Ou alors une vieille dans son genre, simplette et ennuyeuse ? Elle la gênerait, même si elle était gentille et polie. Que faire ?

Rien n'était convenu avec Iza.

Trois semaines plus tôt, quand celle-ci était arrivée à l'improviste pour demander à Antal de faire entrer son père à l'hôpital, elle avait voulu parler à sa mère, mais la vieille femme s'était enfermée dans l'office, par superstition pure et simple. Elle avait appris chez la tante Emma qu'on ne doit pas parler de ce qui nous menace, car nous avons chacun deux anges à nos côtés, un blanc et un noir, et si le noir, qui est méchant, nous entend parler de ce qui nous fait peur, s'il devine l'objet de cette crainte, il nous envoie le mal étourdiment nommé. « Je n'ai jamais vu de mythologie plus malveillante que celle des chrétiens ! » disait Iza quand sa mère l'avertissait de ne pas s'amuser à dire qu'elle allait échouer à un examen. (Iza n'échouait jamais, elle jouait seulement à se faire peur, comme font les bons élèves.)

Pour ce qui est du mauvais ange, il devait quand même y avoir une part de vérité. N'avait-il pas tout entendu, au moment du premier malaise de Vince ? Quand la douleur commença de s'atténuer, Vince s'étira dans son lit en faisant craquer ses os, puis il dit sur le ton de la plaisanterie : « J'ai un cancer ! » Affolée, elle lui donna une tape sur la bouche. Vince riait doucement, il ne croyait pas dire vrai. « J'ai trop mangé. Donne-moi un purgatif », réclama-t-il.

Trois semaines plus tôt elle s'était enfermée dans l'office pour ne pas parler avec Iza de quoi que ce soit qui pût évoquer la mort de Vince. Iza n'avait pas insisté, elle était restée un moment à trafiquer dans la cuisine, puis elle était sortie, la laissant seule. La vieille femme savait qu'Iza voulait son bien, qu'elle tenait à tout préparer pour lui éviter de se sentir perdue en cas de malheur. Elle aurait voulu discuter de ce qu'on ferait de la maison, et des dispositions qu'on prendrait ensuite. Mais tant qu'un homme est en vie, on ne doit pas parler de ce qui arrivera après sa mort. Jusqu'à la venue d'Antal, ce matin, et même jusqu'à cet après-midi, jusqu'au moment où Lidia s'était levée du chevet de Vince, aussi insensé que cela paraisse, il y avait encore de l'espoir.

C'était l'heure de la fermeture des bureaux, et les rues se peuplaient. Elle accéléra le pas, ne voulant pas rencontrer une personne de connaissance. Sur les visages se reflétait une sorte de détermination, une gaieté figée ; nul ne flânait, on se hâtait vers son chez soi. Les magasins s'emplissaient, on entendait piailler les gosses, la circulation se faisait plus intense, les phares des voitures entrecroisaient leurs feux. Et voilà qu'elle enviait cette précipitation, à quoi elle n'avait jamais prêté attention, et qui signifiait que tous ces gens étaient attendus. Elle, personne ne l'attendait chez elle, hormis Kapitany.

Elle rentra la tête dans le col de son manteau et fixa le sol devant elle, pour ne pas voir si quelqu'un la saluait. La pluie se mit à tomber, c'était une pluie lente, pénétrante, pas vraiment de la pluie, de la bruine plutôt. Le trottoir devint luisant et les vitrines s'embuèrent. Elle sentait l'humidité sur son visage, son front, sa peau, pourtant aucune goutte ne tombait par terre. « La Pluie invisible », disait Vince de ce genre de crachin. La gueule de dragon de la gouttière happait le vide, comme si elle suffoquait. Heureusement, Kolman ne se tenait pas à la porte de son magasin, elle ne serait pas obligée d'engager la conversation.

La première chose qu'elle vit sous la porte cochère, ce fut Kapitany. Elle détourna les yeux et s'appuya sur la petite table de rotin placée sous le passage voûté. Mais Kapitany ne comprenait pas plus sa douleur qu'il ne sollicitait sa tendresse. Fallait-il déplorer que cet animal fût insensible ? Iza avait raison, Kapitany était bête.

Désormais, elle était seule. Pour la première fois depuis ce matin, totalement seule.

Elle se laissa aller, glissa dans le fauteuil en rotin et médita sur son avenir vide de devoir. Elle n'avait aucune envie d'entrer dans la maison, elle avait peur du soir, des deux lits dont l'un était devenu si définitivement inutile. Bien sûr, elle ne pouvait pas rester assise là éternellement, il faudrait bien rentrer. Maintenant ou dans une heure, quelle importance désormais ! Elle se dirigea vers la cour, et s'immobilisa : la lumière venait de s'allumer à la fenêtre de la chambre à coucher.

Ce n'est pas de l'effroi, c'est autre chose qu'elle ressentit. Elle se rassit sur le fauteuil, posa son filet par terre et contempla la fenêtre éclairée. La lumière qui venait de l'intérieur était plus réelle que le visage mystérieux de Vince tout à l'heure. Peut-être était-ce cela la réalité, la lampe allumée dans la maison. Rien de tout ce qui était arrivé ces derniers mois n'était vrai, Vince était vivant ; cet après-midi, ces onze dernières semaines, le corps affaissé de Vince devenu si creux, comme s'il se préparait à devenir le réceptacle de la mort, tout cela n'était qu'un mauvais rêve. La réalité, c'était l'ancien Vince, un peu corpulent, un peu ridicule, qui l'attendait à la maison et n'avait jamais été malade. Il ne s'était rien passé.

Elle se sentit plus faible qu'à aucun autre moment de l'après-midi. Fermant les yeux, elle laissa aller sa tête en arrière. Le jardin bruissait bien qu'il n'y eût pas encore de feuilles : les grives, pensa-t-elle ; peut-être, d'ailleurs, que ce n'était pas les grives. La lumière était allumée. Peu importe ce qui bruissait maintenant, anges, grives ou nuages !

Quand elle releva la tête, la fenêtre était de nouveau noire. Le désespoir s'empara d'elle au point qu'elle n'eut plus la force de pleurer. Les coudes sur les genoux, elle cacha son visage entre ses mains. Le bruissement s'était arrêté, plus aucun son ne lui parvenait de ce monde sourd. Puis, au bout d'un moment, la porte du couloir s'ouvrit avec un grincement et Iza apparut dans l'entrebâillement.

3

Elle était venue, elle était là, elle ne la laisserait pas seule.

Iza portait un pull-over noir, et on voyait qu'elle avait pleuré. Non, il ne fallait pas qu'Iza pleure. La vieille femme se sentit partagée entre le désir de courir vers sa fille, de la caresser comme dans son enfance, de la consoler pour l'empêcher de pleurer, et un terrible besoin de s'appuyer sur elle et de s'abandonner. Ce fut une minute étrange, une minute comme elle n'en avait jamais vécu. Iza n'avait jamais sollicité la moindre assistance, elle ne demandait jamais conseil à ses parents avant d'agir, elle les informait purement et simplement de ses décisions. C'est ainsi qu'après son baccalauréat, elle avait annoncé qu'elle s'inscrivait à la faculté de médecine, plus tard qu'elle avait un poste, puis qu'elle épousait Antal, plus tard encore qu'elle divorçait. Depuis son adolescence, c'était la première fois qu'elle se montrait accessible à la souffrance, comme tout le monde. La vieille femme eut l'impression de la voir échapper à un danger mortel, et en même temps la surprise, l'émotion la clouaient sur place ; non, il ne fallait pas qu'Iza pleure, et elle cherchait vainement un moyen de lui venir en aide.

Iza ne l'embrassa pas, ne la toucha pas. Elle devina pourquoi : il ne fallait pas qu'elles se rapprochent, qu'elles se blottissent l'une contre l'autre, ou elles n'auraient plus la force d'affronter leur malheur.

– Viens, dit Iza, ce soir il faut te coucher de bonne heure. Viens !

Elle prit le filet, le passa à son bras et entra dans la maison. Sa mère la suivit en chancelant. À l'intérieur, le feu brûlait dans les deux pièces et l'on ne voyait plus trace de la vaisselle du matin, tasses, cuillères et théière. L'ordre régnait dans la chambre, l'ordre caractéristique d'Iza, qui la peignait tout entière. On aurait dit qu'elle avait rangé pendant des heures.

Ce qu'Antal lui avait crié, c'est sans doute qu'il avait téléphoné à Budapest et qu'Iza avait pu trouver une place dans l'avion de l'après-midi. Son cœur battit la chamade et elle ferma les yeux. L'idée de voler la terrorisait, pour rien au monde elle ne l'aurait fait, elle mourait de peur chaque fois qu'Iza annonçait qu'elle arriverait par avion au lieu de prendre le train. Chaque voyage en avion était une sorte de provocation envers le bon Dieu, un acte contre nature ; et à plus forte raison cette fois-ci, avec cette course à travers les nuages vers le père agonisant, cette course contre l'innommable.

Iza lui prit la main.

Elle lui tenait la main droite avec le geste qu'elle avait eu pour tromper son père pendant des mois, allongeant les doigts comme pour une caresse, mais en réalité pour lui tâter le pouls. Il battait confusément. C'était si étrange qu'Iza puisse sentir cela au bout de ses doigts.

– Je vais te faire du thé, dit la jeune femme. Tu as les mains glacées.

Elle gagna la cuisine. La chambre devint subitement hostile, presque effrayante. Quand elles étaient entrées, Iza avait allumé le lustre, ce qu'ils ne faisaient que pour les invités, et maintenant sa lumière paraissait insolite, vulgaire et déplacée. Elle l'éteignit et fit jouer l'interrupteur de la lampe, arrêta l'horloge et couvrit la grande glace d'un châle. Quand Iza revint avec le thé elle était recroquevillée sur le canapé, frissonnante près du poêle. Iza s'immobilisa sur le seuil, le bol fumant entre ses mains. L'horloge s'était arrêtée, elle marquait quatre heures moins le quart, et la glace aveuglée métamorphosait la chambre.

« Maintenant, elle sait, pensa la vieille femme ; je lui ai fait comprendre l'heure. »

La bouche d'Iza se contracta, mais elle ne dit rien. Elle attendit que sa mère ait bu son thé, puis, arrachant le châle qui couvrait la glace, le lui posa sur les épaules. Elle ouvrit la porte de la pendule, tourna les aiguilles et remit le balancier en marche.

La vieille femme frémit en voyant de nouveau le miroitement de la glace. Il lui sembla qu'on lui volait quelque chose qui lui était dû ; elle n'osait plus regarder de ce côté.

La surface polie était si vivante, si pareille à un miroir d'eau qu'elle craignait de voir quelqu'un ou quelque chose en émerger. Le tic-tac de l'horloge lui faisait mal, lui aussi, et le grignotement des petites roues : pour Vince, le temps n'existait plus. Iza ne croyait en rien de ce que croient les vieilles gens. Peut-être qu'il était plus facile de supporter les choses, ainsi.

Iza lui prit le bol, mais ne s'en alla pas ; au contraire, elle se blottit à ses pieds. Elle était toujours à ses côtés dans les moments difficiles, non pas comme son enfant, mais plutôt comme une sœur. Le jour où le voisin de la rue du Traban s'était permis une réflexion au sujet de Vince, c'est Iza qui avait répondu, elle qui n'était qu'un bébé quand son père avait perdu son poste et qui, dans son enfance, ignorait presque tout de ce drame. Blême de colère et d'émotion, elle avait pris la défense de Vince, et le voisin était resté ébahi devant cette petite fille qui n'avait même pas huit ans, et dont le corps menu n'était que volonté absolue de protéger. Quand elle allait chez le dentiste, Iza l'accompagnait presque toujours et elles se faisaient soigner les dents ensemble. La petite Iza s'asseyait la première dans le fauteuil, et comment se serait-elle montrée lâche, ensuite, quand Iza, les cils battant de douleur et de refus, supportait en silence le davier ou la fraise ? Iza l'aidait à établir son budget, à faire la cuisine, et même la grande lessive s'il n'y avait personne d'autre, et tout cela sans qu'on le lui demande, naturellement, de son propre chef. Et voici qu'aujourd'hui elle était là de nouveau, assise au coin du canapé, les mains jointes. Ils l'aimaient tant depuis sa naissance ; et Vince, comme il l'adorait ! Les larmes lui vinrent aux yeux à la pensée qu'il ne verrait plus sa fille.

– Il ne faut pas pleurer, dit Iza.

La vieille femme la regarda à travers ses larmes, avec l'impression d'avoir déjà entendu cette phrase. Oui, la cuisinière lui avait dit la même chose quand son premier enfant était mort et qu'elle le pleurait à gros sanglots étouffés. À cette époque ils habitaient encore la belle maison, leur ancienne maison ; et la cuisinière était une vieille femme grande et maigre, qui ne sortait jamais sans son parapluie dont le pommeau de porcelaine s'ornait du portrait de la reine Elisabeth. « Il ne faut pas le pleurer, avait dit la cuisinière tandis qu'on emportait le petit Andrus, sinon il ne pourra pas dormir là-haut, il ne faut pas le pleurer ! »

– Tu ne vas pas rester seule, entendit-elle. Tu vas vendre la maison, et tu viendras t'installer chez moi à Budapest.

C'est alors que ses larmes se mirent vraiment à couler : un sentiment de soulagement, de délivrance, de libération l'envahit brutalement. Rien de ce qu'elle craignait ne se produirait donc, il n'y aurait ni soirées vides, ni journées creuses, ni locataires, ni semaines sans fin, sans tâches devant soi. Quand Iza reviendrait de son travail, elle trouverait tout prêt, et elles passeraient ensemble ses moments de liberté, comme autrefois. Elle savait qu'Iza ne l'abandonnerait pas, mais elle n'avait osé espérer, ni même imaginer ce qu'elle venait de lui proposer. Non, ce n'est pas dans le jardin, c'est à Budapest qu'on devrait enterrer Vince, pour qu'elles puissent aller souvent sur sa tombe.

Iza pouvait l'embrasser, maintenant : elle se sentait en sécurité, et sous le châle elles s'abandonnèrent enfin. Ses lèvres étaient glacées, comme si Iza avait eu froid en chaque point de son corps et plus particulièrement aux lèvres. Elle avait trente-neuf ans quand elle l'avait eue, elle croyait qu'elle ne tiendrait jamais plus de bébé dans ses bras et que Vince et elle vieilliraient seuls avec le souvenir du petit garçon disparu. Et puis Iza était arrivée ! Elle avait commencé à parler avant de savoir marcher, elle était grave, sage, on aurait dit une grande personne. Elle n'avait jamais connu quelqu'un comme Iza, mais elle se doutait bien qu'elle ne comprenait pas grand-chose à sa fille, qu'elle ne pénétrait guère la vie, le monde intérieur d'Iza. Budapest… Elle ne connaissait pas non plus le nouvel appartement d'Iza. Elle savait seulement qu'Iza venait de s'installer quelque part sur le Grand Boulevard. Vince était déjà malade quand elle avait déménagé, et ils n'avaient pu faire le voyage pour voir l'appartement. Quel plaisir ce serait de vivre dans une maison moderne ! Il en ferait une tête, Kapitany, en voyant des étages !

Elle s'aperçut qu'elle s'était assoupie au coup de sonnette qui la fit sursauter.

Tout d'abord, se croyant seule, elle rejeta précipitamment son châle. Mais Iza était dans la chambre, le front appuyé contre la vitre, à scruter la cour sombre. Les aiguilles de l'horloge n'avaient pas beaucoup avancé depuis qu'elle s'était assoupie ; elle allait s'endormir pour de bon quand le coup de sonnette avait chassé le sommeil. Qui cela pouvait-il bien être ? Leurs amis s'étaient dérobés en 1923, et jusqu'à la réhabilitation de Vince ils avaient vécu en ermites. Quant à ceux qui avaient tenté de renouer avec eux, après la guerre, quand le nom des Szöcs avait été lavé, Vince et Iza les avaient chassés en montrant les dents ; elle, elle en aurait bien excusé quelques-uns, mais le père et la fille n'avaient rien voulu entendre. La maison, leur maison, était fréquentée par de drôles de gens : Kolman, l'épicier, Guitza, la voisine, qui gagnait sa vie en brodant des robes de pasteur, le marchand de journaux, le buraliste, un facteur à la retraite, une institutrice avec qui elle allait s'asseoir pendant des soirées entières devant le musée, Dekker, Antal, et quelques élèves de l'école du coin de la rue, des galopins aux genoux écorchés à qui Vince apprenait comment fabriquer des flèches et préparer des hameçons.

Les gens savaient bien qu'on ne rendait pas visite aux Szöcs après six heures : c'était le moment où ils prenaient leur café du soir, et depuis que Vince approchait des quatre-vingts ans, sa femme lui préparait son lit dès sept heures. « Ça doit être Kolman », pensa la vieille femme. Et aussitôt de prévenir Iza : Kolman ne savait encore rien, il allait les faire parler et rester des heures. Il leur portait beaucoup d'intérêt, il ne manquait jamais de faire un saut si par hasard elle restait un jour sans entrer dans sa boutique pour quelque emplette.

– Ne t'inquiète pas, je vais le renvoyer, dit Iza tranquillement.

Heureusement qu'elle était là ; elle, elle serait incapable de le renvoyer. Jamais, de toute sa vie, elle n'avait pu renvoyer personne. Elle entendit grincer la porte du couloir et comprit, au reniflement joyeux de Kapitany, qu'elle ne s'était pas trompée ; Kapitany avait peur de tous les étrangers sauf de Kolman, qui lui apportait toujours quelques déchets de son magasin, un trognon de chou ou une carotte. Elle n'entendait pas d'autre bruit que celui du lapin, et le grattement léger de ses griffes quand il se précipita pour entrer dans la maison. Kolman n'avait pas salué, Iza non plus ; pourquoi restaient-ils silencieux ? D'habitude Kolman était bruyamment expansif. Sans doute avait-il appris la nouvelle, c'est ce qui le rendait si réservé, à présent. Elle se redressa et défroissa sa jupe : il y avait quelque chose de particulièrement lourd dans ce silence.

Le visiteur était Antal.

Elle ne le reconnut pas tout de suite, elle avait seulement deviné, à sa silhouette, que c'était un homme, mais quand Iza ralluma le lustre, elle se hâta de quitter le canapé pour gagner l'autre pièce. Iza l'arrêta.

– Où vas-tu donc ? lui dit-elle en la ramenant. Tu vois bien que ce n'est pas Kolman.

Elle rougit un peu, se rassit et remit le châle sur ses genoux. Elle comprit qu'Iza ne voulait pas qu'elle les laisse seuls ; elle resterait donc, bien que d'instinct elle eût fait le contraire. Naturellement, c'était stupide ; puisque ces deux-là se comportaient toujours comme si rien ne s'était passé entre eux, elle ne risquait pas d'assister à quelque scène gênante. Même pendant leur mariage, tant qu'avait duré entre eux cet amour tendu et crispé, ils avaient toujours gardé leurs distances en présence d'un tiers, d'une manière peu naturelle d'ailleurs, et maintenant ils allaient sûrement se montrer très convenables. Depuis sept ans, depuis le jour de leur divorce, ils étaient toujours d'une extrême politesse quand ils se rencontraient.

Cependant elle n'aimait pas les voir ensemble. Iza aimait Antal ; elle ne parlait jamais de ses sentiments, mais sa voix et ses yeux, quand elle le suivait du regard, la trahissaient. Pourquoi avait-elle divorcé ? Il avait dû se passer entre eux quelque chose de terrible, d'autant plus secret qu'ils vivaient tous sous le même toit et que de leur chambre, qui n'était séparée de celle des parents que par une cloison, ne sortait jamais le moindre écho de querelle, pas d'éclats de voix, pas de paroles emportées. Ils annoncèrent un jour qu'ils allaient divorcer, mais Iza ne donna aucune explication. Vince n'en demanda pas, du reste ; son visage s'assombrit, il hocha la tête, embrassa Iza et Antal et partit sans rien dire dans la cuisine.

– Maman est vraiment fatiguée, dit Iza, sois gentil, ne t'attarde pas trop longtemps.

Elle avait dit cela doucement, comme une sœur parlant à son frère. Antal portait une valise, leur valise, elle la reconnut tout de suite. Elle devina ce qu'elle pouvait contenir ; elle avala sa salive et détourna les yeux. Elle sentit que s'il ouvrait la valise et qu'elle soit obligée de voir le pardessus de demi-saison gris de Vince et le bol aux myosotis que Lidia avait fait disparaître le matin, elle ne pourrait pas rester dans la pièce.

Antal poussa la valise sous la table, comme s'il voulait qu'elle passe inaperçue.

– Je ne m'assois pas. (Il se pencha vers Kapitany qui s'était faufilé par la porte entrebâillée et lui caressa l'oreille.) Je voulais seulement voir si maman avait besoin de quelque chose. Ce matin, tu m'as dit au téléphone qu'il n'était pas sûr que tu puisses être là dès aujourd'hui. À quelle heure es-tu arrivée ?

– À midi.

Ils levèrent en même temps les yeux sur elle. Toute envie de dormir avait quitté la vieille femme, elle ne s'était pas sentie aussi réveillée depuis le matin. Elle avait mal entendu sans doute, ou alors c'est Iza qui se trompait. Son père était mort à quatre heures moins le quart. C'était absurde !

Le silence s'épaissit dans la chambre. La vieille femme fixait toujours Iza, qui rougit jusqu'à la racine des cheveux. Antal détourna vivement la tête et regarda le tapis.

– La dernière fois que je l'ai vu, j'ai joué aux cartes avec lui, dit Iza. (Et ce qu'il y avait d'effrayant dans sa voix, c'était cette objectivité neutre, sans passion, qui ne cherchait ni à défendre ni à justifier.) Il était dans un très bon jour, il riait. J'ai déjà vu mourir assez de gens dans ma vie, pour mon père, c'est un visage vivant dont je veux garder le souvenir.

Iza avait raison. C'est à cela précisément qu'il était difficile de s'habituer : depuis sa naissance elle avait toujours eu raison. Quand elle était petite, la grondait-on pour une raison ou une autre qu'on s'apercevait plus tard qu'on avait eu tort : Iza, simplement, savait quelque chose que les parents, eux, ignoraient. Ils n'avaient plus qu'à lui demander pardon, sans même obtenir en retour de la voir bouder ou se plaindre. Iza se contentait de les regarder en disant de sa voix fluette : « Vous voyez ! » Cette fois encore elle avait raison de vouloir garder dans sa mémoire le visage riant d'il y a dix jours plutôt que celui de tantôt, couleur de cendre. Antal alluma une cigarette et joua longtemps avec l'allumette. Son visage n'exprimait rien, pas même la compréhension. Quand il releva la tête, ce fut la vieille femme qu'il regarda.

– Maman, dit-il, vous allez être très seule, ici. Si vous voulez, je peux revenir m'installer près de vous.

– Tu es très gentil, répondit Iza d'un ton qui n'était pas ironique mais reconnaissant. Tu es vraiment très gentil, mais nous avons déjà trouvé la solution. Maman vient avec moi, je l'emmène à Budapest.

Pour la première fois, ils se regardèrent dans les yeux. Le regard d'Antal posait une question et Iza répondait. La vieille femme ne comprit ni la question ni la réponse. Dans son enfance, quand ses parents décidaient de son sort, c'est ainsi qu'elle se tenait entre les adultes, timide et pleine d'espoir.

– C'est une solution, dit Antal.

Il fit tomber la cendre de sa cigarette.

La vieille femme marmonna quelque chose, se leva péniblement et s'approcha d'Antal ; elle sentait qu'elle devait l'embrasser, au moins lui dire quelque chose : ce n'était pas rien, vraiment, ce qu'il venait de proposer là. Mais elle ne put ouvrir la bouche, Iza lui prit le bras, ce qui la rendit muette. Elle ne comprenait pas ce qu'on attendait d'elle, ce qu'elle devait faire, elle craignait surtout, en étant trop chaleureuse, trop affable, de contrarier sa fille.

Antal ne prolongea pas sa visite. Il lui sourit, lui baisa la main et se dirigea vers la porte. Iza attrapa le châle et le jeta sur ses épaules pour l'accompagner et fermer la porte du jardin.

Au moment de passer le seuil, Antal s'arrêta :

– Maman, voulez-vous me donner la photo du moulin ? Papa m'a prié de la remettre à Lidia au cas où il mourrait. Je la lui porterai à l'hôpital.

Iza ouvrit la bouche, puis haussa les épaules et passa dans la chambre à coucher. La vieille femme s'accrocha au dossier d'une chaise, ses jambes ne la soutenaient plus. Au cas où il mourrait… Comment cela, au cas où il mourrait ?… Ce qu'on avait dit à Vince, c'est qu'il avait le cœur faible, qu'il fallait le remonter, et qu'on l'hospitalisait pour cela, que les piqûres avaient pour but une cure de sommeil réparatrice. Vince ne soupçonnait pas qu'il avait une maladie mortelle !

Comment cette idée lui serait-elle venue ? Et pourquoi offrir à Lidia cet instantané, cette mauvaise photo prise dans son village natal qui représentait le vieux moulin sur la Karikás ? Accrochée au-dessus du lit de Vince, elle formait un pendant au tableau de l'Ange qui protégeait son sommeil à elle. Pourquoi l'avait-il promise à Lidia, et quand ?

Iza apporta le cliché entouré d'un cadre noir ; sous la lumière du lustre, elle l'examina comme si elle le voyait pour la première fois. L'image représentait une rivière, on y distinguait une écluse et une petite chute d'eau que surplombait une construction de bois ; au premier plan, des arbustes et des gamins pieds nus.

Visages brouillés, photo jaunie, datant du début du siècle ; l'eau de la rivière avait la couleur du café. Iza enveloppa le cadre dans un journal et le tendit à Antal.

Les larmes coulaient sur le visage de la vieille femme. De toute sa journée, ce moment lui parut le plus difficile à supporter. Elle se tenait debout, lourde de toute son impuissance, roulant le bas de son gilet. Pour la seconde fois aujourd'hui elle se heurtait à Lidia, et c'était bien plus douloureux que la première fois. Elle avait presque décidé d'embrasser Antal en guise d'adieu, mais elle ne s'en sentait plus la force. Kapitany reniflait autour de la table ; il se dressa sur ses pattes, comme s'il comprenait ce qui se passait.

Elle entendit la porte s'ouvrir, se refermer, et continua de fixer le tapis en s'essuyant les yeux de temps en temps. Iza revint très vite, et cela non plus n'était pas naturel, car à l'époque où ils n'étaient pas encore mariés, Antal ne pouvait se décider à quitter la jeune fille, et Vince et elle attendaient des heures le retour d'Iza qui le reconduisait. Sans doute n'avaient-ils plus rien à se dire. Iza prit Kapitany, le mit dehors, ferma à clef la porte d'entrée et s'approcha de la vieille femme. Comme si elle sentait qu'elle avait besoin d'être consolée, elle posa sa main sur la tête de sa mère, tel un prêtre donnant sa bénédiction sur une vieille gravure. Puis elle gagna la fenêtre, tira les rideaux, et de la même façon que lorsqu'elle vivait encore à la maison, ferma les volets. Il pleuvait à verse, la pluie tambourinait sur les vitres. Iza ne retourna pas près de sa mère, elle s'arrêta derrière le grand fauteuil. La vieille femme vit qu'elle était en larmes et que sous les pleurs son visage était doux, enfantin, et défait.

4

Iza laissa la lampe allumée pour la nuit. Hors du rond de lumière jaune, les objets étaient indistincts ; elle ne percevait du tableau accroché au-dessus de son lit que le bord inférieur du cadre doré qui brillait. Mais elle le voyait en pensée, habillé de toutes les idées et souvenirs qui s'y rattachaient. Aujourd'hui la toile était mutilée, solitaire ; il manquait le moulin.

Iza s'était endormie avant elle, elle avait réussi à la tromper.

Elles s'étaient couchées ensemble ; au bout d'un moment, elle s'était forcée à ne plus lui répondre et à respirer d'un souffle égal, afin de lui faire croire qu'elle dormait. Iza s'était agitée très longtemps ; de toute façon, cette nuit aurait été pénible, même si son père n'était pas mort ce jour-là : elle n'avait pas dormi entre ces murs depuis son départ pour Budapest. Le lit où elle reposait était le lit de son père, et non le divan où elle dormait du temps de son mariage. Après son départ, la maison avait retrouvé son aspect originel ; le dépôt-vente avait repris les meubles qu'Antal et elle utilisaient, et elle avait acheté un nouveau mobilier à Budapest. Mais, replacée dans le cadre de son enfance, il n'était pas facile pour Iza de dormir.

Ne pas laisser sa mère seule cette nuit, ne pas descendre à l'hôtel ainsi qu'elle le faisait depuis qu'elle les avait quittés était pour elle le plus grand sacrifice possible. Le sommeil ne venait pas ; elle se tournait, se retournait, soupirait, jetait des regards d'envie vers le lit de sa mère.

Finalement elle se leva, prit un cachet, ce qui était également contraire à ses habitudes, car elle évitait autant que possible de prendre des somnifères et méprisait ceux qui en abusaient. Cette fois-ci, pourtant, elle en prit un et réussit à s'assoupir. La vieille femme l'entendait respirer si près d'elle qu'elle sentait sur son visage le souffle de sa fille, comme quand elle était petite. Personne ne dormait avec autant de grâce qu'Iza : la tête sur son bras replié, le croissant noir de ses cils ombrant ses joues. Elle n'osa pas l'embrasser, et c'est sur le coin de l'oreiller qu'elle déposa un baiser quand elle se leva.

C'était la même chambre que tantôt, la même que ce matin, cependant il y avait quelque chose de changé, comme si les murs s'étaient allongés et élevés. Elle parcourut le papier abandonné sur la table. Depuis l'enfance, Iza avait l'habitude de dresser la liste des tâches qui l'attendaient le lendemain ; elle ne s'était jamais couchée sans le faire. « *Agence immobilière*, lut-elle, *hôpital, pompes funèbres, sécurité sociale, préparatifs de voyage*. »

C'est pour cela qu'elle s'était levée, à cause de ces derniers mots. Demain, elles trieraient les papiers, demain Iza déciderait de ce qu'elles emporteraient à Budapest, demain elle ouvrirait les tiroirs du petit secrétaire de Vince.

Personne n'y avait jamais fouillé ; elle-même, après quarante-neuf ans de mariage, ne savait toujours pas ce que Vince y conservait, en plus des documents officiels et des papiers de famille. C'était un accord entre eux ; ils ne touchaient jamais aux affaires l'un de l'autre. La tante Emma, chez qui elle avait grandi, guettait toujours le facteur à la porte et ne se faisait pas scrupule de décacheter le courrier d'un autre membre de la maisonnée. Elle n'aurait pas voulu ressembler à la tante Emma.

Si Antal n'était pas venu faire cette demande bizarre, elle serait toujours dans son lit, à côté d'Iza, et le sommeil se serait emparé d'elle. Mais le jeune médecin l'avait troublée, comme l'infirmière, là-bas, à la clinique. Pour la première fois, le doute s'éveillait dans son cœur : peut-être ne savait-elle pas tout de Vince ; un malaise la gagnait à l'idée qu'Iza, en vidant les tiroirs, demain, pourrait trouver quelque chose qu'elle ne devait pas trouver, quelque chose qui était le secret de Vince, uniquement le sien, et qu'il devait emporter dans l'au-delà. Il avait trente et un ans quand ils s'étaient mariés, il n'était plus tellement jeune ; pourquoi laisser Iza fouiller parmi les souvenirs de sa vie de garçon et y découvrir Dieu sait quoi ! Elle ne savait pas elle-même ce qu'elle imaginait, ce qu'elle redoutait, elle se sentait simplement anxieuse. Si Vince avait fait à Lidia un cadeau dont elle, sa femme, ne comprenait ni l'origine ni le sens – car, à son avis, c'était par habitude que Vince gardait la photo au-dessus de son lit –, alors il se pouvait qu'elle ignorât quelque chose de Vince, et c'était à elle de découvrir cette chose-là la première, maintenant.

Ce qu'elle s'était imposé n'était pas facile, et il ne fallait surtout pas pleurer. Iza dormait d'un sommeil inquiet, elle l'entendait, par la porte entrouverte, s'agiter, soupirer, se retourner brusquement dans son lit. Quand elle eut ouvert le tiroir du haut, elle demeura un instant sans rien toucher, ferma les yeux pour ne rien voir, tant était violente et impérieuse sa résistance intérieure. Elle allait se livrer à un acte ignoble, elle se préparait en quelque sorte à piller et à humilier Vince, qui gisait impuissant sur son lit d'hôpital, qui ne pouvait ni bouger, ni protester, ni l'en empêcher. En même temps, elle se sentait plus proche de lui que jamais au cours de ces dernières semaines, plus proche qu'en ce fatal après-midi. Les tiroirs, c'était un Vince vivant ; à travers leur contenu, c'était le vrai Vince qui la regardait, ce que sa main effleurait était vivant et lui parlait de son époux.

Un ordre parfait régnait dans le secrétaire, comme toujours et partout dans les affaires de son mari. L'ordre caractérisait Vince et Iza, de même qu'un certain désordre, assez féminin, lui était propre. Dans le tiroir, des papiers pliés et ficelés d'un cordonnet tricolore, et des boîtes, des boîtes de tous les formats, rangées comme les trésors d'un enfant sur son étagère à jouets.

La première qu'elle ouvrit contenait des cheveux d'Andrus. Elle ne savait pas que Vince avait, lui aussi, coupé une mèche du petit ; pour sa part, elle gardait une boucle de ses deux enfants de chaque côté de son médaillon. Les mèches noires et douces du petit Andrus… Cette mèche soyeuse évoquait avec une telle précision le visage joyeux qui ressemblait tant au sien, si vite disparu qu'il n'en restait pas une photo ! S'il vivait encore, il aurait quarante-huit ans. Seigneur Dieu !

Elle retourna entre ses doigts la boucle noire et brillante. Il était avec son père désormais. Ce devait être un angelot maladroit, il l'était déjà, bébé ; il laissait tout tomber, ses bras n'avaient pas beaucoup de force.

Au fond, comment cela se passait au ciel ?

Les livrets scolaires. Vince les lui avait montrés une fois. Les bulletins de l'école primaire de Karikásgyüd et du lycée de la ville, avec la mention « Très Bien », toujours. Nom de l'élève : Vince Szöcs, confession luthérienne, né le 11 janvier 1880 à Karikásgyüd ; nom de son père : Maté Szöcs ; profession : éclusier.

La tante Emma avait été furieuse ! Elle avait si brutalement reposé sa tasse à café que la soucoupe s'était fêlée. Éclusier ! Qu'est-ce que c'est que ça, éclusier ? Elle avait eu du mal à la calmer, quand elle lui avait dit qu'éclusier ou non, de toute façon il était mort depuis longtemps, et que Vince avait été élevé par Grégoire David.

« L'instituteur de Gyüd ? avait persiflé la tante Emma. Extraordinaire ! Il se prend pour un monsieur, maintenant qu'il a fait des études de droit ! Éclusier ! Et on lui a payé des études, le village entier s'est cotisé, il était tellement doué, n'est-ce pas ? Rien d'étonnant, ma parole, dans un pays aussi libéral ! »

Elle sirotait son café sous la tonnelle ; au-dessus de ses cheveux poivre et sel se balançaient des lilas en fleur ; elle ressemblait à une demoiselle d'honneur décrépite, avec son visage sec trop fardé et les lourdes bagues qui flottaient à ses doigts. Tante Emma la présentait ainsi : « C'est ma filleule. » N'empêche qu'elle la faisait travailler à la cuisine et ne l'appelait au salon que lorsqu'il y avait des invités. « Elle est orpheline, c'est la fille de ma chère défunte Marguerite. » À son gré, sa chère nièce était tantôt membre de la famille, tantôt bonne à tout faire. Mais si elle épousait Vince, qui ferait chaque soir la lecture à tante Emma, qui se lèverait pour veiller sur elle quand elle avait une crise d'asthme ? Tante Emma n'aurait jamais laissé une bonne entrer la nuit dans sa chambre, leur place était au sous-sol ; la nuit favorise les crimes, et la bonne aurait très bien pu la voler ou l'assassiner.

Elle s'était emparée de la tasse vide, mais au lieu de la rapporter à la cuisine elle s'était précipitée dehors. Vince l'attendait sur le banc devant la maison, tournant son chapeau entre ses mains, et il avait ri en la voyant arriver tout essoufflée, la tasse de la tante Emma à la main. « Alors, va-t-elle consentir ? » Elle était restée là sans rien dire, ne sachant si elle devait rire ou pleurer, car elle avait envie et de rire et de pleurer. « Demandez-le-lui vous-même ! » avait-elle enfin répondu.

Le livret universitaire de Vince. *Premier livre des Institutions de Gaius : une heure par semaine. Histoire de la Constitution et du Droit hongrois : deux heures par semaine.* Deux cartes postales de Guitza ; c'est elle qui les lui avait envoyées, l'été où elle avait séjourné dans cette station thermale avec la tante Emma. Des factures. La quittance des frais de pension d'Ilona David à l'École supérieure de jeunes filles pour l'année scolaire 1904-1905, et celle des frais de séjour de l'instituteur Grégoire David à l'hôpital de Békéscsaba, du 4 au 27 novembre 1907 ; la facture du tombeau de l'instituteur Grégoire David, érigé à Karikásgyüd le 22 avril 1909.

Grégoire David.

« Tu ne peux pas imaginer comment il était, avait raconté Vince. Deux mètres de haut et maigre comme un clou ; il souriait toujours, et pourtant il était si pauvre qu'il avait à peine de quoi nourrir ses enfants. Quand la rivière a rompu ses digues, les gens se sont réfugiés sur la colline du cimetière : c'était le seul endroit quelque peu élevé du village.

« Il faisait nuit, on sonnait le tocsin. Mes deux sœurs ont suivi ma mère quand elle s'est mise à courir vers la digue, moi aussi je voulais la suivre, mais je suis tombé et les gens m'ont piétiné dans le noir. La terreur de notre existence, c'était la digue de la Karikás. C'est l'instituteur qui m'a trouvé, il m'a ramassé et porté dans ses bras jusque sur la colline. Je m'accrochais à son cou en pleurant. Je n'ai plus revu personne de ma famille, on n'a même pas retrouvé le cadavre de mon père. J'ai vraiment peur de l'eau, Etelka. »

Des cailloux, provenant sans doute de la tombe du petit Andrus ou de celle de l'instituteur David, deux cailloux lisses et blancs comme de l'écume. Un coupe-papier d'ivoire cassé. Une enveloppe sans adresse, doublée d'un papier vert, translucide et onctueux. Un fume-cigarette d'ambre, cassé également.

Ce ruban… Celui qu'elle portait dans ses cheveux. Elle ne s'était pas assise une seule fois au cours de la soirée, elle valsait, tournoyait dans la salle des fêtes de l'hôtel du

Lion, et les lustres tourbillonnaient dans les glaces. Une telle soirée faisait oublier qu'on vivait en parente pauvre chez la tante Emma, qu'on était orpheline depuis l'âge de huit ans. Elle valsait avec Ernest Szekeres ; tante Emma la regardait, son chignon piqué de plumes pailletées lui donnait l'air d'un vieux perroquet. Elle lui jetait des regards peu aimables car Ernest Szekeres n'était pas un bon parti, il n'avait pour lui que ses titres de noblesse. « Voilà un garçon qui ne danse jamais », avait-elle pensé en le remarquant, tandis qu'elle tournait une fois de plus autour de la salle. « C'est Vince Szöcs, avait commenté Szekeres, il est greffier au tribunal. Il ne sait pas danser. » Elle avait failli rater la figure suivante, dans son étonnement qu'un jeune homme ne sache pas danser, et s'était immobilisée devant la glace tandis que les autres continuaient leur valse. Elle avait dévisagé Vince Szöcs sans discrétion. Il faisait justement signe à Szekeres et avait saisi son regard.

Le faire-part de décès de la tante Emma, où son nom à elle ne figurait pas. Claire, l'autre parente pauvre qui après Amélie l'avait remplacée auprès de sa tante, le lui avait envoyé. De la terre, dans une boîte, et une tirelire. Une coupure de presse datant de 1907. *Les Nouvelles du Sud*, 18 mars : « Il y a aujourd'hui vingt ans que la Karikás est sortie de son lit, rompant ses digues à Karikásrév au cours de la nuit du 18 au 19 mars et détruisant cinq villages. Le nombre des victimes de l'inondation s'élève à deux cents environ. Le désastre a surtout frappé Karikásrév et Karikásgyüd. »

Une lettre de A. P. Weiss, postée des États-Unis.

Oh, mon Dieu, Weiss, le droguiste ! Il avait tellement froid, au grenier ! On lui avait apporté un couvre-pied, mais il ne cessait de grelotter, ses pieds et ses mains étaient toujours gelés et il restait assis sur un matelas, dans un coin, à pleurer sa famille. C'est Vince qui l'avait récupéré, lors du couvre-feu, au moment où le convoi s'était arrêté juste devant la maison de la rue du Traban. Vince était sorti, le ciel était noir et couvert, et il avait prestement tiré à lui celui qui passait le plus près de la porte entrebâillée. Les sirènes s'étaient mises à hurler, et les gardes scrutaient le ciel au lieu de surveiller les travailleurs du STO. Le locataire de la rue psalmodiait à haute voix dans la cave, sur un ton désespéré, une sorte d'accusation têtue : les psaumes ne servaient donc à rien, puisqu'ils ne suffisaient pas à ramener le silence ? Ils bombardaient, ils bombardaient sans arrêt ; il était sourd, le bon Dieu, qu'il n'entendait pas qu'on le suppliait ? Le voisin ne les tenait pas en grande estime, mais pour la première fois peut-être il leur avait manifesté un peu de considération quand ils étaient descendus dans la cave alors que les bombes pleuvaient déjà depuis un bon moment.

Ce type est un homme malhonnête, lisait-on sur sa figure – on l'a renvoyé du tribunal ; qu'est-ce que c'est que ces gens-là, pour qu'on refuse à leur fille l'entrée à l'Université ; elle n'est pourtant pas juive ? –, mais il faut reconnaître que ce ne sont pas des lâches. Vince avait pourtant si peur que ses jambes et ses mains tremblaient, autant à cause de Weiss que du bombardement.

Elle ne pouvait plus continuer, ça lui faisait trop mal. Tout remontait nettement à sa mémoire, les mots, les phrases, le chuchotement d'Iza : « Pourquoi as-tu caché cet homme ? – Parce que j'en avais la possibilité », avait chuchoté son père en retour. Iza, songeuse, avait croisé les bras et s'était abîmée dans ses réflexions.

« Tu fais toujours le bien, mais *comme ça*, reprit-elle quand elle releva la tête. Tu n'es pas assez conscient. – Je ne suis quand même pas complètement inconscient », avait rétorqué Vince, et son visage s'était contracté, car une bombe venait juste d'éclater et il mourait de frayeur.

Dans le tiroir du bas, elle trouva des photos d'elle-même et d'Iza. Sur celle de sa classe, l'année du baccalauréat, Iza montrait une mine renfrognée, elle avait les cheveux coupés très court et le regard têtu d'un garçon. Puis des diapositives de Vince. Il s'était passionné pour la photographie, mais en 1923 il avait vendu son appareil. Elle présenta les plaques à la lumière, essayant de deviner ce qu'elles représentaient. Des ombres blanches et noires, des visages inconnus, des hommes moustachus coiffés d'un chapeau melon, des femmes en jupes longues jusqu'aux chevilles, affublées de chapeaux ornés d'ailes d'oiseaux. Qui étaient ces gens ? Pourquoi les avait-il pris en photo ? Elle crut reconnaître une forêt, les maisons d'un village. Elle reconnut immédiatement la dernière plaque : le négatif de la photo offerte à Lidia. Elle remit la boîte en place comme si elle lui brûlait les mains.

Les lettres qu'elle avait écrites à Vince. Des prospectus de villes étrangères et de voyages organisés. Un paquet de revues : *La Physique pour tous*. Des cartes postales représentant des paysages lointains. Il les collectionnait, sans avoir jamais voyagé ; quand ils eurent assez d'argent, il n'avait plus assez de santé. Des documents de famille, les papiers d'Iza, des extraits de baptême.

Elle y découvrit aussi l'avis de mise en disponibilité et, posé dessus, l'avis de réhabilitation. En vertu de l'arrêté 9590/1945…

« Si tu le quittes, tu peux revenir à la maison, j'oublie tout, avait déclaré la tante Emma. Quel malheur ! Je t'avais pourtant prévenue assez tôt ! Quel individu veux-tu que ce soit, un homme à qui l'on donne ses huit jours comme à un domestique qui a chapardé ? Et par-dessus le marché, un homme qui était juge au tribunal ! Reviens chez moi, je me sens bien seule, et toi, au moins, tu sais t'y prendre. » (Amélie, qui lui avait succédé auprès de la tante Emma, venait de s'enfuir avec Étienne Vitáry.)

Tante Emma sirotait son café en poursuivant ses commentaires.

« Il savait très bien quel jugement on attendait de sa part. Quelle folie ! Il avait pourtant un beau poste, pour un garçon élevé grâce aux aumônes publiques ! L'instituteur faisait chaque année la quête pour lui, et maintenant qu'il est arrivé à un si beau résultat, il fiche tout par terre ! Il savait très bien qu'il devait condamner les accusés, tout le monde le savait, et ne voilà-t-il pas qu'il acquitte ces quatre paysans, cette racaille, au nom de la Sainte Couronne hongroise, l'imbécile ! Et quand ses collègues bienveillants essaient de redresser la situation en lui donnant la possibilité de se rattraper ou de se démettre discrètement, voilà qu'il se met à énoncer des insanités, à claironner : la Vérité, la Vérité ! – et qui refuse de céder ! Il va apprendre, maintenant, ce que c'est que la Vérité. À ses dépens. Ta pauvre mère se retournerait dans sa tombe si je t'abandonnais. Aussi, ma fille, tu peux revenir ; tu es toujours chez toi dans ma maison, bien que tu l'aies quittée comme une ingrate ; je t'accepte encore une fois, si tu veux, mais sans lui. De l'argent, par contre, je ne t'en donnerai pas, ne viens pas en réclamer, moi non plus je n'ai pas d'argent, et même si j'en avais, ce ne serait pas pour ton mari. On n'a jamais vu ça ! J'espère qu'il va quitter la ville. Il ne peut pas rester ici, c'est impossible ! »

Elle n'était pas rentrée tout de suite chez eux, elle était passée par le cimetière. C'était le début de l'été, et les roses fleurissaient sur la tombe du petit Andrus ; cela faisait juste huit ans qu'il était mort. Elle s'était assise sur le banc, contemplant la pierre tombale couverte de roses, l'herbe drue et les nuages épais et lents. La nature était paisible, pas indifférente, paisible… Des abeilles bourdonnaient au-dessus des tombes. Une déception infinie l'étreignait tandis qu'elle admirait le pourpre des roses et le bleu du ciel. Pourquoi tant de beauté dans un cimetière ? Pourquoi cette apparence de paix, ce bourdonnement, le chant des oiseaux dans les branches, quand la réalité est si différente ? La réalité, c'était la mort et la tristesse qui l'attendait à la maison.

Elle était restée longtemps assise. Soudain, elle avait entendu crisser les cailloux derrière elle. Surprise, elle s'était retournée. Vince ! Il s'était assis auprès d'elle, sur le banc, et comme toujours quand il venait au cimetière, il avait caressé la tombe d'Andrus. « Je me doutais que tu viendrais là. » Elle baissa la tête, honteuse d'avoir couru chez la tante Emma pour demander de l'argent et se plaindre. Comment avait-elle pu retourner chez cette femme qui n'avait jamais aimé Vince et qui, dans son for intérieur, se réjouissait de ce qui leur arrivait ? Pour sûr, en pensant à l'éclusier et à leur première conversation, elle était flattée d'avoir eu du flair et d'avoir désapprouvé ce mariage douze ans plus tôt.

En ce moment, elle trouvait bizarre d'avoir été si triste ce jour-là, alors que Vince était vivant à ses côtés. Que de larmes versées pourtant, quand il avait perdu son poste ! Il avait eu beau lui expliquer que c'était lui qui avait raison et non pas ceux qui l'avaient suspendu, et elle avait beau le croire, elle ne s'en consolait pas pour autant. À cause du traitement, et pour d'autres bêtises : parce que les visiteurs se faisaient de plus en plus rares, que la famille les évitait, qu'on la saluait avec moins de considération. Elle rougissait maintenant en songeant à ce qui l'avait blessée à l'époque, à sa honteuse lâcheté, et d'avoir accepté dans son cœur quelques-unes des remontrances de la tante Emma. Une nuit, elle avait tenté de convaincre Vince de quitter la ville. Pour aller n'importe où, à Gyüd par exemple, s'il le souhaitait. Vince aimait Gyüd ; étudiant, il retournait chaque été visiter la famille de l'instituteur, et il racontait souvent la beauté du village, la bonne odeur des saules quand la rive se couvrait de chatons, il évoquait les remous profonds de la Karikás entourant les îles où foisonnaient les roseaux. Mais Vince ne voulut pas partir et elle en pleura. Le départ lui paraissait une bonne solution ; là-bas, ils ne risqueraient pas de rencontrer des gens de connaissance et, la vie étant moins chère au village, ils pourraient vivre de son allocation de veuve. (Vince ne touchait plus son traitement, mais elle recevait une allocation de veuve du ministère de la Justice ; ainsi était-elle la veuve d'un homme parfaitement vivant.) Non, avait dit Vince, et son doux visage s'était enflammé ; il ne partirait pas, il n'était pas coupable, il n'avait rien fait qui l'obligeât à se cacher. Il lui avait tourné le dos et n'avait plus voulu remettre la question sur le tapis.

Jusqu'au moment de sa réhabilitation, elle n'avait pas réussi à le convaincre de faire le voyage de Gyüd. Mais en novembre 1946, quand l'avis arriva, tremblant et les lèvres frémissantes, il avait pris sa valise au-dessus de l'armoire et l'avait préparée. Elle n'avait pas eu besoin de lui demander où il allait, c'était écrit sur son visage et dans le frémissement de ses lèvres. Il appela Iza pour qu'elle l'accompagne, mais la jeune fille secoua la tête ; à cette période, elle pâlissait sur ses livres et ne pensait qu'à ses examens. Elle avait essayé de dissuader son père de faire le voyage, et toute la soirée elle lui avait expliqué qu'il n'y avait pas d'hôtel à Gyüd, que presque tous les gens qu'il avait connus étaient morts, à commencer par l'instituteur, disparus depuis longtemps, et que les enfants étaient partis chercher du travail aux quatre coins du pays. Ceux qui restaient le dévisageraient comme un mouton à cinq pattes. « Mais que désirez-vous tant voir, à Gyüd ? » Vince avait répondu en poursuivant obstinément ses préparatifs : « La digue ! – Je regrette beaucoup, mais votre digue ne m'intéresse pas du tout, avait répondu Iza en caressant tendrement le bras de son père. Les souvenirs, malheureusement, on ne peut les transmettre à personne. » Vince était resté à la regarder, la main posée sur sa valise, et son visage soudain triste avait paru s'amenuiser. Finalement il n'était pas parti, et il avait attrapé cette mauvaise grippe ; tant qu'il était resté alité elle n'avait pas quitté son chevet, et quand il alla mieux il faisait beaucoup trop mauvais : le voyage n'avait jamais eu lieu. Il n'avait jamais revu son village natal et, par la suite, il l'évoquait de moins en moins souvent ; il vieillissait, s'affaiblissait, quittait de plus en plus rarement la maison. À l'époque de sa réhabilitation, il avait soixante-six ans passés, était perclus de rhumatismes et souffrait déjà de douleurs à l'estomac ; mais personne ne se doutait de ce qu'elles annonçaient.

Elle referma les tiroirs, leur contenu n'avait rien de mystérieux, c'était cinquante années de vie commune, il n'y avait nul secret dans ce fatras ingénu, pas de photos de femmes, pas de fleurs séchées, pas de correspondance clandestine, rien qui ne concernât l'enfance ou la vie familiale de Vince. Elle avait honte, à présent, de son inquiétude, elle aurait dû mieux le connaître. C'était la faute d'Antal et de Lidia. Quand elle était arrivée à l'hôpital, Dekker lui avait annoncé que son mari avait perdu conscience, et il n'était pas encore revenu à lui quand elle s'était assise à son chevet. Ce qu'il avait dit à Antal, ce n'était peut-être pas qu'il fallait donner à Lidia la photo du moulin ; il avait dû chuchoter quelque chose, et les autres avaient mal compris. Il chuchotait toujours, le pauvre, après ses piqûres, toujours, toujours il chuchotait ; et comment aurait-il pu parler de sa mort, lui qui ne se doutait de rien !

Elle sortit dans le couloir, ouvrit la porte et jeta un coup d'œil dans la cour. La pluie tombait toujours, mais il faisait plus doux que dans l'après-midi. Kapitany l'aperçut et grimpa l'escalier à petits bonds. C'est exactement avec cette impertinence, cette familiarité que dix ans plus tôt il était entré en sautillant par la porte cochère entrouverte. C'était un Premier Mai, ils étaient sur le seuil pour guetter les bouquets de fleurs que déverseraient les avions et le lâcher de pigeons sur la Grand-Place annoncé par le journal pour la fin de la fête. Subitement, ils avaient perçu un grattement léger sous le passage voûté, et comme s'il avait habité là depuis toujours, un petit lapin noir, gros comme le poing, était venu vers eux en sautillant. « Tiens ! un pigeon égaré, avait dit Vince en riant. Il plastronne comme un capitaine, sauf qu'il est noir. »

De nouveau le souvenir fut si vif, si présent, qu'elle n'eut pas le courage de se pencher vers l'animal et rentra dans la maison. Un coq chanta dans les environs en faisant traîner son cocorico pour éveiller les dormeurs. Le ciel était noir, d'une seule masse sombre. « Voilà le jour qui se lève, pensa la vieille femme. Est-ce qu'il le voit se lever, lui aussi ? »

Dans la chambre à coucher il faisait chaud, trop chaud par contraste avec l'air humide du petit matin qui montait de la cour. Elle se débarrassa de son peignoir et se prépara à s'étendre auprès d'Iza. Iza se retourna sans se réveiller, elle avait une respiration profonde, triste même dans son sommeil. Debout, face au mur, la vieille femme discernait nettement le tableau accroché au-dessus de son lit, et qui veillait sur ses rêves. Une petite fille, un panier de fraises à son bras, traversait à pas légers une passerelle vermoulue ; sous le ponceau écumait un torrent de montagne ; elle entendait, sur les rochers, le fracas de l'eau qui semblait vouloir happer et entraîner la petite silhouette en sarrau. Mais elle n'avait rien à craindre, un ange volait derrière elle, son pied lisse, chaussé d'une sandale, flottait au-dessus de la passerelle et il étendait ses deux bras protecteurs vers l'enfant qui, insouciante, poursuivait un papillon au-dessus du ravin et du torrent mugissant.

5

Le rituel provincial du deuil détermina le déroulement des journées suivantes. Les gens venus présenter leurs condoléances ne transigeaient pas avec la bienséance, ils restaient au-delà des quinze minutes d'usage, mais la vieille femme ne s'en plaignait pas, elle était contente de parler de Vince. Elle offrait de la liqueur, car le temps s'était remis au froid comme si le mois de mars luttait contre lui-même et voulait démentir les promesses du printemps par des journées hivernales. Iza trouvait barbare cette agitation qui précède les enterrements, elle supportait mal les visiteurs et ne restait jamais à la maison en leur présence. D'ailleurs, même si elle l'avait voulu elle ne l'aurait pas pu, tant elle avait de démarches à effectuer. Elle passa une matinée à l'hôpital, dans le bureau de Dekker, s'occupa de la sécurité sociale, organisa l'enterrement, et consacra le reste de son temps à des pourparlers à l'agence immobilière. La vente de la maison n'était pas une mince affaire.

À l'exception d'un conseiller municipal dont on n'attendait pas la visite et d'un jeune fonctionnaire du tribunal tout à fait inconnu, les gens parlaient autant d'Iza que de Vince. Sa réputation de médecin, l'importance de son poste, les sommes qu'elle envoyait chaque mois à ses parents, le souci qu'elle avait, chaque année, de leur trouver du combustible, de les conduire chez le tailleur, le cordonnier, le médecin faisaient l'objet de conversations sans fin. Qu'elle ait décidé d'emmener sa mère à Budapest n'était au fond une surprise pour personne : on n'en attendait pas moins d'Iza et de son caractère. C'était un excellent médecin, une fille pleine de gratitude, bref, quelqu'un de bien, et Mme Szöcs serait très heureuse chez elle. M. Szöcs était parti, le pauvre, mais il laissait sa fille pour veiller sur sa femme. Elle ne devait pas être mécontente, au fond, de partir à Budapest, de laisser derrière elle la tristesse des souvenirs pour jouir paisiblement de sa vieillesse dans un nouveau cadre. Au lieu d'en supporter les ennuis et la solitude, elle n'aurait plus qu'à dorloter ses soixante-quinze ans dans une oisiveté sereine ! Iza s'occuperait d'elle, elle n'aurait plus à se soucier de rien.

Iza s'occupait de tout, en effet, même de détails apparemment sans importance. Elle faisait la cuisine, servait sa mère ; si l'on sonnait, et qu'elle fût présente, elle courait à la porte pour éviter à la vieille femme de s'y traîner à pas lents. Elle allait vite et ses longs cheveux flottaient derrière elle. Au cours des ans, à mesure que Vince s'affaiblissait, la totalité des tâches était retombée sur les épaules de sa mère ; un acte aussi insignifiant en soi que d'aller ouvrir la porte cochère était devenu, pour la vieille dame, une corvée par temps de pluie, de neige ou de boue, en fait, chaque fois qu'il faisait mauvais. Aujourd'hui, c'est Iza qui courait sous la pluie battante ou la neige fondue, et dans sa jupe et son pull-over noirs elle paraissait aussi jeune que lorsqu'elle était encore à la maison, adolescente ou très jeune femme.

Iza avait tant à faire, elle n'avait guère de temps pour pleurer ou réfléchir.

Avant de quitter Budapest elle avait pris quelques jours sur ses vacances d'été, et elle voulait tout régler durant ce congé : l'enterrement, les démarches pour la succession, la vente des objets désormais inutiles, le déménagement et même le sort de la maison.

« Je ne veux pas que tu sois là pour déménager, dit-elle à sa mère ; tu ne pourrais t'empêcher de m'aider, et après l'enterrement tu ne seras pas gaillarde. Tu vas partir à Dorozs ; ce soir, je donnerai un coup de téléphone à l'établissement thermal. Là-bas, tu n'auras qu'à te reposer, regarder les arbres, lire, dormir, et prendre quelques bains si tu en as envie : ça ne ferait pas de mal à tes vieux os. Quand tout sera réglé, j'irai te chercher et, le 14, Dekker, qui va à Budapest, nous emmènera en voiture. »

Dorozs était à une quinzaine de kilomètres ; on parlait déjà de ses eaux sulfureuses et iodées dans les chroniques d'il y a trois cents ans, mais l'établissement de bains et l'hôtel, situés dans le parc de la source, n'avaient été construits que six ans auparavant. Pendant des années, Vince et elle avaient désiré s'y rendre, projetant maintes fois cette excursion sans jamais s'y décider ; il y avait pourtant un car toutes les heures pour Dorozs, mais ils n'y étaient jamais allés, pas plus qu'au bord de la mer ou en bien d'autres endroits du monde qu'ils avaient rêvé de visiter ensemble pendant de longues soirées. La vieille femme baissa la tête en entendant la proposition d'Iza et chercha son mouchoir. Elle était très émue de l'affection et des soins de sa fille, et cependant jamais elle n'avait éprouvé autant de tristesse que maintenant où elle pouvait enfin aller à Dorozs.

Elle se sentait réconfortée à l'idée de ne pas demeurer entre ces murs où tout évoquait l'absence de Vince, mais affolée également de ne pas être là quand Iza ferait charger leurs affaires. « Ne te tracasse pas, tu as eu assez de soucis comme ça. Je connais mon appartement, je sais où je t'emmène, la place dont je dispose et ce qui fera bien là-bas. Tout ce que je veux désormais, c'est que tu te sentes à l'aise. »

Qu'on s'occupe d'elle et qu'on réfléchisse à sa place lui fit venir aux yeux des larmes de reconnaissance. Iza avait encore raison, bien sûr : c'est vrai qu'elle aurait trop de peine s'il lui fallait rassembler et trier les affaires de Vince, et peut-être même n'aurait-elle pas la force d'emballer ses complets démodés, si familiers, et ses drôles de casquettes. Vince, depuis qu'il avait vieilli, ne voulait plus porter de chapeau, seulement des casquettes. Qu'Iza s'en charge donc, et à Budapest, quand elle aurait retrouvé un peu de courage, elle les déballerait et les rangerait dans les armoires. Ce serait comme s'ils habitaient là-bas tous les deux, Vince et elle, chez leur fille ; peut-être pourrait-elle dialoguer avec sa canne, son verre à bord épais, le pot en fer-blanc où, au plus fort de l'hiver, il mettait à chauffer l'eau pour sa barbe sur la grille du poêle. Secrètement, elle espérait que tout serait sauvé. Iza n'avait pas reçu un vrai trousseau, ils avaient été assez mortifiés, avec Vince, de n'avoir pu que partager leurs affaires avec les jeunes mariés ; elle lui aurait volontiers donné tout ce qu'ils possédaient, pour expédier à Budapest. Elle guetta les réactions de sa fille dans l'espoir qu'elle accepterait sa proposition, mais Iza secoua la tête et se borna à lui répéter de ne pas se mettre martel en tête, de la laisser prendre sur elle le souci du déménagement. Elle se résigna ; Iza savait toujours tout mieux qu'elle, et cela aussi sans doute. Malheureusement, il en résultait qu'on ne pourrait pas tout emporter. Bon, Iza choisirait ce qui leur serait nécessaire là-bas. Quant au reste…

L'idée lui fit mal, elle la chassa.

Elle avait vécu pendant tant d'années parmi ces meubles qui avaient vieilli avec elle et possédaient chacun leur histoire. Il était triste de ne pouvoir les sauver tous, de ne pouvoir emporter la maison sur son dos jusqu'à Budapest ; la maison n'apparaissait terrifiante qu'à l'idée d'y rester seule, mais en compagnie d'Iza ç'aurait pu être le plus beau séjour du monde. Seulement Iza possédait un appartement, pourquoi payer un impôt sur la maison ? Elle avait donc raison de la vendre. Qui allait l'acheter ? Quel que soit l'acheteur, il ferait une bonne affaire. Tout de même, quel dommage pour les bricoles qu'on abandonnerait là ! Tant pis, on ne pouvait pas faire autrement ! Tant que Vince avait été en bonne santé, il faisait toutes les démarches, aujourd'hui c'était

Iza. Heureusement, d'ailleurs, qu'elle n'était pas obligée de traiter elle-même avec l'agence immobilière !

La soirée qui précéda l'enterrement se déroula d'une manière étrange. Iza se débattait pour faire frire du poisson dans la cuisine, où le fourneau tirait mal, quand Antal sonna. Elle le fit entrer, car Iza lui avait crié d'aller ouvrir, elle ne pouvait pas quitter sa poêle. Il pleuvait sans arrêt depuis plusieurs jours, et Antal, nu-tête, avait les cheveux et le front ruisselants d'eau. Elle ne se souvenait pas d'avoir jamais vu un chapeau à Antal, et en hiver la neige poudrait ses cheveux. Quand Iza entendit le bruit des pas, elle jeta un coup d'œil par la porte de la cuisine. À la vue d'Antal, son visage se crispa dans une expression polie. Elle s'excusa d'être occupée ; voulait-il dîner ? il y avait assez pour trois. Mais le jeune homme la remercia ; il avait déjà mangé. C'était visiblement faux, mais qu'y faire ?

Sans s'attarder en préambules, Antal s'enquit du prix qu'elles souhaitaient pour la maison. Il avait envie de l'acheter. L'autre jour, lorsque Iza avait fait un saut à l'hôpital, elle lui avait appris qu'elle la mettait en vente. Depuis quelque temps, il avait l'intention d'en acquérir une et s'ils pouvaient se mettre d'accord, il l'achèterait volontiers.

Elle le regarda, stupéfaite. Elle n'avait jamais envisagé qu'Antal pourrait un jour posséder une maison.

– Si vous laissez quelques meubles, maman, je les reprendrai aussi.

Pour la première fois depuis le diagnostic de Dekker, trois mois plus tôt, son visage s'éclaira. Elle ne savait pas exactement ce qu'Iza souhaitait vendre, mais elle regrettait déjà les objets que d'autres s'approprieraient, comme s'il s'agissait d'êtres vivants obligés, après un long et paisible séjour, de courir les chemins pour échouer entre des mains étrangères et de passer la nuit – ce temps où les objets retrouvent et leur voix et leur âme – à soupirer sans fin après les mains familières. Antal avait beau les avoir quittés, il faisait partie de la maison.

Mais pour discuter de tout ça, il fallait attendre Iza.

Elle sentait la friture de poisson et, bizarrement, cela la lui rendit étrangère. Iza était toujours si nette, si fraîche, elle protégeait si soigneusement son corps du contact de la saleté et des soins du ménage qu'elle fut stupéfaite de la voir émerger, écarlate, de la cuisine. Quelque chose la dominait, certainement, pour qu'elle oublie de se contrôler. « C'est une question d'exigence et d'attention, avait-elle expliqué un jour ; si on le veut vraiment, même dans une cuisine on peut rester impeccable. »

Pour cette fois la cuisine, la matière brute l'avait emporté. Ce soir, Iza ne se souciait plus d'elle-même. Mais de quoi, alors ?

Elle écoutait, debout, Antal expliquer pourquoi il était venu. Par la suite, la vieille femme s'interrogea sur le regard étrange d'Iza. Pour une raison quelconque, la proposition d'Antal lui déplaisait. Mon Dieu, mon Dieu, pourvu qu'elle n'aille pas refuser, malgré ce qui s'était passé entre eux, naguère ! Puisqu'elles ne pouvaient pas rester ici, qu'Antal au moins vienne y vivre ! Elle n'osait pas ouvrir la bouche, sa vie durant quelqu'un d'autre avait pris les décisions à sa place, et c'est seulement au fond de son cœur qu'elle répétait qu'elle laisserait la maison à Antal à n'importe quel prix, à condition qu'il ne touche pas à la gargouille et qu'il arrose tous les jours les fleurs de Vince. Antal avait toujours aidé Vince à fendre le bois, il savait qu'on appelait le billot le « lourdaud ».

– Tu veux t'installer dans tes meubles ? demanda Iza.

Sa voix était calme, tellement neutre que même sa mère se douta qu'une question non formulée, violemment contenue, s'y dissimulait. Antal ne répondit pas, chercha ses cigarettes sous le regard d'Iza, immobile. La vieille femme bredouilla une excuse, sentant qu'elle ne pouvait pas rester dans la pièce et que, pour une fois, Iza ne lui en voudrait pas de les laisser seuls. De toute façon, hier et avant-hier ils avaient bien été obligés de se parler, quand Iza était allée à l'hôpital pour remercier Dekker, et aussi cette infirmière. Elle marmonna quelque chose au sujet du dîner et sortit à pas furtifs. Dans la cuisine, l'huile grésillait ; Iza avait pourtant retiré la poêle du feu.

Brusquement, elle eut l'impression qu'elle ne pourrait pas avaler une bouchée ; le ventre gras du poisson luisait comme s'il était vivant.

Elle resta longtemps dans la cuisine, et c'est à l'appel d'Iza qu'elle se leva : Antal voulait lui dire au revoir.

– Vous vous êtes mis d'accord ? fit-elle d'une voix pleine d'espoir.

Antal lui répondit que oui. Iza ne dit rien. Elle n'était plus rouge ; son tablier, le tablier fleuri de sa mère qu'elle avait mis pour préparer le dîner, semblait grotesque autour de sa taille mince, presque frivole sur ses vêtements de deuil.

Antal partait ; il n'était plus nécessaire de les laisser seuls, et elle le reconduisit à la porte. Il s'arrêta sur le seuil, comme s'il voulait dire quelque chose, releva le col de son manteau, et fonça sous la pluie. Elle le suivit longtemps du regard. Mais ce n'était pas Antal qu'elle voyait, c'était le spectacle de la rue, le carrousel des lumières aux fenêtres et la devanture naïve, fièrement éclairée de Kolman. Les passants pataugeaient dans les flaques et la soie des parapluies chatoyait sous l'averse. Le vent du sud s'était remis à souffler, les nuages et le ciel sans lune écrasaient les maisons basses. Pour la première fois de sa vie elle sentit que la terre n'était pas plate mais ronde, et que lentement, d'une manière perceptible, elle tournait sous ses pieds. Comment le corps maigre de Vince, son visage toujours plus émacié avaient-ils pu lui communiquer une telle impression de sécurité ? Elle demeura là, appuyée contre la porte qui depuis quelques jours ne lui paraissait plus tout à fait réelle, comme si Vince avait emporté la réalité de la pierre et du bois pour ne laisser qu'un brouillard tourbillonnant et bruissant. Dans la nuit torrentielle de mars elle perçut pour une nouvelle et dernière fois la présence physique de Vince ; ses cheveux blancs flottaient autour du réverbère de la petite place, au tournant de la rue.

Le brouillard descendait, un brouillard printanier, plus léger, et du côté de la Grand-Rue on entendait l'eau des caniveaux gicler bruyamment sous les roues des voitures.

On les avait conduites au cimetière dans la voiture de Dekker. Le professeur avait été discret, il avait pris un taxi, laissant Iza et sa mère seules dans son auto. Mme Szöcs voulait aller à l'hôpital avant l'enterrement, mais Iza s'y était opposée, et elle en éprouva beaucoup de peine ; elle aurait tant souhaité demeurer un moment à côté du cercueil. « Je n'ai que toi dans la vie, maman, avait dit Iza en posant son beau regard sur elle ; je suis ta fille et ton médecin. Je ne veux pas que tu t'épuises à pleurer, ton cœur n'est plus jeune ; je dois veiller sur toi. »

Au début, elle ne pleura pas, non grâce au cachet qu'Iza lui avait fait prendre avant de partir, mais parce que sa douleur se nuançait d'une sorte de joie naïve : voilà des jours qu'elle n'avait pas revu Vince, et elle savait qu'elle allait le revoir encore une fois, l'embrasser, rectifier son nœud de cravate. Durant le trajet, elle garda les yeux baissés, ne regarda pas la route pour préparer ce qu'elle lui dirait. Vince savait sans doute qu'Iza avait décidé de l'emmener à Budapest, mais il ne connaissait peut-être pas encore le projet et la proposition d'Antal. Elle promettrait de mieux manger désormais et lui demanderait pardon de ne pas lui avoir donné autant de morphine qu'il en réclamait ; c'est qu'elle désirait le voir vivre le plus longtemps possible. Elle se préparait à ce rendez-vous comme s'il s'agissait d'un être vivant, à cela près que la durée de leur rencontre serait chichement mesurée.

Toutefois, devant la chambre mortuaire, elle se mit à trembler : les draperies de la porte et les plantes vertes alignées dans des bacs noirs lui firent peur. Quand elle entra, elle vit d'abord Kolman avec une cravate noire – ce qui lui fit plaisir – puis le lit funéraire. Elle s'arrêta sur le seuil, et les larmes jaillirent : le cercueil était fermé.

La souffrance des quatre jours précédents n'était rien comparée à celle qu'elle ressentit alors. Iza prit son bras et la mena vers le banc. Elle s'assit ; ses larmes ruisselaient entre ses doigts gantés. Iza se taisait et elle s'assit auprès d'elle, raide, sans bouger. Iza ne voulait que son bien, c'était plus sage ainsi, Iza la protégeait et s'interposait entre la mort et elle, pourtant sa peine était infinie de ne pouvoir revoir ce visage qui, quatre jours auparavant, lui était déjà étranger. Elle suivit la cérémonie en pleurant, incapable de prêter attention aux prières, et jamais les idées de paix éternelle et de résurrection ne lui semblèrent plus lointaines. Elle sanglotait d'une manière enfantine et obstinée ; la promesse d'une quiétude bienheureuse par-delà les inquiétudes terrestres ne suffisait pas à la consoler. Elle se raccrochait à l'image du corps de Vince avec autant de violence que lors des premiers mois passionnés de leur mariage. L'inaccessible au-delà ne compensait en rien l'absence.

Quand le cortège s'ébranla et qu'elle marcha à petits pas, appuyée au bras d'Iza, elle sentit, sans se retourner, que ceux qui les suivaient étaient plus nombreux qu'elle n'aurait pensé. Le corbillard creusait des ornières profondes dans la boue, l'humidité imprégnait les manteaux. Personne n'ouvrit son parapluie, par décence. Vince, de son vivant, n'était jamais monté dans une voiture aussi majestueuse, et jamais on ne l'avait salué aussi respectueusement que les employés des pompes funèbres. Ce qu'elle espérait lui raconter avait fui. Attentive à faire de petits pas, elle ne parvenait pas à relier ses phrases entre elles ; de Vince, elle ne voyait plus que le couvercle de bois qui le recouvrait. Pendant que les mottes de terre tombaient l'une après l'autre, elle ne cessa de sangloter et le pasteur présenta ses condoléances comme s'il était vexé et déçu d'avoir prêché pour rien les joies de la vie éternelle. La tombe de Vince était petite, bien plus qu'elle ne s'y attendait ; sans se soucier du monde, elle s'agenouilla et embrassa la croix de bois.

C'est alors qu'elle se penchait en essuyant les larmes sur son visage qu'elle aperçut Lidia ; la jeune fille portait un manteau noir, probablement emprunté car il n'était pas à sa taille, un chapeau et des gants noirs. Elle n'avait jamais aimé cette fille ; son regard triste lui déplut, de même que son geste lorsqu'elle posa un petit bouquet sur la tombe de Vince.

Au retour, la voiture s'arrêta sur la Grand-Place au lieu de prendre la direction de leur rue. Iza regarda la façade jaune de l'hôtel qui se dressait devant elle. Ici, voici trois mois, dans le bar aux rideaux rouges, elles avaient discuté de la mort imminente de Vince ; à travers le voile de pluie, elle reconnaissait, à côté de l'hôtel, le bureau de la compagnie aérienne et de la compagnie d'autobus. Un car stationnait, sa carcasse énorme lavée par l'averse.

Iza descendit ; aidée par le chauffeur elle fouilla dans le coffre de la voiture, et la vieille femme vit émerger la valise brune et légère qu'avait sa fille en arrivant. Iza serra la main du chauffeur et aida sa mère à descendre à son tour.

– Maintenant, on prend un café et tu t'en vas.

Elle resta un moment sans comprendre.

– Tu vas prendre un café, tu es glacée jusqu'aux os, et après je te mets dans le car. Il part pour Dorozs dans dix minutes, voilà ta valise.

– Tout de suite ?

– Tout de suite. Assez pleuré. Si tu rentres à la maison, tu vas errer à travers les pièces et te faire du mal. Je vais tout régler ici, et dès que j'aurai fini j'irai te rejoindre. J'ai mis des livres et des médicaments dans la valise et j'ai téléphoné à l'hôtel pour que le portier t'aide à remplir ta fiche.

Elle la suivit, silencieuse et docile. Dans le bar, il n'y avait que deux ou trois personnes. On leur servit aussitôt un café. Elle fixa la surface brune du liquide et le tourna avec sa cuillère. C'était un songe. La petite fille avançait, son panier au bras, et Iza la guidait ; Iza était sa mère, Iza livide dans sa robe noire. Le bras d'Iza était ferme, sa voix était ferme et elle disait : « Ne pleure pas ! »

Était-il possible qu'elle ne revoie plus cette ville ni cette maison où elle avait vécu avec Vince ?

Iza se leva et paya.

Dans le car presque vide flottait une odeur d'essence ; une femme appuyée sur une canne monta devant elles. Iza posa la valise dans le filet. Elle avait dû la préparer durant la nuit, quand elle dormait, mais quand avait-elle donné le coup de téléphone à l'hôtel ?

Le car démarra si vite qu'elles n'eurent pas le temps de se dire adieu. Iza sauta en arrière et le contrôleur claqua la portière. Il pleuvait très fort et on n'y voyait rien, c'est à peine si elle distinguait la silhouette de sa fille à travers la vitre ruisselante.

– Pour Dorozs ? demanda le contrôleur.

Ce nom avait un parfum d'été et de fleurs, et Vince surgit, mais aussitôt, comme si on l'avait tiré par la manche, il s'éloigna et s'évanouit. Le car filait à travers le quartier des cheminots, passait le grand pont. D'ici on pouvait voir l'écriteau blanc portant le nom de la gare. Sous le pont, des locomotives haletaient. La pluie tombait à grands flots.

– Pour Dorozs, acquiesça la vieille femme.

L'essuie-glace, monotone, balayait le pare-brise.

II

LE FEU

1

Dorozs, qu'elle avait pourtant vu souvent en photographie, ne ressemblait en rien à ce qu'elle avait imaginé.

Dans sa jeunesse, une fois, elle avait accompagné la tante Emma à Szentmaté, et c'est l'image de cette ville qui lui était restée comme le symbole de la ville d'eaux : son carillon sur la Grand-Place, ses concerts de midi en plein air, ses sources à l'ombre des platanes, l'auberge gigantesque, ornée de sa longue rampe et de ses jalousies, l'établissement thermal au bord du lac, au pied des montagnes qui enserraient les eaux violettes, vertes, gris acier, ou rougeâtres selon le temps, et crêtées, par grand vent, d'une triple dentelle d'écume. Le village de Szentmaté s'étageait sur la pente, les rues grimpaient vers le sommet comme si la bourgade entière fuyait perpétuellement vers les cimes. Au cours de leurs promenades, des hommes maigres et moroses mettaient à sécher leurs filets sur des pieux où, ailleurs, on accroche les pots et les cruches, et les saluaient de la tête ; des femmes basanées aux yeux fendus en amande, des enfants pieds nus couraient après les poules et dévisageaient les curistes avec curiosité. Les maisons coiffées de chaume et les nids de cigogne se découpaient sur un ciel dur et froid ; au loin se dessinaient les cônes de minuscules volcans et, dans la vitrine de l'épicerie-mercerie, au-dessus du sucre brun, se balançaient des rubans de papier tue-mouches.

Dans le village, il n'y avait ni bureau de poste, ni médecin, ni pharmacie, on ne les trouvait qu'à la station thermale ; en revanche, c'est dans la Grand-Rue, à côté du cordonnier, que l'entrepreneur des pompes funèbres proposait ses cercueils bleu ciel et grain de café : la boutique de Kammermann aurait fait mauvais effet dans la ville d'eaux.

Dorozs était un village de la Grande Plaine étalé sur le sable, encerclé de grandes forêts, qui ne ressemblait en rien à Szentmaté non plus qu'à aucun des villages qu'elle avait connus jusque-là. Par les fenêtres du car elle vit défiler une pâtisserie, un cinéma, un terrain de sport, un dispensaire ; puis un grand bâtiment où pendait une affiche comme devant un théâtre. À la devanture d'une boucherie en carreaux de faïence s'étalaient des quartiers de viande rouge vif ; elle détourna la tête, la vue de la viande fraîche la gênait, sans qu'elle sût pourquoi. Sous de grands châssis vitrés, le vert des poivrons et des laitues précoces ; sur le toit des maisons, des antennes à la place des nids de cigogne, parfois même des antennes de télévision ; une nappe en matière plastique, un pulvérisateur, des bas nylon, une machine à laver à la devanture d'une épicerie. Des écoliers envahissaient le square devant l'école ; les fillettes portaient des tabliers noirs aux poches brodées sur leur survêtement bleu et de larges rubans de soie dans leurs nattes. Elle s'attendait à voir des bottes, mais la plupart des gamins portaient des chaussures de ski à bandes croisées de couleur bordeaux ; c'étaient des enfants joufflus, propres, et leur pépiement, qui saluait midi et la fin de la classe, était sage. Une mère poussait un landau moderne. La vieille femme pensa que parmi cette jeunesse nul n'avait l'air d'être paysan, et cela l'étonna beaucoup.

Pris de remords, le ciel gonflé de nuages se déchira.

Dans le rayonnement intense qui jaillit soudain, les arbres nus frissonnèrent, haletèrent comme s'ils cherchaient leur souffle après une longue course. Sur l'eau des fossés le soleil s'épanouit, plongea, émergea. Des machines agricoles, dont les moteurs peinaient dans la boue épaisse, avançaient en grondant vers les champs. Au-dessus de l'horizon le ciel était encore gris, puis déjà bleu et, sur le village, la lumière étrangement changeante, comme si des projecteurs avaient balayé les rues, faisait surgir entre les maisons des éclairs jaunes ou couleur de fumée. La route s'engagea dans la forêt, et à un jet de pierre de la dernière maison de la Grand-Rue l'hôtel de la Station thermale, l'hôtel d'Iza, se dressa devant la vieille femme.

C'était la première fois qu'elle le voyait vraiment.

Dès l'enfance, Iza avait été fascinée par les charrettes venant de Dorozs ; chaque fois qu'elle apercevait les chevaux hirsutes de Daniel Berczes elle se précipitait à leur suite pour observer jusqu'au bout la façon dont on livrait l'eau thermale chez les clients ; dans la vapeur de l'eau jaillissante son petit visage devenait mystérieux, recueilli, figé dans la contemplation. Son père lui avait expliqué pourquoi les habitants de la ville faisaient venir de l'eau de Dorozs ; il lui avait raconté comment, dans sa jeunesse, les paysans retroussaient leurs caleçons longs, s'asseyaient au bord de la source et, en pestant parfois contre la température de l'eau, trempaient leurs pieds noueux dans les creux de l'argile. Durant les deux années qui avaient précédé leur mariage, la lutte pour Dorozs, le grand projet, l'image obsédante de la station thermale et de l'hôtel, les analyses de l'eau, les séances de travail et de discussions avaient hanté Iza et Antal. Quand l'hôtel avait enfin ouvert ses portes, Iza avait déjà divorcé, Vince commençait à aller moins bien, et ce n'est que dans le journal qu'ils apprirent quelles cérémonies le village avait organisées pour inaugurer l'établissement thermal. Iza aurait dû y participer, mais elle n'avait envoyé qu'un télégramme ; seul Antal y était allé.

Le labeur d'Iza avait cimenté les pierres de la station thermale – c'est ce que Dekker avait dit.

Et aujourd'hui, la vieille femme se trouvait devant un bâtiment de cinq étages, de verre et de béton, à la fois hôtel et hôpital, qui représentait les idées et la volonté de sa fille ; il se dressait au milieu d'un ensemble immense où plus rien ne rappelait ni la fontaine de Szentmaté ni l'ancienne auberge avec ses persiennes. Iza lui avait montré le projet et une photo de l'ensemble terminé, mais elle ne pouvait rien se représenter d'après un plan, et sur la reproduction du journal les dimensions s'appréciaient mal. Elle ouvrait de grands yeux, le souffle coupé par cette façade majestueuse et les lettres énormes de l'enseigne.

La femme à la canne qui était montée dans le car avant elle descendit avec difficulté, et le contrôleur lui passa son bagage.

Un homme en uniforme, debout à l'arrêt d'autobus, s'approcha du car et, en passant la tête par la portière entrouverte, lui demanda si elle était Mme Szöcs, car il venait chercher cette dame. Elle bredouilla une réponse et se dressa sur la pointe des pieds pour attraper sa valise, mais il la rejoignit très vite et la saisit à sa place. Il l'aida à descendre, puis il lui prit le bras pour la conduire jusque dans le hall qui sentait le soufre ; l'atmosphère était sèche et chaude, bien que chargée de vapeur. Des palmiers dans des pots de majolique et de petites tables jaunes meublaient l'espace. Elle ne savait vers où se diriger, et on l'orienta vers un tapis car le dallage était si bien astiqué qu'on y glissait comme sur une patinoire.

À la réception on remplit la fiche à sa place ; elle n'eut plus qu'à signer. Son guide en uniforme et elle entrèrent dans un ascenseur – ce fut le seul moment d'angoisse, car la vieille femme n'aimait pas l'ascenseur – qui s'arrêta au quatrième étage. Il ouvrit, et ils pénétrèrent dans la chambre. Là, il posa la valise devant un placard, ouvrit une seconde porte puis disparut. La vieille femme, confuse, se retourna pour le rappeler : elle aurait dû lui donner une pièce pour sa gentillesse. Mais elle se ravisa aussitôt car elle se rappelait vaguement avoir lu ou entendu qu'on ne donnait plus de pourboire. Elle n'avait jamais séjourné seule dans un hôtel, et elle avait un peu peur.

Elle aurait aimé savoir si les chambres voisines étaient occupées, si elle pouvait laisser ses affaires dans l'armoire quand elle sortirait : peut-être qu'ici aussi il y avait des rats d'hôtel. Elle se rassura en songeant qu'on veillerait sur elle tout particulièrement, à cause d'Iza, et elle put enfin examiner la pièce. Elle ouvrit toutes les portes, même celles du placard dont elle croyait qu'elles donnaient sur un salon ou un fumoir, inspecta la salle de bains et la pièce du fond. Elle trouva l'ensemble bizarre, trop dépaysant pour être confortable. Elle passa le doigt sur le dossier d'un fauteuil et éprouva une vague déception : ces meubles étaient ridicules ! Les couleurs, le dessin du tissu d'ameublement, les vases, les cendriers, tout ce dont elle dressa l'inventaire était ridicule, presque inquiétant de laideur. Elle plaignit Iza pour ses projets défigurés, pour ses rêves enthousiastes gâchés ; un tableau accroché au mur n'était que taches désordonnées, incompréhensibles ; à peine si l'on devinait qu'il s'agissait d'un paysage. Elle avait fait du dessin dans sa jeunesse, elle s'y connaissait donc un peu en peinture : assurément, ce travail-là ne valait pas grand-chose. Dans un premier temps, elle ne distingua aucun motif dans le tapis, puis elle repéra qu'une espèce d'oiseau se débattait sur le fond bleu, une espèce d'oiseau aux ailes brisées – le pauvre petit !

Elle défit sa valise et admira l'habileté d'Iza à déterminer ce dont elle aurait besoin ; ses affaires de toilette étaient là, y compris le médicament qui réglait sa tension et son purgatif. Sa fille avait même placé un des livres de Vince, *Le Petit Chose*, à côté de sa liseuse mauve et des lunettes qu'elle mettait pour lire. Iza ignorait, bien sûr, qu'elle lisait de moins en moins parce que sa vue baissait. Elle feuilleta le livre et fut consternée. Derrière la page de garde, il y avait de l'argent, des billets de cent forints. Heureusement qu'elle s'en était aperçue avant de le laisser traîner ! Pourquoi lui donner tant d'argent, puisque sa fille viendrait la chercher et réglerait elle-même la note ? Comment allait-elle pouvoir se promener avec cet argent sur elle ? Si elle le laissait dans la chambre, elle ne serait pas tranquille et, en l'emportant, elle aurait peur de tous les passants. Cinq cents forints ! Une somme effarante !

Découragée, elle mit les billets dans la poche de son gilet et la ferma avec une épingle à nourrice. Qu'est-ce qu'elle allait faire à présent ? Elle n'avait pas envie de se promener ; elle aurait aimé se coucher, mais que se passerait-il pour le déjeuner ? Elle aurait voulu en être quitte, elle s'effrayait à l'idée de se retrouver dans la salle du restaurant pour commander un repas. Iza n'avait pas oublié son ouvrage au crochet ; où l'avait-elle déniché ? Cela faisait des années qu'elle n'y avait pas touché ; au moins trois ans qu'elle avait commencé ce joli motif étoilé, mais l'état de Vince avait empiré, les soucis s'étaient multipliés, et sa vue baissait. Ce serait pourtant tellement agréable de se remettre au crochet !

Elle commença une petite étoile, travailla un moment puis laissa retomber le fil ; ça n'allait plus. Quel dommage ! Un agréable passe-temps en moins. C'est Guitza qui lui avait donné le dessin, cela aurait fait une nappe magnifique et d'un bel effet dans l'appartement d'Iza !

Penser à Guitza lui causa un brusque affolement.

Les coutumes rigides de la province se dressèrent en écran devant le paysage qu'elle regardait par sa fenêtre : les arbres dénudés agités par le vent, les rayons de soleil tremblants et langoureux disparurent. Mon Dieu ! elle n'avait pas prêté attention aux gens venus au cimetière ; Iza l'avait fait monter en voiture avant qu'elle ait pu compter ceux qui avaient envoyé des bouquets, des couronnes, et maintenant elle ne savait plus qui remercier ! Selon les usages, elle aurait dû rester une semaine entière à la maison après l'enterrement. La deuxième semaine, elle aurait dû rendre les visites de condoléances, écrire des lettres de remerciements à ceux qui avaient assisté aux obsèques et envoyé des couronnes. Elle se rappelait assez bien qui était venu à la maison mais, à sa grande honte, plus du tout qui lui avait serré la main ce matin-là, et il ne fallait pas compter sur Iza – car Iza ne connaissait plus tout le monde –, et comment Iza aurait-elle pu être plus attentive, elle qui devait en outre s'occuper de sa mère ? Mis à part quelques amis, elle ne se souvenait que d'un visage : celui de Lidia, et des larmes enfantines qui roulaient au bord de ses paupières. Il y avait aussi des gens qui ressemblaient à des médecins, d'anciens collègues d'Iza peut-être. Qui d'autre ? À qui devait-elle écrire ?

Iza n'avait pas mis de papier à lettres dans sa valise ; avait-elle des cartes de visite sur elle ? La tante Emma lui avait appris qu'on devait toujours en avoir sur soi. Elle en avait. Elle trouva un crayon, et nota le nom de ses visiteurs. Elle en fut soulagée : qu'au moins cela soit réglé, puisqu'elle avait quitté la ville sans adresser aucun adieu ! Quelle chance d'y avoir pensé à temps ! Ç'aurait vraiment été grave d'y manquer.

Quand on frappa à la porte, elle sursauta et ne dit rien. Au second coup elle rejoignit la porte, l'entrebâilla et jeta dans l'entrée un coup d'œil circonspect. C'était le serveur qui lui apportait la carte : conformément aux ordres de Mme le médecin en chef on la servirait dans sa chambre.

Elle en fut émue et contente comme une enfant. Elle choisit le petit menu, le moins cher, et quand on remporta la table roulante, elle s'étendit sur le divan trop court recouvert d'un tissu abracadabrant.

Pour la première fois depuis la mort de Vince, elle ne rêva pas. À son réveil, la crainte habitait son âme. Ces derniers jours, elle sentait la présence de son mari autour d'elle, elle le revoyait quand elle dormait, et voilà qu'il l'avait définitivement quittée. Il n'était plus à ses côtés, il avait disparu, Dieu savait où. À la maison, l'image de Vince l'obsédait, elle se réveillait la nuit et se mettait à pleurer, mais ici ces songes effrayants lui manquaient.

Elle pensa aller se promener, puis changea d'avis. Visiter le village de Dorozs aurait été trop fatigant pour le premier jour, il était plus sage d'écrire ses lettres. Elle trébucha jusque chez le portier pour savoir s'il pouvait lui procurer du papier. Il lui fournit une douzaine de longues feuilles fines, affichant dans un angle le nom de l'hôtel et le dessin d'une source jaillissante en lettres bleues, comme émaillées. Il lui expliqua en souriant qu'il n'y avait rien à payer.

Elle prépara un texte identique pour tous et y travailla longtemps avec application, en se frottant les yeux de temps en temps : écrire aussi la fatiguait. Le problème des adresses la déconcerta : les rues avaient si souvent changé de nom, et elle ne se rappelait que celui utilisé pendant la guerre ou, pire, celui d'avant-guerre. Pour le marchand de journaux, elle inscrivit sur l'enveloppe : « Dans la maison de la pharmacie À la Licorne », bien qu'elle sût que c'était inexact, car la pharmacie À la Licorne était depuis longtemps désignée par un numéro, et une enseigne noire remplaçait la tête mélancolique et naïve de l'animal fantastique. Depuis qu'on avait imposé cette enseigne, elle allait chercher ses médicaments à contrecœur. Une enseigne de pharmacie se devait d'être rouge, rouge comme la santé. Pourquoi noire ? Elle ne se rappelait pas plus le nom de la rue de l'institutrice ; elle écrivit rue François-Joseph, mais le regretta aussitôt : Vince détestait tellement François-Joseph ! Elle ajouta donc, entre parenthèses, le mot « anciennement ». Rue du Saulnier, rue du Salpêtre, rue de la Musette, rue Gubas. Elles avaient toutes changé de nom, même le Fossé-aux-Balsamines, mais les gens de la poste comprendraient bien.

Elle avait l'intention de commander du café, des œufs et du pain grillé, pour le dîner ; elle examina attentivement la carte, mais ne trouva rien de semblable. Elle osa le demander très timidement au garçon, qui hésita un instant et finalement lui apporta ce qu'elle souhaitait. Dormirait-elle, après sa longue sieste de l'après-midi ? Mais à peine se fut-elle glissée entre les draps qu'elle s'assoupit. Elle trouvait le lit trop court, et sa dernière pensée fut pour s'étonner que l'on puisse dormir sur quelque chose d'aussi peu confortable.

Le matin, elle s'éveilla avec la certitude qu'en fin de compte elle n'aimait pas Dorozs.

Ce n'était pas si simple, à vrai dire ; en fait, elle aimait la station et le village de Dorozs ; elle y flânait tous les jours, faisait du lèche-vitrines, observait les passants dans la rue, prêtait l'oreille aux conversations des étrangers qui achetaient des souvenirs à l'épicerie-mercerie et photographiaient l'hôtel sous tous les angles. Les bains lui plaisaient également. Elle admirait la piscine d'eau de source et le bassin où l'on pratiquait l'élongation des membres malades en y attachant des poids, et elle restait fascinée par la salle aux parois vitrées arrondie comme une grotte, où les curistes se faisaient masser sous des jets d'eau rafraîchie, car une eau bouillante jaillissait de la source. Si elle appréciait la partie thermale de l'établissement, elle n'en aimait pas l'hôtel. Il n'était pas accueillant, il ne valait pas une auberge confortable. Les objets mis à disposition des clients lui paraissaient aussi absurdes et déconcertants que le grille-pain à la maison. Elle attendait impatiemment d'être à Budapest pour pouvoir se bâtir un nouveau foyer avec Kapitany, ses plantes grasses et ses vieux meubles…

L'après-midi qu'elle passa à imaginer son installation future fut le seul qui lui sembla léger et agréable. Elle se sentit à l'aise, sereine, presque heureuse. Elle n'avait jamais vu l'appartement d'Iza, pas plus que la grande métropole que Budapest était devenue. Elle y était allée avec Vince pour leur voyage de noces ; tant de soucis, d'émotions, de disputes familiales avaient précédé le mariage, l'avenir leur paraissait si incertain, que dès le début de leur vie commune, il avait songé aux économies. Cependant, ils devaient partir, toutes leurs relations avaient fait un voyage de noces. Venise, le Tatras, et même la Transylvanie étaient trop éloignés pour leur bourse. Budapest paraissait plus à leur portée, d'ailleurs peu leur importait la destination pourvu qu'on ne jase pas sur leur compte. À l'époque, il aurait été inconvenant de ne pas partir en voyage de noces.

Budapest était un événement extraordinaire qui ne s'était jamais effacé de sa mémoire. Elle se rappelait la douceur, la bohème, le grain de frivolité et de légèreté qui flottait à travers la ville, le visage des femmes et celui des hommes, si différents… eh bien, là-bas il y avait un véritable hôtel, avec de vrais lits et une vraie armoire à glace. Pauvre Iza, qui parlait avec tant d'enthousiasme de ce bâtiment ! Elle devait le regarder comme une mère qui s'extasie devant son enfant disgracié.

C'était en 1952 qu'Iza s'était séparée d'Antal, en 1953 qu'elle avait quitté l'hôpital et la maison familiale, et cela faisait juste six mois qu'elle avait enfin trouvé à se loger à Budapest. Deux pièces : une chambre, une salle de séjour, plus une chambre de bonne, avait-elle écrit ; mais l'installation était loin d'être terminée. Ils ne s'en étaient guère étonnés, Vince et elle : un foyer se crée lentement, très lentement en vérité. Là-bas, il devait y avoir à peu près autant de place qu'à la maison ; pas de jardin, hélas ! mais on pourrait peut-être tirer parti du balcon.

Oh ! Quelle joie ce serait d'aménager l'appartement d'Iza !

Quelle joie quand Iza rentrerait et trouverait tout rangé, et qu'elle mangerait, comme dans son enfance, la bonne nourriture, la bonne cuisine de sa mère !

Elle dessina un croquis de l'appartement et des projets pour placer chaque meuble, selon ce qu'elle imaginait. Ce serait encombré, mais chaque chose trouverait sa place, sauf la table et le buffet de cuisine, car cette nigaude avait fait fabriquer des éléments encastrés et on allait devoir vendre une partie de l'ancien mobilier ; du si beau bois, et la peinture en était à peine écaillée tant ils avaient fait attention ! Appliquée, heureuse, elle perfectionnait son croquis, indiqua les chaises par un demi-cercle, la table par un carré, et par un rectangle l'emplacement des lits. Elle rangea soigneusement le dessin dans son sac, pour se mettre immédiatement au travail quand Iza l'aurait emmenée. Les meubles devaient être arrivés, Iza les avait expédiés par camion. Elles auraient de l'ouvrage, en arrivant à Budapest ! Mais c'était du bon travail, elle se réjouissait d'avance à cette idée : se refaire un nid.

Une semaine passa avant qu'Iza ne vînt la chercher.

Le troisième soir, le téléphone sonna sur sa table de nuit ; tremblante, elle chercha l'interrupteur à tâtons. Elle ne savait pas se servir de la lampe de chevet et allumait toujours le plafonnier. Elle décrocha maladroitement l'écouteur, avec le même sentiment de panique qui s'emparait d'elle, à la maison, chaque fois qu'on les appelait de Budapest. Au fond, la vieille femme redoutait le téléphone comme on redoute un fauve aux réactions imprévisibles, dompté seulement en apparence.

De ce qui ressortit de la conversation, Iza devait lui parler de Budapest. Elle se cramponnait à l'écouteur. Comment se faisait-il qu'Iza fût déjà à Budapest ? Pourquoi l'avait-elle laissée ici ?

– Tout s'est passé autrement que je n'avais prévu, dit Iza, et j'ai dû modifier mon programme. Et puis je me suis dit qu'il valait mieux que j'aille d'abord à Budapest et que je prépare tout pour toi. M'entends-tu bien, ma chérie ?

Elle l'entendait.

– Quand tu arriveras, tout sera prêt. Tu es contente ?

Elle n'était pas contente, mais elle ne le dit pas. Elle appréciait qu'Iza ait de nouveau tout réglé à sa place, mais elle pensait au croquis dans son sac et ses yeux s'embuèrent de larmes. Elle aurait tant aimé installer l'appartement ! Une fois de plus, c'était Iza qui se chargeait de tout. Ce n'est pas encore cette fois que se réaliserait ce que Vince et elle espéraient chaque année avant Noël : pour une fois, une seule petite fois, elle ne leur ferait pas de cadeaux et, de cette manière, lorsqu'ils se retrouveraient devant le sapin, seules les babioles destinées à Iza, ces quelques objets sans grande valeur qu'ils avaient achetés pour elle, brilleraient aux lueurs des bougies. Mais Iza arrivait toujours chargée de cadeaux, et par comparaison les leurs apparaissaient si pauvres, si mesquins, qu'au moment où ils illuminaient le sapin ils ressentaient une sorte de confusion maladroite ; et ils avaient l'impression que leur fille s'arrachait à tant d'occupations pour participer à cette fête que finalement elle n'était pas tellement ravie d'assister à leur veillée de Noël.

– Je serai là jeudi, promit Iza. Je prendrai le train et, si tu veux, tu m'attendras à la gare. Nous repartirons tout de suite, je ne resterai que le temps de déjeuner. Je t'attraperai entre mes dents comme une chienne son petit, et je courrai avec toi jusqu'à Budapest. Je suis si impatiente que tu sois là, maman !

Ces paroles la calmèrent, l'apaisèrent, et pourtant il restait encore quatre jours jusqu'à jeudi alors qu'elle avait déjà eu du mal à tuer le temps jusqu'ici. Elle l'attendait. C'est ce qu'avait dit sa fille. Le lendemain, elle jouait toujours avec ce mot, en déambulant entre l'hôtel et le village ; la terre se préparait au printemps et exhalait une odeur amère de feuilles, d'écorce et de dégel annonciatrice du renouveau imminent. Elle pénétra dans la forêt, mais se borna, par sécurité, à suivre le sentier qui courait parallèlement à la route ; de temps en temps, elle se penchait pour ramasser une brindille. Quand elles feraient du feu pour la première fois chez Iza, c'est avec ce petit bois qu'elles l'allumeraient. Elle le ferait sécher à l'hôtel, devant la fenêtre, sur la plaque d'acier percée de trous d'où s'échappait l'air chaud. Elle poserait les brindilles sur la grille, et elles deviendraient aussi sèches que de l'os. Quand elles feraient du feu, ce petit bois lui rappellerait sa terre natale, presque sa vieille maison, et ainsi il n'y aurait pas de rupture, au fond l'ancienne vie continuerait.

Elle cherchait des brindilles identiques, sans défaut, et non des branchettes pourries, abîmées par l'hiver. Ce n'était pas facile. Elle se promena quatre matinées de suite dans la forêt, à pas lents et timides, pour ramasser de quoi composer un petit fagot. L'après-midi elle passait son temps à dormir, à rêvasser, à pleurer, à penser à Vince et à tous ceux qu'elle avait laissés en ville : n'allaient-ils pas trouver ses lettres vaniteuses, provocantes, ornées du cachet de l'hôtel imprimé en caractères émaillés ? Peut-être pas, ils la connaissaient bien.

Le jeudi, l'homme en uniforme l'emmena, et lui expliqua en chemin que chaque fois que madame le médecin en chef venait, on allait ainsi la chercher à la gare. Le train arriva exactement à l'heure. Iza n'était plus en deuil, elle semblait plus tranquille, presque sereine. Elle ne se plaignit pas de la fatigue et pendant le déjeuner lui raconta qu'elle avait tout réglé au mieux. Antal avait effectivement acheté la maison, le déménagement s'était bien passé, elle avait placé l'argent reçu de la vente de la maison et de divers objets à la caisse d'épargne. Le livret était chez elle, elle le lui donnerait, ça faisait finalement une somme coquette. Elle trouva bonne mine à sa mère et s'en réjouit. La semaine n'avait pas été facile, bien entendu. Le contraire l'eût étonnée.

Après le repas, tandis qu'elle se lavait les mains et rangeait ses affaires de toilette dans la valise déjà remplie de brindilles, la vieille femme se surprit à sourire en fredonnant une vieille chanson. Ce soir, elle allait faire du feu, elle allait avoir de nouveau un foyer. Elle rougit et tressaillit, comme prise en flagrant délit d'infidélité : comment pouvait-elle éprouver la moindre joie sans Vince ?

Iza passa à la réception pour payer.

Pendant qu'elle faisait ses adieux, remerciait, réglait la note, la vieille femme admirait l'aisance et l'affabilité de sa fille, qui savait toujours ce qu'il convenait de dire et de faire en toute circonstance. Elle avait souvent pensé qu'Iza devrait se remarier, la médecine, à son idée, ne suffisant pas à remplir une vie, mais à présent elle était contente que personne ne les attendît à l'arrivée. Elle se sentait forte et gaie, cet après-midi ; elle songeait aux brindilles enfermées dans sa valise, et se disait qu'Iza ignorait que ce n'était pas elle qui ramenait sa mère à la maison, mais le contraire, car c'était sa mère qui allumerait le feu, le premier vrai feu dans sa maison.

L'homme en uniforme hissa la valise dans le compartiment, et Iza la plaça dans le filet. Dressée sur la pointe des pieds, elle en vint difficilement à bout.

– C'est du plomb que tu as acheté à Dorozs ? demanda-t-elle.

La vieille femme ne répondit rien, sourit et regarda par la vitre.

Le train la ravit et l'effraya. Cela faisait longtemps qu'elle n'avait pris pas même un omnibus, et la course presque silencieuse de l'express illuminé, lancé comme une flèche, la sidérait et l'inquiétait. Elles dînèrent au wagon-restaurant ; le tangage l'empêcha de couper sa viande – ce fut sa seule contrariété durant le voyage – et Iza dut lui préparer sa côtelette panée avant de lui verser de la bière. Elle regrettait que la vitesse folle l'empêche de voir le paysage, et pourtant il faisait encore jour quand Iza lui annonça qu'on approchait de Budapest. Quarante-neuf ans plus tôt, pour leur voyage de noces, Vince portait une ample cape noire et une casquette de voyage, et elle un tailleur de drap gorge-de-pigeon. Derrière les journaux et les sachets de bonbons, ils se prenaient la main sans cesse, pour un instant... L'ancienne Budapest flottait comme un ballon irisé au-dessus du réel, plus proche du ciel que de la terre.

Elle ne vit rien de la banlieue, rien du Grand Budapest, que l'express traversa dans un bruit de tonnerre ; arrivée à la gare, elle eût été bien en peine de s'orienter. Iza, énervée, ne trouva pas de porteur et dut trimbaler elle-même la valise, péniblement, en changeant souvent de main. La vieille femme n'osait pas lui demander si elle avait fait expédier le reste du combustible avec les meubles ; ce n'était pas le moment de l'énerver davantage, n'empêche qu'elle aurait bien fait d'y penser, ce bois et ce charbon leur seraient très utiles. Iza, courbée sous le poids de la valise, courait vers un taxi et elle la suivit, terrifiée, perdue dans la foule, à la dérive.

Tout lui était étranger dans la ville, bien qu'Iza énumérât au fur et à mesure les noms des rues et des monuments, et qu'elle se souvînt nettement d'être allée au Théâtre national voir une représentation de *Bánk Bán*. Le Grand Boulevard ne ressemblait pas à ses souvenirs. Et elle se trouva sotte d'avoir imaginé le retrouver tel qu'il était autrefois ; il était évident qu'ici ne pouvaient circuler que des automobiles, des autobus et des tramways, puisque même dans sa ville natale on voyait de moins en moins de chevaux.

Malgré tout !... Il y avait un monde incroyable, au front des immeubles des réclames lumineuses vous éblouissaient. Budapest était beaucoup plus grande que dans ses souvenirs, c'était vraiment une capitale terrifiante.

Médusée, elle fixait le bâtiment devant lequel elles étaient descendues. Iza paya le chauffeur ; quand elle se retourna, il n'y avait plus trace d'énervement sur son visage. Elle sourit à sa mère, lui donna une tape sur l'épaule et lui montra du doigt leur nouveau domicile.

C'était un immeuble de six étages, un cube en pierre lisse ; un parapet courait le long du toit, et des plaques de verre miroitaient sur la façade. Près de l'entrée, une mosaïque représentait une jeune mère plantureuse en train d'allaiter son enfant. La vieille femme essaya de s'imaginer qu'elle rentrait chez elle, sans y parvenir. Elle restait plantée là, ouvrant de grands yeux.

Iza la précéda et appela l'ascenseur. La liste des locataires grouillait de noms. Il devait y avoir énormément de gens dans l'immeuble. Elle se raidit pour empêcher son visage d'exprimer ce qu'elle ressentait. Ce n'était pas la faute de sa pauvre fille si elle n'avait trouvé à se loger que dans une telle maison. Elle n'allait pas lui faire de la peine en lui montrant sa déception. Une fois passé le seuil, elles seraient chez elles, comme dans leur ancienne demeure, et tant qu'elles n'auraient pas à sortir sur le palier elles pourraient oublier cet endroit de cauchemar. Quelle chance d'avoir fait venir le maximum d'affaires, quelle bénédiction !

Elle retrouva son sourire.

L'ascenseur s'arrêta au troisième étage. La porte de l'appartement aussi était bizarre, comme si on avait creusé au ciseau, tous les deux centimètres, des petites rainures dans le bois. Iza posa la valise et ouvrit la porte.

– Sois la bienvenue !

Sa voix était grave et affectueuse.

Une lumière aveuglante l'accueillit ; une lampe de forme étrange pendait au plafond, et rien ne décorait le mur de l'entrée, excepté quelques patères noires et biscornues pour accrocher les manteaux. Où se trouvait donc le vestiaire ? Elle avança sur le parquet ; Kapitany avait beau savoir se conduire, ce serait tout de même un malheur, le jour où... Au fait, où était-il, Kapitany ?

La disposition de l'appartement ne ressemblait en rien à ce qu'elle avait imaginé à Dorozs : deux grandes pièces communicantes, très meublées, donnaient sur la rue. Des chaises bleues, jaunes, violettes, noires, des murs de couleurs différentes également. Aux fenêtres, une étoffe à rayures vertes et mauves, en grosse toile, remplaçait les rideaux de guipure. Iza avait dû placer les meubles de la vieille maison dans sa chambre. Était-elle si grande que toutes ses affaires pouvaient y tenir ?

– Où est-ce, chez moi ? demanda-t-elle.

Elle avait la bouche sèche comme si elle avait la fièvre.

Iza ferma la porte de la salle de séjour et, le visage rayonnant d'un sourire radieux, elle ouvrit l'une des deux portes identiques donnant sur l'entrée et appuya sur l'interrupteur posé à l'extérieur.

– Ici, maman.

De nouveau jaillit la lumière, l'aveuglante lumière. Une chambre petite et carrée. Son ancien lit trônait dans le coin à côté d'une nouvelle lampe : une sorte d'oiseau noir, tenant un abat-jour dans son bec jaune soufre. Sa plus belle armoire, un grand fauteuil, celui de Vince peut-être, recouvert d'un tissu neuf. Sa table à ouvrage, et près de la fenêtre un minuscule bureau et une chaise. Accrochées aux murs, une bibliothèque et plusieurs étagères occupées par des objets inconnus. Sa commode. Rien d'autre. Un tapis, neuf également : le vieux, l'usé, avait disparu et elle foulait la laine soyeuse d'un tapis persan bleu foncé.

Sur le bureau, le livret de la caisse d'épargne.

Il fallait faire quelque chose pour gagner du temps, en attendant de pouvoir parler, trouver quoi dire. Elle trottina vers le bureau, prit le livret et le feuilleta. Sans lunettes elle ne put lire la somme, mais elle fit semblant. Ses mains tremblaient si fort que les feuillets minces craquaient entre ses doigts.

Iza la prit dans ses bras.

– Les autres meubles sont restés là-bas, ma chérie. J'ai fait retaper par le tapissier et le menuisier ceux qui sont ici. Tout est impeccable et magnifique, n'est-ce pas ? Et la lampe, qu'en penses-tu ? Ai-je bien choisi, est-ce que tu l'aimes ? Et le tapis, le trouves-tu beau ?

Elle ne répondit rien.

– Tu es chez toi ! Regarde-moi, es-tu contente ?

– Où est Kapitany ?

– Chez Antal. J'espère que tu ne voulais pas de ce lapin ici ?

Pour les plantes d'appartement, elle ne posa pas la question, pour les casquettes et la canne en merisier de Vince non plus. Elle ouvrit le col de son manteau pour se donner de l'air. Il faisait chaud, trop chaud ; elle chercha le poêle des yeux. Pas de poêle dans sa chambre, mais un radiateur couleur minium dont les tuyaux lui firent l'effet de lèvres rouges et moqueuses.

Dans la salle de séjour, le téléphone sonna. Iza sortit en courant et la vieille femme s'affaissa dans le fauteuil. Avant, un de ses ressorts était cassé, à présent il était uni, confortable et moelleux. Elle se releva d'un bond et, tandis qu'Iza répondait au téléphone, elle s'agenouilla sur le tapis et ouvrit sa valise. Elle tira d'un geste prompt le tiroir inférieur de la commode et y jeta le fagot de brindilles sèches afin qu'Iza ne voie pas, quand elle défe-rait la valise, ce qu'elle avait rapporté de Dorozs.

2

La vieille femme avait l'impression que tout s'écroulait autour d'elle, qu'elle était vraiment veuve, vraiment abandonnée.

Tant qu'Iza resta dans sa chambre, elle se contint ; elle était seulement plus pâle et plus silencieuse qu'à l'ordinaire ; maladroitement, elle se forçait à faire l'éloge de l'installation et de la bonté protectrice d'Iza. Elle ouvrit la porte de l'armoire et y trouva ses robes et du linge, mais une partie seulement de ce qu'elle avait à la maison ; les lainages ravaudés, les draps et les serviettes de toilette si industrieusement sauvés de la perdition, tout cela avait disparu. Iza n'avait fait emballer que ce qui était vraiment en bon état. Pas trace non plus de sa batterie de cuisine ni de sa vaisselle de porcelaine. Iza lui expliqua qu'on ne pouvait plus se servir des casseroles : pas une dont l'émail ne fût écaillé, c'était vraiment un miracle s'ils n'avaient pas attrapé l'appendicite ; pour les remplacer, elle avait sa batterie en Pyrex. Elle n'avait pas fait venir non plus les cruches ébréchées, fêlées ou veuves de leur anse, puisqu'elle avait un service neuf. La planche à pâtisserie ? Ici l'on pétrissait la pâte sur le dessus plastifié du placard, résistant à la chaleur et à l'eau ; inutile aussi de s'encombrer du hachoir à viande puisqu'elle avait un robot. Quant aux nids à poussière de la vitrine, le petit sabot en porcelaine, la petite souris sans queue, etc., c'est Antal qui en avait hérité. Par contre, elle avait gardé les trois figurines altwien ; ne faisaient-elles pas un effet ravissant sur la petite étagère ? Le jeune pâtre n'était pas venu, il avait le col rompu, et une figurine brisée est trop désolante à regarder.

Quand enfin Iza la laissa seule en lui souhaitant d'être heureuse entre ces murs, elle s'approcha en chancelant du fauteuil de Vince, dont elle avait reprisé si souvent et si soigneusement le tissu, et s'y assit. Seule la ligne élégante du fauteuil lui rappelait son apparence d'origine ; le nouveau tissu à rayures grises et bleues le rajeunissait, lui donnait une allure pimpante. Tout avait disparu, tout ce qu'elle avait sauvé de leur pauvreté d'autrefois avec tant de patience, avec une adresse, une ingéniosité inépuisables, il ne restait plus aucun témoin de ses talents à tromper le temps destructeur. Sa chambre était belle, et en toute objectivité elle devait reconnaître qu'il ne lui manquait rien, qu'Iza avait remplacé ce qu'elle avait abandonné. Des serviettes flambant neuves à rayures multicolores s'empilaient sur les étagères de l'armoire, dans des pochettes de nylon, comme les draps neufs. Ce qui arrivait était affreux.

Elle passa la première nuit à dresser l'inventaire des meubles et objets disparus. Le lit, c'était bien son vieux lit, mais une taie d'oreiller neuve remplaçait celle que quarante-neuf ans de lavages et de repassages avaient rendue mince comme une toile d'araignée ; Iza avait également changé le couvre-pied. Indifférente à sa fatigue, elle prit un crayon pour noter tout ce qui lui manquait. En cherchant du papier, elle tomba sur la feuille où elle avait dessiné le croquis de l'appartement, et à la vue des cercles et carrés dérisoires elle se mit à pleurer.

Naturellement, les plantes vertes de Vince n'auraient pas pu survivre ici. Aucune plante, sauf les cactus, ne résisterait à la chaleur meurtrière dégagée par les radiateurs. On aurait pourtant dû les apporter, ça lui aurait fourni une occupation de se donner du mal pour des plantes malades, de les déplacer, leur trouver une exposition convenable. Et Kapitany ! Le dernier être vivant qui avait fait rire Vince, le jour où on l'avait emmené à l'hôpital, en bondissant dans la cour avec un mouchoir qu'il avait volé, Dieu sait pourquoi.

Iza lui avait également acheté deux douzaines de mouchoirs ; les anciens avaient disparu, ils portaient tous çà et là des marques d'usure.

Elle demeura prostrée dans le fauteuil, pleurant le plus doucement possible, de crainte qu'Iza ne l'entendît à travers les cloisons minces, et ne vînt la gronder pour son ingratitude. C'est vrai qu'elle était ingrate. Sa fille ne lui avait pas caché qu'elle vendrait la maison et les objets inutiles, c'était sa faute si elle n'avait pas assez réfléchi à ce qu'il fallait abandonner pour que l'ameublement fût harmonieux, élégant et cossu. Iza s'était toujours moquée d'eux parce que leur intérieur ressemblait à un garde-meuble et qu'ils conservaient un crible à tabac dans une maison où personne ne fumait la pipe. Elle avait raison, comme toujours, mais les vieillards s'accrochent aux objets, ils signifient pour eux bien davantage que pour les jeunes.

Elle essaya de penser à tout l'argent qui lui arrivait d'un seul coup, mais au lieu d'en ressentir de la joie c'est une honte violente qui s'empara d'elle, pareille à celle qu'avait dû ressentir Judas en recevant ses trente deniers. Comme si elle avait vendu ses parents, ses meilleurs amis ! Que faire, d'ailleurs, de tant d'argent ?

Elle pleurait toujours, et notait ce qui était dispersé, ce qui maintenant appartenait à un autre. Elle ne pensa pas tout de suite à certains objets ; elle en retrouva d'autres qu'elle avait déjà catalogués comme disparus, et que plus tard, au contraire, elle dut rayer sur sa liste ; elle faillit pousser un cri de joie en retrouvant sa boîte à mouchoirs recouverte de soie, et elle la caressa tendrement. Son réveil était là, lui aussi, marquant désormais l'heure de Budapest. L'image de la petite fille au panier non plus n'avait pas disparu : Iza l'avait accrochée au-dessus de son lit. Elle avait tout ce dont elle avait besoin, et pourtant il lui semblait avoir été pillée, dévalisée.

Elle pleurait en écrivant, lentement, les yeux endoloris, presque aveuglés, tout en se disant qu'Iza était à son égard d'une rare, d'une étonnante bonté. Avec une piété naïve, elle évoqua le peuple ancien qui enterrait ses morts avec leurs objets familiers, et imagina que les objets disparus, les témoins de leur existence en commun accompagnaient Vince, lui avaient été donnés en souvenir et lui faisaient cortège. Alors ses larmes s'apaisèrent car elle n'enviait rien à Vince.

Elle constata que l'aube n'était pas la même à Budapest, qu'en somme l'aube, ici, se distinguait peu de la nuit ; le ciel s'éclaircit subitement et les bruits de la circulation, qui n'avaient diminué que pour quelques heures, reprirent leur ampleur. Il lui fallut quelque temps pour comprendre pourquoi l'aube existait à peine, ici. Le coq de Guitza se mettait toujours à chanter à deux heures et demie, quand il faisait encore nuit noire. Et Vince plaisantait toujours en prétendant que son réveil devait avancer ! De nouveau, elle versa quelques larmes sur le coq de Guitza et sur la mort de Vince.

Elle s'endormit alors qu'Iza se levait. Sa fille faisait couler l'eau dans la salle de bains à six heures, et sa présence, les bruits légers de ses allées et venues étaient si rassurants qu'elle se détendit et s'assoupit pour quelques heures. C'était le dernier jour de congé d'Iza, et elles le passèrent ensemble, du matin jusqu'au soir. Elles allèrent se promener ; la vieille femme eut envie d'un bretzel et

Iza lui en acheta un qu'elle grignota devant le Théâtre national ; puis elles dînèrent au grand magasin Corvin. Étonnée, déférente, un peu intimidée, elle observait la grande ville étrange autour d'elle, se demandant pourquoi elle était si différente de ses souvenirs ; elle cherchait comment employer ses journées et aider le plus utilement possible cette Iza qui était si bonne, aussi bonne qu'une mère pour sa fille. Elle se doutait que ses projets ne seraient pas faciles à réaliser, qu'il ne serait pas commode d'alléger le travail d'Iza, car visiblement elle avait les mêmes intentions à son égard et souhaitait lui rendre au centuple l'affection et les soins qu'ils lui avaient prodigués dans son enfance.

Elle savait qu'une certaine Terez tenait la maison ; aujourd'hui, elle avait demandé congé pour aller chez le dentiste. Iza la rassura : c'était une excellente personne qui ne lui causerait aucun souci, mais la vieille femme n'en crut pas un mot ; jusqu'à la mise en disponibilité de Vince, elle avait toujours eu quelqu'un pour l'aider, et elle se rappelait que le travail ne marchait bien que si elle était toujours derrière la bonne, à la talonner : la tante Emma, dans le temps, lui avait enseigné qu'il fallait toujours surveiller la cuisinière, créature trop sujette à la tentation. Elle décida qu'elle ôterait à Iza le souci de cette surveillance. Pour le ménage, elle laisserait Terez s'en occuper si elle la jugeait propre – on le saurait plus tard, au début elles travaillent à la perfection – mais la cuisine, elle s'en chargerait elle-même. Toute sa vie elle avait été une excellente cuisinière, il suffirait que Terez allume le four ou le réchaud, et qu'ensuite elle parte aux commissions. Le samedi matin, la vieille femme descendit sur le Grand Boulevard, dénicha une papeterie et acheta un cahier en guise de livre de comptes où noter ses dépenses. Iza n'avait pas de temps pour ça, bien entendu. Terez, paraît-il, lui annonçait le total des sommes dépensées sans entrer dans le détail, on pouvait avoir confiance en elle ; d'ailleurs, qui a assez de temps, qui voudrait perdre des minutes précieuses à retrouver le prix d'une botte de persil !

Eh bien, désormais ça allait changer ! Cette Terez n'allait pas s'acheter une maison avec l'argent qu'Iza gagnait si péniblement ! Ce n'était pas seulement une question d'ordre et d'économie ; Iza était maigre, elle allait lui faire reprendre du poids. Elle se souvint que sa fille adorait les choux quand elle était petite. Depuis qu'elle les avait quittés, cette pauvre enfant n'avait jamais mangé convenablement ; que valait la cuisine d'une cantine d'hôpital ou d'une Terez ? Au fond, cela faisait des années qu'Iza ne faisait plus de bons repas ; quand elle venait les voir elle ne mangeait jamais avec eux mais à l'hôtel, refusant que sa mère se fatigue à lui préparer des petits plats.

Terez arriva après dix heures. Ça commençait mal : elle l'attendait depuis huit heures et demie. La femme se présenta, lui serra la main, et annonça qu'elle commencerait par sa chambre pour qu'elle puisse retourner s'y reposer ; en attendant, elle n'avait qu'à lire ou écouter la radio.

Terez lui parlait comme à une égale, elle portait un énorme chignon châtain et un manteau prune. Elle posa ses affaires et sortit d'un placard une vague tenue de travail comportant un pantalon ; cela lui appartenait, paraît-il. Elle vida son filet car elle venait directement des halles où elle avait déjà fait les courses.

Elle l'informa que, désormais, c'est elle qui ferait la cuisine.

Terez la regarda sans rien dire. Elle avait des yeux brun foncé, presque sans pupille. La vieille femme eut l'impression que son regard la narguait. L'autre lui proposa de la laisser faire aujourd'hui, puisque c'était convenu ainsi avec Iza. Elle cuisinerait demain si elle le voulait, mais alors, qu'elle décide dès aujourd'hui ce qu'il fallait acheter, car elle ne tenait pas à monter pour redescendre ensuite aux halles. Elle s'empara du balai et mit la radio. La vieille femme se leva aussitôt et tourna le bouton ; la maison était en deuil, pas question de se distraire. Terez la fixa d'un air étonné, haussa les épaules, répondit « Comme vous voulez », et sortit. Ce n'était pas une domestique agréable. D'ailleurs, elle n'avait pas l'air d'une domestique.

La vieille femme, bien entendu, ne suivit pas les instructions de Terez, elle l'escorta pas à pas, observa son travail et pointa ce qu'elle négligeait. Terez répliquait d'un ton de plus en plus sec, et finit par ne plus répondre.

Quand elle s'en alla, la vieille femme était épuisée et triomphante. Sa venue à Budapest avait un sens, une importance, elle sentait qu'elle avait pris en main la direction du ménage. Elle ne pensait plus à ses meubles perdus, à ses affaires dispersées. Très fière, elle déjeuna en commentant sans indulgence, à part soi, la cuisine de Terez ; elle ne savait que bavarder, elle ne savait pas mitonner des plats savoureux, elle faisait de la cuisine pour malades. Et pour finir, elle s'était enfermée sans se gêner dans la salle de bains ! Elle l'aurait bien suivie, mais le verrou n'avait pas cédé. N'empêche qu'elle avait fort bien entendu l'eau couler. Elle avait le toupet de prendre des bains dans la baignoire d'Iza !

– Je t'en prie, maman, laisse Terez tranquille ! fit Iza, l'après-midi, avec une sévérité inhabituelle qui l'effraya. Je t'en prie, vraiment, ne l'énerve pas. Mais bien sûr qu'elle se baigne, heureusement qu'elle se baigne, ça prouve qu'elle est propre ! Tu préférerais qu'elle soit sale ? Elle se baigne ici parce que c'est ici qu'elle travaille et qu'elle n'a pas envie de partir en emportant les odeurs de la cuisine.

La logique du raisonnement lui échappa, mais elle dut l'accepter. Elle ne parla pas de ses projets culinaires, elle voulait en faire la surprise à Iza et repérer si elle se rendrait compte qu'elle mangeait à nouveau la bonne cuisine de la maison. Son livre de recettes, heureusement, n'avait pas disparu ; seule l'étagère où Iza l'avait placé était neuve. Son premier plat, ce serait une choucroute à la mode de Transylvanie, pour faire plaisir à sa fille.

Ça ne fit pas du tout plaisir à Iza. À peine entrée, elle renifla l'air en pinçant les narines : la maison sentait le chou. Qu'est-ce qu'il lui avait pris, à Terez, elle savait bien qu'elle n'aimait pas le chou ? La vieille femme fut scandalisée. Avait-elle oublié comme ils riaient, quand elle était petite, de la voir se précipiter sur son assiettée de chou, cru ou cuit, avec tant d'appétit qu'ils l'appelaient la Fée-aux-Choux ?

– Il y a belle lurette de cela, ma chérie, rétorqua Iza en chassant le souvenir d'un geste de la main ; il s'est passé bien des choses depuis : la Guerre mondiale, les combats… J'en ai perdu mon estomac de Fée-aux-Choux ! Dis à Terez que je ne veux pas d'innovations ; qu'elle s'en tienne aux menus habituels.

Il s'écoula une semaine avant qu'Iza ne découvre que c'était sa mère qui faisait la cuisine. Elle le sut par Terez, venue la chercher un après-midi à l'hôpital pour la prévenir que si Mme Szöcs continuait à tourniquer dans la cuisine, elle serait obligée de chercher une autre place. Mme Szöcs laissait toujours la cuisinière électrique en marche, elle se trompait en allumant les plaques, qui chauffaient trop et fumaient en dégageant une odeur épouvantable. Elle ne voulait pas être tenue pour responsable des notes d'électricité ; aujourd'hui encore elle avait trouvé le four allumé sans rien à l'intérieur. Mme Szöcs n'avait pas confiance dans le réfrigérateur, parce qu'il ne contenait pas un vrai bloc de glace.

Elle rassemblait les restes dans une casserole qu'elle sortait le soir sur le balcon ; elle laissait des gouttes partout, il fallait sans arrêt nettoyer derrière elle. Elle lui avait fait remarquer qu'elle salissait le balcon avec ses chaudrons et ses casseroles, et maintenant elle les posait sur le rebord de la fenêtre de sa chambre ; si un coup de vent les faisait tomber sur la tête d'un passant, elle, Terez, n'y serait pour rien. Enfin, la vieille dame utilisait toujours les restes de la veille. Qui rendrait-on responsable, si un jour quelqu'un était empoisonné ?

Iza, très ennuyée, essaya de la calmer en expliquant qu'on ne pouvait changer du jour au lendemain une vieille provinciale qui avait passé sa vie dans une maison sans confort moderne et ne concevait pas qu'on puisse faire griller le pain autrement qu'au bout d'une fourchette. Rien n'y fit, Terez en avait plein le dos, et elle raconta ce qu'elle avait pourtant l'intention de taire : Mme Szöcs jetait des regards soupçonneux sur son filet quand elle s'en allait après son travail, elle surgissait à l'improviste pour la surprendre et soulevait le couvercle du café et du sucre pour vérifier si elle ne volait pas. Elle n'était pas habituée à un traitement pareil.

Terez, qui travaillait chez Iza depuis six mois, était exceptionnellement efficace, parfaitement digne de confiance et d'une intelligence au-dessus de la moyenne. La jeune femme avait eu beaucoup de mal à trouver une aide convenable ; Terez tenait la liste des appels téléphoniques comme une véritable secrétaire et elle ne travaillait pas par devoir, mais par goût. Restée veuve d'assez bonne heure, dotée d'une pension à peu près suffisante pour vivre, elle trouvait absurde de limiter son activité à l'entretien de son propre ménage. Terez aimait Iza, elles se connaissaient depuis des années car Iza l'avait guérie d'une arthrite.

Le soir, quand elle rentra – dès le vestibule on devinait la platée de haricots dont l'odeur lourde et douceâtre imprégnait les murs –, elle gagna la chambre de sa mère et la pria de tenir compte des revendications de Terez.

Mme Szöcs était assise dans le grand fauteuil, le visage dans l'ombre, la lumière éclairant sa main gauche où brillaient deux anneaux d'or, un petit et un grand, trop large pour son doigt : leurs alliances, à Vince et à elle.

– Terez doit faire la cuisine, maman. C'est compris dans son salaire. Elle doit préparer ton déjeuner et notre dîner à toutes les deux, faire les courses, acheter le lait et le faire bouillir : voilà ce qui est convenu entre nous. Elle tient entièrement la maison. Tu penses bien que ce n'est pas pour travailler que je t'ai fait venir à Budapest.

La vieille femme se taisait. Elle sentait ses arguments si maladroits, si dérisoires par rapport au grief d'avoir contrarié Terez, qu'elle n'osait ouvrir la bouche. Fallait-il avouer qu'elle s'était donné pour but de faire grossir sa fille ? Qu'elle aurait aimé prendre soin d'elle et deviner ses désirs ? Ou bien qu'elle avait travaillé toute sa vie, qu'elle aimait le travail et qu'elle n'avait pas d'autre moyen d'exprimer à Iza combien elle lui était reconnaissante de ne pas l'avoir laissée seule ?

– Tu n'es plus toute jeune, ma chérie, tu ne dois plus travailler. Repose-toi !

– Mais qu'est-ce que je vais faire, toute la journée ?

Iza lui dit de profiter du printemps pour se promener sur le Grand Boulevard, s'asseoir dans un square, regarder le spectacle de la rue, les jeux des enfants. Le plus sain, quand elle aurait appris à s'orienter, serait d'aller jusqu'au Bois de Ville, dans la Vallée fraîche, sur la place Christine ou au Champ-du-Sang ; ce n'était pas loin et on y respirait du bon air. Ça lui ferait du bien de flâner et de se chauffer au soleil. L'après-midi, si elle préférait rester à la maison, elle n'avait qu'à lire, faire du crochet, des patiences, ou aller voir un film au cinéma situé trois maisons plus loin.

La vieille femme fixait le tissu de sa robe. Aller au cinéma tant que durait l'année de deuil, c'était inimaginable ! Elle aurait voulu dire à sa fille qu'elle n'y voyait plus guère et qu'elle s'était figuré, à Dorozs, qu'elle lui lirait de vieux romans, ou le journal, comme Vince le faisait tous les soirs après dîner. Il avait suffi d'une semaine pour qu'elle comprît l'impossibilité de sa requête. Iza n'avait pratiquement aucun loisir, elle rentrait fatiguée, prenait un bain, écoutait de la musique, mangeait un peu et se couchait, ou repartait en coup de vent. Elle avait sûrement quelqu'un, car une voix d'homme la demandait souvent au téléphone et il était peu probable qu'elle sortît seule le soir.

– Quant aux restes, reprit Iza, eh bien, jette-les, ma chérie ! Si tu tiens à garder un morceau particulièrement frais et délectable, mets-le de côté dans le réfrigérateur, mais les fonds de plat, jette-les au lieu de les laisser moisir sur le rebord de ta fenêtre.

Patiente, elle la sermonnait gentiment, tendrement.

– J'aurais voulu te faire faire des économies, s'excusa la vieille femme.

Iza éclata de rire.

– Mais nous n'en avons pas besoin, ma chérie ! Je gagne bien assez. Et, de toute manière, je déteste le réchauffé.

Ça non plus, je ne saurais pas le lui expliquer, pensait la vieille femme. Comment faire comprendre à Iza que par considération pour elle, elle désirait tenir le rôle d'une bonne intendante, veiller sur la maison, préserver et multiplier l'argent que sa fille gagnait avec tant de peine.

– Nous n'avons ni chien, ni cochon, maman, pourquoi garder les restes ?

– Et les mendiants, alors ? fit la vieille femme.

Ses yeux interrogateurs étaient innocents et d'un bleu très doux. Au bal de la préfecture, c'était de ses yeux, de ses beaux yeux honnêtes et purs que Vince s'était épris.

Iza sourit de nouveau. Si sa mère avait seulement pris la peine de regarder autour d'elle, tant à Budapest que dans sa propre ville, elle se serait aperçue qu'il n'y avait plus de mendiants nulle part. Elle n'allait tout de même pas croire qu'en 1960 il y avait encore des gens pour aller de porte en porte mendier un bol de soupe !

Dès le lendemain, la vieille femme jeta ses réserves et abandonna la cuisine à Terez. Dès lors, elle évita de se trouver sur son passage. L'autre, soit dit à son honneur, n'abusa pas de son triomphe, manifestant même plus d'attachement à l'égard de la vieille femme que d'Iza. Du moment qu'elle restait à sa place, on pouvait l'aimer ; Terez la gavait de friandises, guettait ses moindres désirs et l'aurait volontiers gâtée comme un enfant. Mme Szöcs la détestait, supportait à peine sa présence et, dès qu'elle était partie, aérait longuement les pièces.

Chez elle il y avait une buanderie, elle n'avait jamais vu de séchoir mobile ; mais quand elle eut compris comment s'en servir, elle se réjouit discrètement de la facilité qu'on avait ici pour laver le linge. Elle faisait néanmoins bouillir son eau sur la cuisinière électrique, n'osant manœuvrer le robinet du chauffe-eau dont le sifflement lui faisait craindre une explosion. Elle savonnait toujours son linge personnel, après le départ de Terez. Un jour elle découvrit le coffre à linge, dissimulé dans la salle de bains. Elle s'empara des chemises fines, des combinaisons, des bas de sa fille et les lava avec soin et amour. Elle eut quelques difficultés à les étendre, le séchoir étant placé trop haut pour elle. Si Iza n'avait pas vendu le vieux tabouret de cuisine, elle aurait su sur quoi monter, au lieu de vaciller sur cette chaise moderne, ridicule, avec ses pieds métalliques. Jusque-là Terez emportait le linge à laver chez elle, et le rapportait frais repassé la semaine suivante. Ce travail lui était payé en plus ; eh bien, désormais on n'aurait plus à payer pour ça.

Le soir, Iza leva les bras au ciel. Plantée sur le carrelage de mosaïque où s'égouttait le linge mal essoré par des mains trop faibles, elle avait l'air si triste et agacée que le sourire de la vieille femme, qui exprimait son impatience et son espoir d'un remerciement, s'éteignit aussitôt.

– Et ta tension, ma chérie ! Et puis je déteste que l'eau me dégoutte dans le cou ! Il y a une buanderie dans la cave, à côté de l'abri, mais je trouve plus simple de donner le linge à laver à Terez. Je ne lui laisse même pas faire le petit savonnage à la maison : pourquoi patauger au milieu des flaques quand on peut faire autrement ?

Elle embrassa la joue et la main de sa mère, et laissa son doigt un instant posé sur son pouls. Il battait à coups forts et réguliers ; le lavage, heureusement, ne l'avait pas fatiguée. Iza passa dans la cuisine pour réchauffer le dîner ; la vieille femme retira rapidement du séchoir son propre linge, ses culottes molletonnées et ses chemises de flanelle, pour qu'au moins cela ne goutte pas sur la tête d'Iza. Elle étendit le tout sur son radiateur, dans sa chambre, retournant chaque pièce de temps en temps pour éviter qu'elle ne roussisse. Cela sécha avec une rapidité incroyable, comme sous le souffle ardent d'une bouche invisible. Elle défroissa le linge et le fourra au fond de son armoire, puis se planta devant la fenêtre pour contempler le Grand Boulevard. Une flamme éblouissante, pareille à un éclair bleu, lui fit cligner les yeux ; des hommes munis d'un masque métallique et de gants énormes se courbaient entre les rails au milieu d'une pluie d'étincelles. Cela ressemblait à du feu, mais ce n'était pas vraiment du feu ; voilà le feu de Budapest, pensa la vieille femme. Elle était perplexe, effrayée et triste.

Elle fit une autre tentative.

Iza buvait énormément de café, seule ou en compagnie, et elle branchait sans cesse sa cafetière électrique. Ce n'était sûrement pas agréable d'avoir à bondir, quand il y avait du monde, pour surveiller le café pendant qu'il passait ; c'était une cafetière ridicule, une espèce de machine, ça aussi. Chez eux, quand ils étaient jeunes, elle faisait du café à la turque, et Vince aimait beaucoup ça.

Quand l'homme revint pour la troisième fois – probablement celui qui téléphonait tous les jours à Iza –, elle voulut leur faire une surprise en leur préparant du café. Elle laissa passer un quart d'heure après l'arrivée du visiteur, son expérience de maîtresse de maison lui ayant appris qu'il ne convient pas d'offrir quelque chose tout de suite ; les gens commencent par fumer en bavardant. Le matin, elle était descendue sur le Grand Boulevard ; peu à peu elle apprenait à connaître les magasins alentour. Elle avait acheté une petite casserole en cuivre et, à sa grande joie, déniché un réchaud à alcool. Si Iza n'avait pas abandonné le sien, elle n'aurait pas été obligée d'en acheter un autre, car là-bas elle en avait un pareil à celui-là. Elle s'en servait pour ses fers à friser, au temps où c'était la mode, pour chauffer le lait d'Iza quand elle était bébé ou les infusions de camomille quand ils avaient mal aux dents. Sa nouvelle acquisition était un instrument bien commode. Chez le marchand de couleurs elle acheta de l'alcool ; ça faisait longtemps qu'elle ne s'était sentie aussi contente quand elle rentra à la maison ce jour-là.

Lorsqu'elle entendit sonner, elle versa deux cuillerées de café dans la casserole, sans l'économiser, plutôt trop que pas assez, et se mit à fredonner, les joues rosies, tout en s'activant. Jusqu'alors, elle n'avait rencontré aucun des invités d'Iza ; à Budapest, les gens se rendent visite à des heures impossibles, après neuf heures, vers dix heures, à une heure où elle était déjà au lit ; elle les entendait entrer, mais jamais repartir, car elle dormait déjà. Elle chantonnait de joie d'avoir dompté le sommeil pour préparer le café à la place d'Iza. Désormais, elle veillerait, pourquoi tant dormir quand on est vieux ? C'était bien le moins de faire ça pour sa fille. Et même s'il n'y avait pas d'invités, quand Iza voudrait du café, ce serait toujours elle qui le lui préparerait dorénavant.

Elle s'y retrouvait, maintenant, dans le buffet de la cuisine, et elle disposa sur un plateau deux tasses en céramique de forme bizarre. (Pourquoi ses tasses de porcelaine, lisérées d'or et décorées de trèfles, ne convenaient-elles pas ? En quoi ces deux tasses violettes aux bords épais leur étaient-elles supérieures ?) Du coude, elle ouvrit la porte de la chambre d'Iza. Au centre du plateau fumait le café. Elle avait mis le sucre sur une assiette à dessert, faute d'avoir trouvé le sucrier.

Iza se leva à son entrée. L'homme se leva également. La vieille femme se tenait très droite sur le seuil, rayonnante.

– Je te présente Domokos, dit Iza.

L'homme lui baisa la main, ce qui lui plut. C'était rassurant de voir qu'Iza fréquentait quelqu'un qui connaissait le savoir-vivre. Elle jeta un coup d'œil oblique vers la prise de courant où la cafetière n'était pas encore branchée.

– Je vous ai apporté un peu de café !

– Tu es très gentille, merci beaucoup.

La vieille femme s'assit, croisa les mains et attendit. Personne ne disait rien. Bon, bon, ils voulaient être seuls, elle n'allait pas s'incruster, elle attendait seulement qu'ils goûtent son café et que le visage d'Iza révèle d'une manière quelconque sa reconnaissance et sa joie d'être si bien servie.

Iza versa le café, prit du sucre, lui le préférait amer. Ils burent d'un trait et, brusquement, Iza ramassa le tout et se précipita dans la cuisine avec le plateau. Quel taciturne chevalier servant ! pensait la vieille femme en observant discrètement Domokos. Sans être beau, il n'était pas désagréable à regarder. Quel pouvait être son métier ? Elle était un peu déçue, parce qu'elle n'avait pas reçu beaucoup d'éloges ; Iza n'avait pas ouvert la bouche, lui seul s'était tourné vers elle pour lui assurer que son café était excellent.

Elle prit congé, contente d'elle. Dans sa chambre, elle moulut un peu de café, prépara tout pour le lendemain, et versa l'alcool dans le réservoir du réchaud avant de se coucher. L'invité ne resta pas très longtemps, elle était éveillée quand elle l'entendit partir. À peine la porte du vestibule se fut-elle refermée qu'Iza entrait chez elle.

Elle venait sûrement la remercier. Ç'avait toujours été une enfant très reconnaissante.

Iza ne resta que quelques minutes et éteignit la lumière en sortant, c'était l'heure de dormir. Mais la vieille femme ne dormait pas ; dans le noir, elle chiffonnait fébrilement le coin de son oreiller. Le café sentait l'alcool, tout sentait l'alcool, et Iza l'avait priée de ne pas se donner ce mal une autre fois. Préparer le café n'était pas une affaire, elle le faisait avec plaisir : elle passait ses journées à soigner des membres rhumatisants, le soir il lui était agréable d'occuper ses mains à d'autres travaux. C'était très gentil, elle l'en remerciait beaucoup, mais il ne fallait pas recommencer. Et qu'elle veuille bien jeter le reste de l'alcool, elle ne supportait pas cette odeur dans l'appartement.

Des lumières zébraient la nuit, comme toujours, au-dessus du Grand Boulevard. La vieille dame fixait le vide.

Demain, elle jetterait l'alcool. Pourtant il donnait une vraie flamme, comme un petit poêle de fonte. Dans cet appartement, il n'y avait pas de feu vivant, tout marchait à l'électricité. L'alcool sentait mauvais. Il faut croire que son odorat s'était affaibli en vieillissant, puisqu'elle ne s'en apercevait pas.

Dès lors, elle renonça à toute tentative.

3

Jamais elle n'avait eu autant de temps pour elle.

Depuis l'enfance, ses journées avaient été si remplies que le soir on n'avait pas besoin de la bercer. Jeune mariée, elle était aidée, mais cela ne l'empêchait pas de s'affairer sans cesse dans son intérieur, veillant à la cuisine et au ménage. Chez la tante Emma, on ne lui laissait pas un instant de répit ; aussi, de se trouver chez elle, libre de répartir à son gré les diverses tâches de la maison, la remplissait d'une joie folle. Quand Vince perdit son poste, tout le travail lui retomba sur les épaules, plus le soin de l'enfant. Elle avait si bien pris l'habitude de tout faire que même après la réhabilitation de Vince elle ne requérait une aide que pour les travaux les plus durs : elle avait renoncé à monter le bois du hangar et à laver les draps, et quand venait l'époque du grand nettoyage, elle se contentait de donner des ordres.

Vince l'avait secondée aussi longtemps qu'il avait été en bonne santé, car il ne faisait pas de distinction entre les tâches féminines et masculines ; Antal l'aidait également, bien qu'il fût médecin et non pas retraité comme Vince. Il disait que le ménage le détendait, et il montait au grenier étendre le linge, l'étalait avec plus de soin, l'étirait plus régulièrement que Mála, la femme de lessive.

Mme Szöcs aimait les soucis du ménage. Après un repas réussi, ou en comptant les économies réalisées à la fin du mois, elle éprouvait un sentiment de triomphe, comme si la maison avait été entourée de petits génies malfaisants qu'il fallait vaincre jour après jour, qui conspiraient pour faire brûler les plats et mouiller le combustible. Quand elle avait pleinement réussi, elle avait l'impression que les farfadets, honteux et démoralisés, se retiraient au fond d'une caverne pour se confier mutuellement leurs déboires. Bien entendu, depuis que cela s'était arrangé pour eux, que Vince avait été réhabilité, qu'on lui avait voté une pension de président de Cour de cassation et qu'Iza avait obtenu son doctorat, elle n'avait pas besoin de continuer la lutte contre les petits génies ; ils avaient bien plus d'argent qu'il ne leur en fallait. Mais durant les années maigres elle avait pris l'habitude de faire des économies et elle continua de ruser, de rogner sur chaque forint. Vince la complimentait à chaque fois, il savait qu'il devait rendre justice au sentiment de triomphe ingénu qui rayonnait sur le visage de sa vieille épouse à la fin du mois quand, refermant le cahier de papier quadrillé où elle notait ses dépenses, elle glissait un billet entre les feuillets de son album de jeune fille caché sous son matelas.

Maintenant, elle n'avait plus de ménage à tenir, plus d'économies à faire, plus de soucis, plus de discussions avec les marchandes des quatre-saisons si familières, il n'était plus nécessaire qu'elle fasse le tour du marché en se demandant si elle achèterait des pommes de premier choix ou seulement des pommes à compote ; la lutte qu'elle avait menée pour les vêtements était également terminée : plus d'ennemis à qui les disputer, comme lorsqu'elle réussissait, à leur insu, à retourner parfaitement un col de chemise.

Au fond, c'était fini.

Jusque tard dans l'après-midi elle ne revoyait pas sa fille, et quand elle arrivait, Iza passait juste dans sa chambre prendre de ses nouvelles. Elle soupirait de contentement : quel plaisir de ne plus voir des visages inconnus, de se retrouver enfin chez soi ! Sur quoi elle gagnait sa chambre, lisait, attendait des amis, se préparait pour sortir, allait au théâtre, au concert, ou s'asseyait parfois à son bureau pour étudier des ouvrages de médecine, rédiger des fiches, écrire un article.

Iza avait besoin de silence, pour travailler comme pour se reposer. La vieille femme n'avait jamais beaucoup aimé la radio, mais passé les six semaines de deuil, comme elle était toujours seule et réduite à l'oisiveté, elle s'y résigna et en prit l'habitude. Le soir, elle trouvait une sorte de satisfaction amère à ne pas l'écouter aux heures où le programme était le plus intéressant, à se priver de ce divertissement pour ne pas déranger sa fille : qu'en cela au moins elle puisse lui faire plaisir !

Elle brûlait du désir de faire quelque chose pour Iza, mais elle n'en trouvait jamais l'occasion.

Iza ne voulait ni de sa cuisine, ni de son café, ni de son aide quand elle recevait quelqu'un ; pourtant elle avait proposé de rencontrer les relations d'Iza. En la remerciant, sa fille avait éludé la proposition, sous prétexte que ses invités venaient très tard, à l'heure où les vieilles dames se reposent. Parfois, quand Iza était à l'hôpital et Terez repartie chez elle, elle s'approchait du bureau de sa fille sur la pointe des pieds, ouvrait ses dossiers, essayait de deviner de quoi elle s'occupait ; un jour elle emporta quelques-uns de ses livres de médecine dans l'espoir ingénu de surprendre quelque chose du secret de son métier, quelques bribes seulement, suffisantes pour le cas où Iza aurait besoin d'un livre ou d'une revue, afin de pouvoir les lui apporter. Mais les livres étaient en français et en russe, elle n'en comprit pas même les titres, quant aux notes et aux fiches elle se fatigua les yeux inutilement, incapable de s'y reconnaître dans ces signes et abréviations. Elle ne parla jamais de cette tentative.

Elle n'osait plus rendre les services les plus simples, vider les cendriers ou ranger la pièce quand Iza recevait un appel urgent ; une fois elle avait jeté dans le vide-ordures une cuillère à moka, avec le marc de café et les mégots ; le concierge l'avait rapportée le lendemain, et Terez l'avait posée devant elle avec de tels commentaires qu'elle ne se risquait plus à jeter un bouquet de fleurs fanées. Elle avait très peur de Terez.

Sa fenêtre donnait sur le boulevard Joseph.

Le plus souvent, elle s'y installait dans le fauteuil de Vince et restait là à regarder les passants, les bus au museau carré, les feux rouges et les signaux lumineux, les affiches de cinéma qui flottaient au vent accrochées sur un filet traversant la chaussée, d'une façade à l'autre. Ce spectacle lui demeurait totalement étranger. Elle pensait à Guitza, la brodeuse de robes pastorales qui avait si peu de travail maintenant ; c'était pourtant un beau métier que le sien, ce n'était pas facile de ramasser le tissu de manière à répartir exactement les plis. Elle avait beau regarder, le mouvement de la rue ne lui disait rien. Terez lui faisait parfois remarquer qu'il faisait un temps magnifique, qu'elle devrait prendre l'air ; alors elle s'habillait docilement et descendait au coin de la rue Radai, sur la place ; là, elle s'asseyait, regardait les enfants jouer dans le sable, mais l'ensemble lui paraissait absurde, elle ne comprenait pas ce qu'elle faisait là à déambuler, s'asseoir et regarder autour d'elle. La bienveillance de Terez, le soin qu'elle prenait de sa santé étaient peine perdue, car le bénéfice de l'air frais qu'elle respirait ne compensait pas l'affolement qu'elle éprouvait quand elle devait traverser un carrefour sans agent, passer au feu rouge devant les tramways massifs et les voitures prêtes à démarrer en trombe.

En revanche, la place lui semblait réelle et presque familière, surtout à cause des pigeons qui lui rappelaient Kapitany ; au bout de quelque temps, elle apporta des miettes et s'imagina qu'un pigeon aux yeux bleus l'avait prise en amitié parce qu'il se posait souvent à côté d'elle sur le banc.

D'autres vieilles dames se chauffaient au soleil, et des vieillards pareils à Vince, qui gardaient leur écharpe de laine autour de leur cou flasque, même dans la chaleur de ce printemps si beau. Ils lisaient le journal, ou restaient assis, le visage tourné vers le soleil, les yeux fermés, rêvassant comme elle. Peu à peu, elle s'habitua à la place et finit par l'aimer. Il n'y avait pas encore de vrais massifs de fleurs, seulement une ébauche, une promesse de massifs.

Des jardiniers bêchaient les carrés de terre et traçaient au centre un sentier bien net. Elle appréciait également d'observer la goudronneuse, son bûcher en miniature sous le goudron crachotant et ses flammes changeantes, jaunes, cramoisies…

Là-bas, dans sa ville, les vieux prenaient le soleil devant la statue de Kossuth, et ils se connaissaient tous.

Elle n'avait jamais fait partie du groupe des « retraités » ; durant les années noires, même sur les bancs de la place Kossuth il s'était trouvé des gens pour regarder Vince de travers ; plus tard, elle ne saluait donc ni Bella Tahy, ni le petit Théodore Kovács, ni les autres. Peut-être pourrait-elle, ici, se lier plus facilement avec une autre solitaire, à Budapest personne n'avait connu ni offensé Vince.

Elle observa les visages pendant plusieurs jours.

Les vieux arrivaient presque toujours à la même heure, quand le soleil était au plus haut, et autant que possible ils s'asseyaient à la même place. Peu à peu, elle les connut tous de vue, et elle distingua bientôt ceux qui étaient heureux, qui surveillaient des enfants, les amis qui jouaient sur un échiquier de poche, mangeaient des bretzels, et riaient parfois. Des ouvriers travaillant en face, dans un atelier de montage, venaient tous les jours, à la pause de midi, visiter un vieux pour lui demander des conseils, lui montrer des outils ou des dessins et bavarder avec lui. Elle n'osait pas se rapprocher des hommes, bien qu'ils fussent plus nombreux, estimant que ce ne serait pas convenable, en dépit de son âge. Elle restait assise jusqu'à midi, à attendre que quelqu'un lui adresse la parole. Terez ne laissait pas de s'étonner : depuis quelque temps, Mme Szöcs arrivait en retard pour le déjeuner.

Rien ne se passait, pourtant.

Un jour, enfin, ce qu'elle espérait arriva. Une vieille toute ridée s'assit près d'elle ; elle arborait un col de fouine, s'habillait trop jeune pour son âge, portait des chaussures à talons hauts et affichait un visage fardé et des ongles peints. Mme Szöcs s'écarta un peu et s'assombrit : les autres savaient s'arranger ! Elle, elle n'en était même pas capable, elle ne s'était jamais mis de vernis sur les ongles.

L'inconnue la jaugeait du regard et hésitait à lui adresser la parole. Son cœur sautait de joie : enfin, quelqu'un avait envie de lui parler ! Parle, lui enjoignait-elle, parle ! Elle tressaillit quand l'autre lui demanda si elle ne trouvait pas qu'après les pluies de l'hiver, on avait un printemps vraiment merveilleux.

Au bout d'une demi-heure, elle avait raconté sa vie entière à l'inconnue ; les mots se bousculaient sur ses lèvres, et l'autre l'écoutait sans presque intervenir, hochant la tête, fumant, gaie ou triste selon les circonstances évoquées par son récit. Une fois au bout de sa récapitulation, Mme Szöcs se sentit soulagée, tant l'autre la regardait avec une envie non dissimulée et s'ébahissait : elle n'avait donc absolument rien à faire ! Et c'est vrai, au fond, qu'elle n'était pas à plaindre. Elle avait simplement négligé de tenir compte, dans ses projets, de ce qu'Iza n'avait jamais de temps libre, n'avait pas tellement besoin de son aide, et que ce qui se passait ou ne se passait pas à la maison résultait de la tendresse attentive qu'on lui portait. L'inconnue s'appelait Hilda, Hilda Virág, et elles s'aperçurent qu'elles n'habitaient pas loin l'une de l'autre : trois pâtés de maisons les séparaient.

Hilda Virág vivait dans une seule pièce avec d'autres personnes, de jeunes parents, alors il valait mieux qu'elles se rencontrent chez Iza. Mme Szöcs l'invitait bien volontiers, aujourd'hui même, vers quatre heures si cela lui convenait. Hilda était d'accord. Sur le chemin du retour, elle pensa à faire des petits gâteaux, mais Terez s'en apercevrait et ce n'était pas souhaitable. Elle acheta donc quelques biscuits. Elle déjeuna de bon appétit, puis rangea sa chambre, qui lui parut très imposante avec ses beaux meubles remis à neuf ; Iza avait très judicieusement agi en ne gardant que les meilleures pièces. On avait tant de plaisir à promener les yeux sur ce décor !

Hilda Virág fut ponctuelle, et trouva le café excellent. Elle ne tenait pas à parler de sa famille, pourtant Mme Szöcs aurait bien aimé savoir de quel milieu elle sortait ; elle renonça à lui poser des questions et la laissa parler à sa guise. Hilda connaissait des anecdotes amusantes sur la Budapest d'avant-guerre. Elle se rappelait très bien l'année 1911, celle de leur voyage de noces, et elle énuméra le nom de tous les cabarets et music-halls, dont celui où ils étaient entrés avec Vince pour en ressortir à l'entracte, troublés et rougissants. Hilda connaissait également des chansons, qu'elle chantait d'une voix agréable quoique un peu chevrotante. Orpheline de très bonne heure, elle avait dû se débrouiller sans aucun appui. Ses jeunes parents ne pensaient qu'à eux, ils ne s'occupaient absolument pas d'elle, sauf à exiger qu'elle fasse le travail d'une bonne, sans aucune contrepartie. Elle n'avait jamais gagné à la loterie, et pourtant elle aurait bien aimé !

La vieille femme faillit lui offrir de l'argent, mais elle se ravisa à temps. Quand Hilda Virág avait énuméré ses anciennes connaissances, elle avait cité de telles célébrités du temps passé qu'il n'était pas question de la blesser en lui proposant une aide. Si ses jeunes parents se souciaient si peu d'elle, elle trouverait bien le moyen de la secourir d'une manière ou d'une autre. Qu'elle était donc gentille, et que le temps passait vite avec elle ! Elle lui montra la photo de Vince et celles d'Iza enfant. Son invitée trouvait tout très bien et tapotait béatement le radiateur en soupirant : si seulement, un jour dans sa vie, elle pouvait avoir un appartement comme celui-ci où l'on n'avait pas besoin de se battre avec le poêle : ce qu'il pouvait faire bon, ici ! Mme Szöcs regardait autour d'elle avec une fierté innocente, trouvait l'appartement magnifique et pensait qu'un excès de tristesse l'avait empêchée de goûter les agréments de sa nouvelle vie. « Terez ! » soupirait Hilda Virág. Si elle pouvait avoir une Terez ! En fait, dans le logement qu'elle occupait, c'était elle, Terez. C'était affreux !

Iza fut stupéfaite, en rentrant, d'entendre résonner de petits rires. La voix de sa mère était vive et gaie comme celle d'un oiseau et quelqu'un fredonnait à côté d'elle, d'une vieille voix particulièrement éraillée. Iza posa son manteau et ouvrit la porte.

– Voici ma petite fille, dit Mme Szöcs, rayonnante. Ma petite fille qui est médecin. Elle rentre du travail, la pauvre, elle doit être fatiguée. Assieds-toi, ma chérie !

Iza resta debout sur le seuil à dévisager Hilda Virág. Celle-ci bredouilla une excuse et se leva. Mme Szöcs se sentit mal à l'aise. Pourquoi une dame âgée se levait-elle à l'entrée d'une personne plus jeune ? Parce qu'Iza était la propriétaire des lieux ? Non. Il devait y avoir une autre raison. Iza ne s'assit pas, ne sourit pas, salua, tourna les talons et sortit. La conversation ne pouvait pas reprendre après cela. Hilda Virág marmonna quelque chose à propos de l'énergie de sa fille, ce qui la remplit de honte car Iza ne s'était pas montrée énergique mais blessante. La visiteuse fit ses adieux, beaucoup moins gaie qu'en arrivant, et elle n'invita pas la vieille femme qui l'avait espéré tout l'après-midi et en tremblait d'impatience. Les jeunes parents ne l'auraient pas gênée, elle avait toujours aimé les jeunes ; et pour aller chez Hilda Virág, il n'y avait même pas besoin de traverser héroïquement le boulevard. Ç'aurait été si agréable !

Elle rinça les tasses. Iza s'était sûrement aperçue qu'elle n'avait pas jeté le reste de l'alcool et qu'elle avait préparé le café sur son réchaud. Après tout, c'était sa chambre, et tant pis si elle sentait mauvais. D'ailleurs, elle ne savait pas manipuler la cafetière électrique. Ce n'est qu'à l'heure du dîner qu'Iza reparut.

– Où as-tu ramassé cette vieille roulure ?

Elle ne comprit pas tout de suite, et crut qu'Iza parlait de doublure. Il fallut que sa fille répète la question en employant un autre mot. Elle en ressentit tant de frayeur et de honte que les larmes lui vinrent aux yeux.

– Je rentre, et je te trouve en train de prendre le café avec une vieille putain ! Tu perds complètement la tête, ma pauvre maman ! Nous sommes à Budapest, ici, dans une ville de deux millions d'habitants ! Tu te crois toujours chez toi, à la campagne ! Où l'as-tu ramassée ? Place Radai, peut-être ? Que sais-tu des gens qui viennent s'asseoir près de toi ? Je jurerais que c'est elle qui a engagé la conversation. Un de ces jours, tu vas ramener un assassin qui te coupera la gorge ou un voyou qui se prétendra séminariste ! Ne lie pas connaissance dans la rue, maman, et garde-toi de ramener quiconque à la maison ! Cet après-midi, par exception, je n'avais rien de prévu, j'étais fatiguée et je voulais seulement me reposer, mais j'aurais très bien pu amener des amis. Et je trouve cette bonne femme assise là, en train de brailler *Le prince Bob est un fier luron* ! Ahurissant !

Elle jeta par la fenêtre les miettes qu'elle avait ramassées pour le pigeon, non sans trembler à l'idée qu'un agent monte pour verbaliser ; elle n'avait pas osé vider le sac dans la cuisine, car elle craignait plus encore qu'on ne l'interroge sur cette manie de mendiante de ramasser les miettes sur la nappe. Elle ne retourna plus sur la place et se borna à errer dans les ruelles adjacentes, examinant les vitrines en essayant de dénicher quelque chose qui lui ferait plaisir, mais elle n'avait envie de rien. Une fois elle aperçut Hilda Virág qui sortait d'une maison, au numéro qu'elle avait indiqué. Elle tenait un filet à la main, plus fardée que jamais, et des cernes marquaient ses yeux tristes. Mme Szöcs se cacha sous une porte cochère pour ne pas avoir à la saluer.

Depuis son aventure avec Hilda, elle avait peur du monde.

En l'absence de Terez elle n'ouvrait à personne, pas même au facteur. Le soir, le concierge montait les lettres recommandées adressées à Iza, et lui faisait toujours remarquer que puisque Mme Szöcs ne bougeait pas de la journée, pourquoi fallait-il qu'il se dérange le soir pour le courrier ? Iza la gronda, et elle prit le parti de crier par le judas que sa fille était absente ; selon les visiteurs, elle répondait qu'elle ne pouvait laisser entrer personne, qu'elle n'avait pas la clef, qu'elle ne voulait acheter ni brosse, ni poudre à laver, ni tapis rustique, qu'elle était veuve, que sa pension était très modeste et que d'ailleurs elle ne gardait pas d'argent à la maison. Elle ne se sentait tranquille qu'après le départ de l'importun ; quand Iza s'absenta un week-end, elle se coucha tout habillée en s'inquiétant de savoir ce qu'elle ferait si quelqu'un l'attaquait.

Les jours glissaient, informes, irréels.

Le matin, elle attendait qu'Iza ait fini sa toilette pour occuper la salle de bains. Elle s'y précipitait et se lavait en hâte, de peur que Terez ne la surprenne dans la place. Puis elle patientait, blottie dans son fauteuil, ou dans la rue, jusqu'à ce que Terez ait fini le ménage ; ensuite elle attendait Iza qui rentrait à des heures irrégulières, et restait devant la fenêtre pour surveiller l'arrêt de tramway, anxieuse comme elle ne l'avait jamais été dans sa vieille maison à l'idée qu'Iza pourrait se faire écraser ; la circulation était tellement dense à Budapest ! Quand sa fille était là, elle essayait de deviner à quel moment elle serait le plus disposée pour dîner, et chaque soir elle espérait qu'Iza, qui se nourrissait à peine, mangerait un peu plus. Quand Iza était fatiguée, elle avalait une citronnade, un morceau de fromage et une pomme, rien d'autre. Après, la vieille femme guettait la venue de Domokos et s'efforçait d'interpréter les bruits qui lui parvenaient de l'autre pièce. Que fabriquaient-ils dans la chambre d'Iza ? Pas ça, tout de même ! C'était bien la peine de traiter Hilda Virág comme Iza l'avait fait, si elle-même se conduisait mal avec cet homme !

Elle attendait et elle rêvait des heures durant.

Sa mémoire travaillait tant et tant !

Elle se remémorait sa vie par fragments. Elle n'en avait jamais eu le temps ; les événements s'incarnaient, en quelque sorte, autour d'elle ; chaque fois qu'elle évoquait Kapitany et son dressage, par exemple, elle avait l'impression qu'il était là, caché sous le lit, comme à la maison quand il entendait le pas d'Iza dont il avait si peur. Elle se lamentait sur les mesquineries de la tante Emma qui ne s'étaient pas effacées au bout de tant d'années. Terez, inquiète, observait Mme Szöcs assise dans son grand fauteuil arborant son sourire étrange mâtiné de tristesse, et se demandait ce qui se déroulait dans cette vénérable cervelle. La vieille femme se remémorait la mort du petit Andrus, les journées passées en compagnie de Vince, et constatait qu'après tant d'années elle se souvenait de tout, non seulement de ce qui leur était arrivé à eux, mais aussi à leur ville. Tandis que le Grand Boulevard grondait, elle se rappelait le kiosque à musique qu'on avait construit dans le petit bois, en 1903, et où l'armée donnait un concert chaque dimanche. Terez, dans l'autre pièce, s'étonna de l'entendre chevroter une chanson dont elle ne reconnaissait ni l'air ni les paroles : *Alle miteinander, alle miteinander, grüsst euch Gott !* La vieille femme se racontait la robe de la reine, le bouquet de violettes que Zita respirait en grimaçant, car on l'avait aspergé de désinfectant ; quand le roi et la reine avaient visité leur ville, la grippe espagnole sévissait ; d'ailleurs, Dórika Kubek et Aurel Inárcs étaient morts à ce moment-là. Pour sa part, elle se tenait au dernier rang des dames ; elle avait suivi le cortège surtout pour ennuyer la tante Emma, en dépit des prières de Vince. C'est la seule fois où ils s'étaient disputés tous les deux, et Vince était resté à la maison au lieu de se rendre au tribunal, en prétextant qu'il avait attrapé une espèce de grippe espagnole. Il avait lu du Dickens, elle s'en souvenait, *Dombey et Fils*, en déclarant que le roi ne l'intéressait pas, qu'il préférait lire.

Parfois elle pensait à elle, et constatait, fière et naïve, qu'elle avait toujours fait son devoir. Elle se revoyait devant le baquet à linge, devant le tombeau d'Andrus illuminé par les veilleuses du jour des Morts, en train d'enfourner une brioche, au chevet de Vince malade, au bal de la préfecture ; toute jeune mariée, elle tenait une souris morte, sa première victime : elle l'avait hardiment dégagée de la tapette, c'était la preuve qu'elle possédait un office et une réserve de farine, ce qui, naturellement, attire les souris.

Mais c'est Iza, par-dessus tout, qu'elle évoquait, bien plus que Vince.

Iza lui avait donné tant de nausées et de malaises pendant sa grossesse ; puis elle était devenue la petite fille grave aux grands yeux qu'on punissait à tort, qui défendait son père contre le voisin, qui raisonnait comme un sage et discourait comme un ange. On n'avait jamais besoin d'exhorter au travail la lycéenne, ni à l'école, ni à la maison ; quant à la bachelière, ses yeux étincelaient de fureur lorsqu'on lui avait refusé l'admission à l'Université. À cette période, la guerre durait depuis deux ans et – que Dieu lui pardonne ! – elle avait regardé son mari de travers, car c'était de sa faute s'ils avaient ces ennuis, de sa faute si Iza ne pouvait entrer à l'Université. Jusqu'au jour où Dekker était intervenu en sa faveur.

C'était une enfant gentille. Une enfant bonne, fidèle, intelligente, studieuse. Elle avait sur le monde des idées qu'elle ne comprenait pas. Bébé chétif, il avait souvent fallu veiller à son chevet ; à l'école primaire, bizarrement, elle avait mis longtemps à apprendre à lire, ils passaient des soirées à lui faire réciter son alphabet. Quand Iza entra au lycée, elle lui arrangeait ses robes pendant la nuit afin qu'elle fût correctement habillée en dépit de leur pauvreté. Un jour, Iza était alors étudiante à l'Université, on avait claqué la porte du tramway sur sa main et pendant des semaines, Vince et elle avaient recopié les cours d'anatomie prêtés par un camarade ; c'était écœurant, ça donnait le frisson. Elle se racontait cette Iza qui s'occupait d'eux après son mariage, Iza gauchement heureuse, Iza boudeuse et radieuse, Iza taciturne, et aussi le voyage d'Iza pour Budapest, ses démarches pour réhabiliter Vince, l'argent qu'elle leur envoyait, alors qu'ils n'en avaient pas besoin. Iza qui venait les voir un dimanche sur quatre et les avait aidés à traverser les moments difficiles, jusqu'à la mort miséricordieuse de Vince.

Chaque jour elle se racontait Iza qui ne l'avait pas laissée seule dans la vieille maison, qui avait tout réglé à sa place, qui s'était chargée de tout, qui s'occupait d'elle et la comblait.

Puis, honteuse et désemparée, elle pleurait longtemps.

4

Depuis quelque temps, Iza s'attardait à l'hôpital.

Au fond, personne ne s'en étonnait. Le Dr Szöcs aimait son travail et s'y mettait chaque jour avec plus de zèle qu'aucun de ses collègues. Elle savait écouter les malades : lorsqu'elle palpait un membre ou une articulation, elle cherchait le point sensible, essayait de situer le patient dans son univers, de saisir l'homme dans sa globalité pour vaincre son mal. Chacun lui proposait un problème passionnant, et nul ne quittait son cabinet avec l'impression d'avoir été expédié, muni d'une ordonnance, vers l'électropuncture ou le bain aux poids. Devant Iza, on sentait immédiatement qu'on était considéré comme un malade payant ; selon le directeur, elle avait un diagnostic remarquable, et si son auscultation minutieuse ne lui permettait pas d'examiner autant de cas que ses collègues, la proportion de ses guérisons était supérieure. On se détendait en sa présence, et certains allaient jusqu'à déballer leur vie privée. Iza ne renvoyait personne sans l'avoir écouté. Bárdi, le benjamin du corps médical, avait écrit pour le carnaval un poème humoristique agrémenté d'un dessin représentant le Dr Szöcs flanqué de dix bras et dix oreilles, tel un Çiva en blouse blanche ; Bárdi aimait Iza et débitait des obscénités sur son compte pour donner le change sur ses sentiments.

Elle touchait des primes plus souvent que les autres médecins. Elle ne s'en étonnait pas. Ses résultats, au cours de l'adolescence, lui avaient plusieurs fois valu une bourse, si peu disposée que fût l'école à la lui accorder par ailleurs. Elle représentait le type même de la bonne élève, on pouvait compter sur elle. Elle ne se relâchait jamais, ne perdait jamais son temps, préparait ses examens selon un plan de travail et une organisation méticuleuse. Sa mère se moquait gentiment, à son retour de la faculté, lorsqu'elle entreprenait des rangements dans la maison au lieu de dîner et de se coucher. « Ne crois-tu pas que tu en as assez fait pour aujourd'hui ? » plaisantait-elle. « Je ne peux pas me coucher, ripostait Iza, si tu n'as pas bien fermé les robinets et si tu as laissé traîner tes chaussures dans la salle de bains. » Quand elle avait promis quelque chose, on pouvait compter sur elle comme sur un adulte. Sur Vince, non.

Vince, bien souvent, oubliait ce qu'il avait promis, ou bien il n'avait pas l'argent suffisant pour tenir ses promesses. Mme Szöcs découvrait alors sa fille blottie dans la resserre, pleurant contre les étagères, et elle éprouvait la désagréable impression que l'enfant ne pleurait pas à cause de l'absence de cadeaux, mais parce qu'elle était choquée de voir qu'il avait manqué à sa parole. Bárdi râlait quand il voyait les statistiques et les superbes graphiques d'Iza sur le bureau du directeur et qu'il s'entendait dire que le rapport de Szöcs était toujours le premier prêt.

Elle n'arrivait jamais en retard ; par contre, ce n'était pas son genre de s'attarder le soir. La journée finie, et si elle n'était pas trop fatiguée, elle allait prendre un café ou une bière avec ses collègues, à moins qu'elle n'aille se promener en compagnie d'une camarade divorcée ou célibataire ; le souvenir d'Antal était trop vif pour qu'elle fréquente des mères comblées, ou les épouses heureuses.

Ces derniers temps, quand elle classait ses notes, préparait un café, parcourait les journaux ou restait à griffonner sur un bout de papier, elle faisait la même chose que sa mère, d'une certaine manière : elle réfléchissait sur sa vie, ce qu'elle n'avait jamais eu le temps de faire jusque-là.

Quelle conduite devait-elle suivre ?

Iza aimait ses parents ; elle éprouvait à leur égard l'affection d'un enfant en même temps que l'amitié d'une camarade. Elle avait vite compris pourquoi leur vie différait de celle des autres, et elle était convaincue – plus que sa mère – qu'être la femme ou la fille de Vince était plus un privilège qu'une honte. Les difficultés matérielles ne l'inquiétaient pas, elle trouvait amusant d'aider sa mère à la maison et de résoudre les problèmes apparemment les plus insolubles. Iza était persuadée que sa vision du monde avait été modelée par ce père dépourvu de conscience politique, mais qui agissait selon sa conscience d'honnête homme, et qu'elle avait pu aller jusqu'au bout de ses études grâce au sens pratique de sa mère et à son ingéniosité pour déjouer la pauvreté. Aussi, dès qu'elle le put, elle remboursa spontanément sa dette comme une chose allant de soi.

Les jours de paye, Bárdi gémissait sur le peu qu'il resterait de sa quinzaine, dont il envoyait une partie à la

« vieille bique » de Szalka ; personne ne savait qu'Iza aidait qui que ce soit, ni même qu'elle avait encore de la famille ; pour l'impôt sur les ménages sans enfants et l'Emprunt de la paix, elle n'avait pas objecté qu'elle avait ses parents à charge. Son visage de provinciale n'était connu que dans sa ville natale, de quelques personnes un peu naïves, appartenant au monde de Vince et de sa mère. Quand elle demanda un congé parce que son père était mourant, et qu'elle envisageait de ramener sa mère chez elle après l'enterrement, Bárdi – qui fut chargé de son service pendant son absence – se sentit trop gêné pour lui présenter ses condoléances : que diable peut-on dire en pareil cas ? Quant à lui, pour rien au monde il ne prendrait la « vieille bique » chez lui, il préférait lui donner les trois quarts de son traitement et aller coucher sous les ponts !

Quand Antal lui avait fait part de sa décision, elle en avait été d'autant plus bouleversée qu'il l'annonçait sur un ton dépourvu de pathétique.

L'absence de pathétique caractérisait leurs rapports, même à l'époque la plus passionnée de leur amour. Un jour qu'ils traversaient le petit bois en discutant d'un film, Antal lui avait demandé si elle voulait l'épouser et elle avait répondu « oui », évidemment. Un monument dédié à un poète local se dressait au bord du sentier, un buste médiocre, morose, juché sur une colonne torse : ils s'étaient arrêtés au milieu d'une phrase, et c'est là qu'Antal l'avait embrassée. C'était un début d'après-midi ; ils s'étaient séparés précipitamment en voyant Dekker traverser le petit bois pour regagner sa villa. « Paix sur vous et prospérité », avait rétorqué Dekker au jeune homme qui tentait de s'expliquer, et il avait poursuivi son chemin sans s'arrêter. Il savait ce qu'Iza ignorait encore : sa nomination était chose faite.

Antal lui avait simplement annoncé que son père mourrait dans la journée et qu'il serait bon qu'elle vienne. Elle avait aussitôt pris l'avion – à travers le hublot, les nuages moutonnaient, troupeau fantastique d'une blancheur irréelle –, elle l'avait fait pour sa mère, car elle savait qu'elle n'irait pas revoir son père. Elle ne se laisserait pas anéantir par la douleur ; une fois dans sa vie, cela avait suffi, et elle avait particulièrement besoin de toutes ses forces. Elle avait déjà dit adieu à Vince, dans son cœur, le jour où Dekker lui avait montré le résultat des analyses ; elle avait contemplé le cabinet du professeur, longuement, et s'était étonnée qu'un si grand savant eût un bureau si enfantin, couvert d'un tas de gommes et de crayons de couleur, comme pour dessiner, à ses moments perdus, des maisons, des bonshommes de neige ou des hussards. Penché au-dessus des plumes et des cahiers à couverture glacée, son visage ruisselait de larmes.

Elle ramènerait sa mère à Budapest, sans aucun doute.

Vince semblait en bonne santé, bien que précocement vieilli, quand elle avait étudié les plans de son appartement. Elle avait corrigé le dessin, diminué la superficie de ses deux pièces pour en faire une troisième. Ses parents étaient âgés, l'un d'eux mourrait bientôt, celui qui resterait ne pourrait vivre seul là-bas. C'était impossible.

Pour Iza, les activités sexuelles devaient être réservées à la fin du mois… c'est du moins ce que pensait Bárdi en remarquant que chaque dernier samedi du mois elle arrivait chargée d'une valise et qu'après les consultations, à midi, elle appelait un taxi pour la conduire à la gare. Il se sentit honteux quand il apprit que la jeune femme rendait visite à ses parents. Comme son père, par instinct, Iza était attentive aux autres et n'omettait jamais de fêter l'anniversaire de ses collègues ou leur avancement ; au fond, il n'était pas difficile de l'imaginer débarquant dans un trou de province, des paquets plein les bras, babillant et riant comme une petite fille avant de cacher des cadeaux idiots dans les poches des robes de chambre et peignoirs.

La vie sexuelle d'Iza était bien différente de ce qu'imaginaient Bárdi et consorts.

Le souvenir d'Antal était resté douloureux comme au premier jour de la rupture et, n'étant pas vaniteuse, elle n'avait pas eu besoin qu'un homme – ou plusieurs – lui prouve que son mari avait fait une bêtise en la quittant. À son arrivée à Budapest, sa grande affaire fut de consolider sa situation à l'hôpital ; elle n'entretenait de relations suivies avec personne ; quelquefois ses collègues l'invitaient, mais la plupart étaient mariés et les célibataires plus jeunes qu'elle. Leur groupe formait une société distrayante, mais sans personnalité.

Certains de ses malades lui étaient recommandés : un spécialiste connu, un ouvrier modèle, une célébrité. Les médecins de l'hôpital, en général, n'avaient pas de clientèle privée, leur spécialité exigeant, dans les cas sérieux, une installation considérable. Iza examinait l'homme illustre, formulait son diagnostic, prescrivait le traitement approprié, puis l'oubliait aussitôt. Tandis qu'elle détectait et notait les symptômes, il lui était impossible de voir en l'individu autre chose qu'un malade. Pendant qu'elle les examinait, les hommes grimaçaient et baissaient le front ; les artistes confessaient leur âge à contrecœur, redoutaient le traitement, et d'un filet de voix se récriaient à l'idée des massages et du bain aux poids. Iza n'avait jamais envisagé qu'un de ses patients pût téléphoner pour lui proposer un rendez-vous après les heures de consultation.

Une fois pourtant, Domokos le fit.

L'Association des écrivains avait attiré son attention sur le cas de Domokos, venu la consulter pour une douleur au coude. Elle l'avait observé attentivement, comme elle faisait avec chaque malade, examiné ses yeux et ses cheveux, car le corps entier révèle l'état de santé du sujet. Tandis qu'elle l'auscultait, elle se rendit compte qu'il la regardait avec insistance. Loin de la troubler, cela la fâcha. Elle pria son patient de se laisser examiner au lieu de la regarder bêtement et fut même grossière, ce qui n'était pas dans ses habitudes ; elle lui prescrivit un traitement électrique et le renvoya. L'électrothérapie, première innovation vraiment moderne dans ce genre d'affections, faisait partie des services offerts par l'hôpital et se pratiquait dans une annexe du bâtiment principal.

Domokos se faisait donc soigner dans le bâtiment où travaillait Iza ; après chaque séance, il faisait un saut dans son cabinet, pour un petit contrôle, comme il disait, et pour lui montrer combien son état s'améliorait.

Iza ne le regardait plus dans les yeux et se montrait beaucoup plus froide et distante avec lui qu'avec n'importe qui d'autre. Domokos en riait, on ne pouvait pas ne pas s'en apercevoir, et après chaque « contrôle » il lui envoyait un bouquet de fleurs dont elle ne savait que faire et qu'elle donnait régulièrement à la concierge. Elle n'évoquait jamais ses envois de fleurs, ne l'en remerciait jamais, espérant ainsi les faire cesser. Quand Domokos se présenta pour la cinquième fois dans son cabinet afin qu'elle apprécie la façon dont il pliait le coude sans souffrir, elle expédia son infirmière chercher des dossiers et demanda pour quelle raison il lui envoyait des fleurs ; d'ailleurs, peu importait, elle le priait d'avoir l'amabilité de ne plus le faire.

Domokos n'avait aucune intention : c'était pure courtoisie. Et puis, il n'était pas rare qu'un homme envoie des fleurs à une jolie femme, surtout s'il était son obligé ; quant à elle, elle aurait intérêt à consulter un médecin car elle semblait diablement nerveuse. Elle ouvrit alors la porte pour le faire sortir, et appela le patient suivant. Le soir même, Domokos lui téléphonait.

Leur relation se transforma vite en liaison. Elle se livrait passivement, presque en se défiant, à la passion ironique et tendre de Domokos. Quand elle rencontra Antal au chevet de son père hospitalisé, elle rougit comme si elle avait quelque chose à cacher, comme si elle devait lui rendre des comptes, lui être fidèle, comme si elle dépendait de lui. Domokos était amusant, plein d'esprit, il lui accordait du temps quand elle était disponible, acceptait ses sautes d'humeur, l'aidait à chasser sa fatigue, mais, malgré leur intimité qui ne péchait pas par la froideur, jamais elle ne se sentait troublée par sa présence comme elle l'avait été par Antal. En partie à cause du métier de Domokos, en partie à cause d'Antal. Après tant d'années, elle établissait sans cesse des comparaisons. Antal, dans l'amour, était éperdu, il fermait les yeux, devenait à la fois sauvage et humble. Domokos restait lucide ; il observait sa partenaire, semblait vivre pleinement leur relation, tout en l'analysant et l'enregistrant comme une expérience qu'il utiliserait un jour. Une sensation très désagréable. Pourtant la vie avec Domokos était facile, il possédait une gaieté et une simplicité fondamentales, comme Vince, naguère.

Ce soir-là, elle s'était attardée à l'hôpital. Elle avait posé sur son bureau des revues médicales qu'elle ne lisait pas, fumait et donnait des coups de téléphone.

Elle appela Domokos, mais il n'y eut pas de réponse. Elle avait composé son numéro pour gagner du temps, en fait, pour se défendre du regard des autres et se trouver un prétexte : elle avait le droit de rester là, elle devait parler à quelqu'un. Quand elle entendit la dernière porte se fermer dans le couloir, elle abandonna l'appareil. Elle se renversa dans son fauteuil et fixa le ciel. Des nuages épais et sombres filaient au-dessus de la ville. Il va y avoir un orage, pensa-t-elle, le premier véritable orage de l'année.

Non sans une immense tristesse, elle devait reconnaître que la présence continuelle de sa vieille mère l'irritait.

Elle ne l'aimait pas moins que son père, mais de façon différente, et pour d'autres raisons. Depuis sept ans elle n'habitait plus chez eux, même lors de ses brefs séjours là-bas : quand elle se rendait dans sa ville natale elle logeait à l'hôpital ou descendait à l'hôtel et, au fond, c'est seulement à Budapest qu'elle avait renoué connaissance avec la vieille personne qu'était devenue sa mère. Elle se rendait compte qu'elle avait gardé le souvenir d'une mère jeune : du lointain passé, une créature gaie, courageuse, discrète, un peu peureuse, gentiment étourdie lui faisait signe, dont l'aimable désordre était compensé par une plaisante fraîcheur d'esprit et par le mystérieux talent qu'elle avait de créer un vrai foyer. Tant qu'elle vivait loin d'elle, Iza trouvait délicieusement comique que la vieille dame demeurât inconsciente des changements survenus dans le pays, que Vince seul fût au courant des événements du monde et que sa mère bornât sa vague connaissance du présent au résumé des nouvelles que lui faisait son mari, le soir, si toutefois elle n'était pas trop fatiguée pour y prêter attention.

L'état d'esprit féodal, le manque total de conscience politique de sa mère, l'innocence avec laquelle elle tutoyait, comme elle avait appris à le faire chez la tante Emma, les personnes plus jeunes qu'elle ou qu'elle jugeait subalternes – bûcherons, laveuses, femmes de ménage –, tout cela, vu de loin, la faisait sourire. De près, il en allait différemment. Iza avait vécu pendant des années seule à Budapest ; elle n'avait plus connu de foyer depuis l'époque où elle rentrait avec Antal, le soir, dans la maison à la gargouille et s'installait, affairée et joyeuse, devant le dîner déjà préparé, mangeant de grand appétit et se réchauffant les mains sur le poêle en faïence blanche, tandis qu'à travers la porte richement décorée rougeoyait le feu allumé par sa mère. Nul ne savait faire le feu comme elle : il lui suffisait d'effleurer les bûchettes, et les flammes jaillissaient aussitôt. C'est ce foyer qu'elle aurait aimé retrouver autour d'elle, ainsi que la douce harmonie de ces années passées. Et voilà que quelques semaines après l'arrivée de la vieille femme, elle comprenait qu'elle avait espéré en vain.

Inutile de se payer de mots : la présence de sa mère l'énervait.

Les premiers jours, Iza avait été stupéfaite de l'agilité incroyable de ce vieux corps, de cet insatiable besoin de participer à sa vie à elle. Le va-et-vient incessant, les portes sans cesse ouvertes et refermées, cette agitation perpétuelle dans une maison qui jusque-là abritait ses heures de lassitude, et où le silence et l'absence d'événements lui assuraient repos et quiétude, ce changement la contrariait au plus haut point, l'obligeant à ne passer chez elle que le temps indispensable. Terez réglait ses problèmes d'intendance, et elle sentait un danger rôder autour de Terez ; quand elle n'était pas dans l'appartement, elle y pensait avec anxiété, comme si elle y avait laissé un enfant turbulent dont on craint qu'il ne trouve les allumettes et ne mette le feu aux rideaux. Son estomac citadin ne supportait plus les plats lourds de sa mère ; et puis elle avait pris l'habitude de la triste liberté des solitaires qui ne doivent de comptes à personne, ne disent ni où ils vont ni quand ils rentreront. Au fond, Iza comprenait mal son énervement : ses sorties n'avaient rien de secret ; mis à part son besoin de silence et certaines habitudes bien ancrées, elle aurait dû se réjouir d'être attendue, pourquoi s'assombrissait-elle quand sa mère, entendant le grincement de sa clef dans la serrure, se précipitait à sa rencontre et la bombardait de questions avant même qu'elle ait ôté ses gants : « Où étais-tu ? Qu'est-ce que tu as fait ? Qui as-tu rencontré ? »

Elle n'avait pas une nouvelle à annoncer chaque soir, et la plupart du temps elle était épuisée et ne désirait que la paix. Elle s'étonnait de constater combien elle avait peu envie de soutenir une conversation à ces heures-là, combien elle s'irritait quand la vieille femme se faufilait derrière elle, dans l'entrée, pour lui suggérer de prendre un manteau, un imperméable ou un gilet en affirmant qu'il faisait froid, qu'elle attraperait mal ou serait trempée ; et le vieux visage déconfit, quand elle refusait de prendre au moins son parapluie, n'agaçait pas moins la jeune femme.

Elle demeurait dans l'obscurité à chercher comment employer l'énergie impitoyable, encombrante, quasi juvénile, que les années n'avaient pas entamée et que Vince, jusque-là, avait absorbée si complètement qu'elle n'en avait jamais pris conscience. Il n'était pas question de la présenter à ses rares amis, car sa naïveté politique et sa familiarité provinciale les auraient déroutés. Et même si ce n'eût été pour ménager ce vieil organisme, elle aurait refusé de lui donner du travail pour ne pas la sentir s'affairer autour d'elle en permanence. Sa tendresse est plus forte qu'elle, conclut-elle en frissonnant. Quelle impitoyable tendresse ! Peut-être que l'amour est toujours aussi possessif !

La silhouette d'Antal, qui s'estompait au bout du temps enfui, réapparut devant elle. Elle n'avait jamais réussi à penser à lui avec indifférence, à hausser les épaules et à se dire : ce fut une expérience et elle est terminée ! Le trouble était toujours au rendez-vous. Elle était une épouse parfaite, pourquoi l'avait-il abandonnée ? S'ils n'avaient pas divorcé, elle n'aurait pas hésité à lui demander conseil au sujet de sa mère, mais Antal, celui auquel elle aurait pu confier ses échecs, n'existait plus, surtout depuis qu'il avait proposé à sa mère d'habiter avec lui dans la vieille maison. Comme s'il s'était douté de quelque chose !

Elle était incapable de raconter à Domokos qu'elle étouffait chez elle, telle une abeille dans un pot de miel, que les doigts de sa mère l'enfonçaient dans l'or sucré qui l'engluait peu à peu. Domokos utiliserait ses sentiments dans un roman. Tout était matière à écrire pour Domokos. Quand elle pensait à lui, elle s'étonnait de l'aversion que lui inspirait son activité.

Dans le couloir, une fenêtre claqua violemment. C'était l'orage. Une fois de plus, elle ne comprenait rien, elle ne pouvait que constater que la situation se déroulait à l'inverse de ce qu'elle avait imaginé et désiré. Dans son enfance, auprès de Vince, quand elle était l'épouse d'Antal, sa mère lui apparaissait comme une fée discrète et gaie, à la sollicitude rassurante et douce. J'ai vieilli, pensa Iza en s'effrayant non du fait, mais du diagnostic ; quand je vivais avec elle, j'avais besoin d'elle. C'est elle qui faisait la cuisine, le ménage, elle qui reprisait les affaires d'Antal. Elle ne se rend pas compte que je suis devenue adulte, que je n'ai plus besoin d'une mère, que c'est elle qui a besoin d'appui et de conseils maintenant. Si je veux la rendre heureuse, je dois faire semblant d'être restée une enfant ; elle pourra alors me dorloter, se dépenser et savourer sa fatigue chaque soir. C'est moi qui l'ai fait venir, je veux qu'elle ait une vieillesse longue et heureuse. Il me faut donc vivre comme elle l'entend. Pourtant, je n'ai besoin ni de débordement d'affection ni de soutien, seulement de silence ; je suis fatiguée. Va-t-elle s'y habituer ? Vais-je m'y faire ? Que va-t-il se passer ?

Le ciel gronda. Il valait mieux attendre la fin de l'orage, mais elle n'osait pas ; trouverait-elle un taxi ? La vieille femme craignait toujours qu'il ne lui arrive un accident, de ne pas la voir rentrer. Iza ne supportait pas qu'on tremble pour elle : pendant la guerre, elle avait régulièrement porté des armes et des tracts dans la vieille serviette de Vince, et quand on lui demandait ses papiers, elle fixait les policiers avec tant d'insolence qu'ils la laissaient repartir immédiatement. Antal, s'il s'inquiétait, ne hasardait pas la moindre remarque quand elle arrivait en retard au cours, et pourtant, lorsqu'elle se faufilait à la faveur du couvre-feu pour coller des tracts sur les murs avec la paume de ses mains, les risques étaient énormes. Quand elle arrivait à la dernière minute, haletante, pour les travaux pratiques du soir, Antal se contentait de lui décocher qu'elle ferait un drôle de médecin si elle était si peu ponctuelle et si désordonnée ! Devant les étrangers, il se montrait exagérément froid et brutal avec elle. Iza s'approcha de la fenêtre et observa la rue, en bas. La circulation battait son plein. La ville s'était mise en branle dès avant l'orage ; par temps normal, à l'heure où le travail finissait et où s'ouvraient cinémas et théâtres, la capitale grouillait de monde ; en ce moment, la foule était telle qu'on ne distinguait plus ni les trottoirs ni les refuges. Si elle ne trouvait pas de taxi, il lui faudrait au moins une heure pour rentrer au pas de gymnastique, et elle serait trempée jusqu'aux os. À midi, sa mère lui avait tendu son imperméable en nylon, mais elle s'était sauvée sans le prendre. Le soleil brillait alors.

Elle téléphona au central des taxis et, par miracle, on lui en promit un. Elle rassembla ses affaires en toute hâte, jeta un dernier coup d'œil par la fenêtre pour vérifier si la voiture tournait déjà au coin de la place. Le cœur lui manqua : à l'arrêt du tramway situé en face de l'hôpital, sous la lumière des nouveaux lampadaires en forme de manche de fouet, et comme sous la poussée d'une puissance irrésistible, la grappe humaine accrochée aux portes de l'un des wagons s'écartait. Apparut une forme noire qui se fraya péniblement un chemin et qui, une fois parvenue sur le refuge, arrangea son chapeau posé de travers. Vacillante, Iza reconnut sa mère qui jetait autour d'elle des regards affolés ; l'orage soulevait son manteau entrouvert. Quelqu'un lui prit le bras et l'aida à traverser la chaussée devant les voitures qui ralentissaient. Iza descendit en courant et jeta sa clef dans la loge du concierge qui la suivit d'un regard étonné, car elle ne partait jamais sans lui serrer la main. Le taxi arriva au moment où Mme Szöcs franchissait le seuil et se retrouvait nez à nez avec sa fille à qui elle tendit triomphalement son filet où brillait l'imperméable en nylon violet.

Subitement, des trombes d'eau se déversèrent. Iza ne savait comment fourrer dans le véhicule la femme qui se tenait là, raide et les yeux baissés. La joie qui faisait rayonner son visage à son arrivée avait disparu. Iza lui prit le filet des mains et le jeta au fond du taxi.

– Tu es très prévenante, maman chérie, commenta-t-elle froidement. Il ne faut pas te donner tant de peine. Mais bon, je te remercie.

Mme Szöcs fixa le dos du chauffeur sans répondre. Le tonnerre gronda. Elle prend un taxi. Comme c'est simple ! S'il fait mauvais, elle appelle un taxi pour rentrer à la maison. Son cœur battait à coups irréguliers et elle étouffait. Le trajet, dans un tramway bondé, avait été une terrible épreuve : elle n'était jamais descendue si tard, dans la nuit de Budapest trouée par les réclames lumineuses, et avait été harcelée tout au long du voyage par une crainte, une angoisse impuissante : qu'arriverait-il si Iza était surprise par l'orage ?

Sa fille était pâle et contrariée. Elle prend un taxi, se répéta la vieille femme. Elle jeta un regard sur son filet et le trouva affreux.

5

D'un accord tacite, Terez et Iza essayèrent d'aider la vieille femme.

Seule la peur de l'oisiveté poussait Terez à travailler, et elle avait d'abord regardé l'intruse avec méfiance. Son petit monde s'accroissait d'une vieille femme antipathique et désagréable, qui marchait sur ses talons et doutait visiblement de sa probité. Elle décida donc de lui montrer où était sa place et ce qu'elle pensait de son comportement – ce qu'elle fit. Iza lui procura une revanche éclatante : Mme Szöcs s'écarta de son passage, cessa de la suivre d'une pièce à l'autre, de mettre la cuisine sens dessus dessous, de faire tomber des gouttes sur le parquet fraîchement astiqué ; elle se blottit dans son fauteuil et se perdit dans la contemplation du Grand Boulevard, qui visiblement ne l'intéressait guère. Au lieu de se réjouir de sa victoire, Terez s'en inquiéta. Intelligente, elle se prit à réfléchir, ce qu'elle n'avait pas fait les premières semaines : à quel fil d'araignée cette quasi-octogénaire pouvait-elle se balancer, elle que toutes sortes de tâches concrètes retenaient jusque-là au centre de sa toile ? Elle perçut l'amertume incommensurable et muette qui abreuvait la vieille personne si bruyante et active lors de son arrivée, en dépit de son deuil. Quand elle eut prouvé sa force, Terez comprit qu'elle pouvait se montrer clémente désormais, sans craindre que ses prérogatives et son prestige n'en fussent diminués.

Un matin, elle arriva avec son filet vide. Visiblement elle ne venait pas des halles, mais directement de son domicile.

Elle frappa chez Mme Szöcs qui se retourna, effrayée, bien qu'elle fût déjà prête à gagner la chambre d'Iza pendant que Terez ferait la sienne.

– Je n'ai pas eu le temps de faire les courses. Peut-être pourriez-vous y aller à ma place ? J'ai fait la liste de ce qu'il faut.

Elle fut malgré tout étonnée de voir sa proposition si avidement acceptée. Le visage de la vieille femme s'illumina, et elle prit ses lunettes pour consulter la liste des commissions à faire aux halles. Elle descendit allègrement, sans tenir la rampe, comme si elle se découvrait des forces insoupçonnées. Terez alluma la radio et entreprit son ménage, non sans bougonner ; elle était bien bête : quand la vieille reviendrait en se traînant à la maison, ce serait l'heure où d'habitude elle achevait de préparer le repas et elle finirait plus tard que les autres jours.

Elle donnait un dernier coup de chiffon quand sa commissionnaire revint, lui rapportant ce qu'elle avait demandé. Terez la remercia, examina les provisions déballées sur la table de la cuisine et, résolument bienveillante, alla jusqu'à demander si le filet n'était pas trop lourd ; puis elle se hâta vers son fourneau. La vieille femme restait debout, les yeux brillants, sur le seuil de la cuisine. Terez n'eut pas le cœur de la chasser, pourtant ça l'énervait qu'on la regarde s'affairer, c'était le meilleur moyen pour qu'elle se coupe ou se blesse avec la râpe. Si encore elle avait rapporté de la belle marchandise, la pauvre vieille ! Mais elle avait acheté ce qu'il y avait de moins cher et de plus minable, de la viande pleine d'os et de tendons, tout juste bonne à donner aux chiens. Elle ne dit rien cependant, et s'abstint de grogner. Mme Szöcs regarda avec recueillement comment la matière brute se transformait en nourriture, puis elle regagna sa chambre, mortellement fatiguée et béatement heureuse.

Désormais, c'est Mme Szöcs qui fit les courses ; c'était un fréquent sujet d'énervement pour Terez quand il fallait racheter à la dernière minute la boîte de cacao oubliée aux halles, ou le tube de moutarde qui avait glissé à travers les mailles du filet. Elle ne laissait pourtant jamais paraître son agacement et s'étonnait de sa propre gentillesse ; elle s'attendrissait sur elle-même, une veuve sans enfants, et dans les derniers temps il lui suffisait de poser les yeux sur la vieille femme pour se sentir envahie d'une vague et douce mélancolie. Terez aimait pleurer, aller voir des films si émouvants qu'elle devait sortir avant la fin. Elle avait l'impression de se venger noblement de la méfiance que Mme Szöcs lui avait témoignée au début, et elle était très contente d'elle. Le 1er juillet, jour de son anniversaire, à côté de l'argent glissé par Iza dans une enveloppe elle trouva une broche en argent vieillotte, ornée d'une main de corail. Surprise, elle tourna et retourna le bijou, qui ne lui plaisait pas mais l'émouvait confusément. Elle finit par l'épingler à son corsage.

Terez n'avait trouvé l'agrafe qu'après avoir envoyé la vieille dame aux courses. Une heure plus tard, le concierge montait le filet à provisions : Mme Szöcs était allée se promener, elle lui envoyait les ingrédients pour faire la cuisine. Terez l'attendit en vain pour le déjeuner, ce qui l'inquiéta au point qu'elle mit le réchaud en veilleuse, descendit en toute hâte et fit en courant le tour du pâté de maisons. Elle découvrit la vieille femme assise sur un banc, les yeux fermés, devant le cinéma. Quand Terez l'interpella, elle se leva d'un air craintif et fila à petits pas en direction de la maison. Terez s'abstint de la réprimander, elle comprenait que Mme Szöcs avait voulu éviter ses remerciements et elle en ressentait un étrange respect. Qui aurait cru que la vieille était si fière ? Elle lui apporta son déjeuner et, en la servant, la remercia de son cadeau, timidement, incompréhensiblement gênée. La vieille femme, rouge de joie et d'émotion, marmonna une vague réponse.

De son côté, après la perplexité des premières semaines, Iza s'était ressaisie.

Domokos avait d'ailleurs joué son rôle dans cette prise de conscience ; la jeune femme ne s'attendait absolument pas à le voir se tourner vers elle, dans la loge, au théâtre, pour l'interroger :

– Au fond, quels sont tes projets avec la mamie ?

La question avait une allure de blague de la part de l'écrivain. Iza avait toujours cru qu'il ne s'intéressait qu'à l'expression de son moi, elle n'avait jamais décelé ses penchants altruistes. Elle fixa la scène sans rien répondre.

– Si nous l'excluons à ce point de la famille, continua Domokos avec une impitoyable douceur, il aurait mieux valu la laisser dans son trou, elle s'y serait trouvée moins seule qu'ici.

Iza se pencha en avant. Une actrice monologuait. La tragédie était le genre littéraire qui l'intéressait le moins ; quand elle avait le temps de lire, elle choisissait un roman, quelque chose de solide et de réaliste. Elle n'allait au théâtre que pour accompagner Domokos, et le monologue, pompeux, l'exaspéra. Cette manière de se parler à soi-même lui semblait relever de la pathologie. Elle ne répondit rien, non que la question lui parût vaine, mais parce qu'elle ne savait que répondre. Elle y pensait depuis des semaines, et vraiment elle ne savait pas quoi dire.

– Eh bien, à toi d'y réfléchir, fit Domokos.

Il recula sur son fauteuil en déclarant que la diction de la comédienne ne valait rien.

Ce fut au cours de cette représentation qu'Iza, pour la première fois, pensa sérieusement à l'éventualité d'un mariage avec Domokos. Depuis longtemps – ceux qui le connaissaient superficiellement ne l'auraient jamais cru – Domokos multipliait les allusions. Iza en acceptait difficilement l'idée ; derrière ses réticences, il y avait le visage d'Antal, les arbres du petit bois et la voix bourrue de Dekker. Peut-être que Domokos n'utiliserait pas leur histoire, et elle se détourna de la scène pour exprimer à mi-voix son inquiétude et son espoir :

– Tu ne vas pas en faire un roman, n'est-ce pas, Péter ?

L'écrivain la regarda d'un air apitoyé et secoua la tête. Ce soir-là, en rentrant, elle analysa l'organisation de ses journées.

Comme lorsqu'elle était étudiante, elle récapitula son programme sur un bout de papier. Le matin elle se levait, faisait sa toilette, partait au pas de course ; l'après-midi, elle rentrait trop fatiguée pour s'occuper de sa mère ou l'emmener où que ce soit. Mais vers sept heures, si elle n'avait pas une urgence, il serait possible de lui consacrer un moment jusqu'au dîner. Elle pourrait ensuite retrouver sa liberté et songer à elle-même, puisque sa mère se couchait tôt. Évidemment, cela ne serait pas possible les jours où elle serait de service l'après-midi. Quant à ses matinées libres, elle tenait à les préserver intégralement ! C'était le moment qu'elle préférait pour prendre des notes, rédiger des articles.

Assez embarrassée, elle annonça sa décision à sa mère. Elle craignait que la vieille dame ne comprît pas pourquoi elle lui consacrait aussi peu de temps, et à cette heure-là précisément, mais elle comprit parfaitement et écouta sa fille avec tant de joie et de gratitude qu'Iza en fut véritablement troublée.

Dès lors, quatre fois par semaine, comme si elle rendait une visite, Iza rejoignait sa mère, qui l'attendait dans sa chambre, rangée avec trop de soin, et lui proposait quelque lourde friandise qui lui coupait l'appétit mais qu'elle n'avait pas le cœur de refuser. Mme Szöcs reprit un peu de poids et retrouva son visage de campagnarde. Ces deux éléments – les commissions pour Terez et l'heure que passait Iza en sa compagnie à lui raconter sa journée et les événements de l'hôpital – l'aidèrent visiblement à retrouver force et courage. Iza sentait son cœur se serrer devant ses efforts fébriles pour comprendre ce qu'elle lui racontait, retenir les noms et l'interrompre ensuite, fièrement : « C'est ce collègue qui s'est marié en Chine, n'est-ce pas ? » ou « As-tu retrouvé le livre qui avait disparu de ton bureau pendant la consultation ? » Iza n'était jamais très en forme durant cette heure-là, mais elle faisait semblant de l'être. Ses sorties du soir s'en trouvaient retardées ou annulées. Elle n'allait plus chez des amis ou au cinéma que le dimanche après-midi, lorsqu'elle en avait le moins envie : pour elle, seules les soirées étaient propices aux rendez-vous ou aux concerts. Elle renonçait à la société de ses amis, à la rigueur, mais elle se passait difficilement des concerts ; elle y était abonnée, et le jour où un spectacle était prévu elle se décommandait auprès de la vieille femme ; le visage ridé s'allongeait alors de déception, et le lendemain elle se rattrapait, comme à l'école. Domokos venait après dix heures, maintenant, une fois qu'Iza était libérée de ses devoirs et l'appartement silencieux. La journée s'organisait entre les deux pivots ; peu à peu, Mme Szöcs lia connaissance avec ses voisins de palier. Elle discutait avec les mères de famille, qui l'aimaient bien. La capitale s'était rétrécie, elle avait perdu les vastes dimensions de son voyage de noces pour se réduire à une portion d'arrondissement qui avait pris des allures familières et provinciales. Terez avait étendu son rayon d'achats jusque chez le marchand de couleurs. La vieille dame était connue partout, et chez le crémier, s'il fallait attendre, on lui offrait une chaise.

L'été est pénible à Budapest.

Elle avait du mal à le supporter et ne savait comment fuir la canicule. Jusqu'au soir, impossible de remonter les stores ; elle s'enfermait dans l'appartement obscur, et au lieu du frais parfum des fleurs qui monte derrière les jalousies, au cœur de l'été provincial, elle ne respirait que des bouffées de chaleur et de poussière. Elle en suffoquait. Un matin, Terez remarqua sa pâleur et sa respiration difficile, et ne lui permit pas de partir aux commissions : si elle traînait son filet par cette chaleur, elle aurait un malaise, et que dirait Mme le médecin en chef ? Elle lui prit le filet des mains, la fit s'allonger sur le divan avec une compresse d'eau fraîche sur le front et descendit à sa place. Pour une fois, Mme Szöcs lui en fut reconnaissante. Elle était accablée de chaleur et de lassitude, accablée par le poids de ses pensées. Elle voulait faire élever un tombeau à Vince pour le jour des Morts et, les yeux clos, elle réfléchissait à la pierre et au texte qu'il fallait choisir. Elle échangea des lettres avec Guitza à ce sujet, car elle se fiait au goût de la brodeuse-couturière.

La canicule dura des semaines. Le soir, quand on pouvait enfin ouvrir les fenêtres, l'air qui entrait ne rafraîchissait guère les murs imprégnés de chaleur.

Iza elle aussi maigrissait.

Elle fit des projets de vacances. Elle pensa aux Tatras, en Tchécoslovaquie, puis changea d'idée.

– Nous n'irons pas dans les Tatras, décida Domokos, nous passerons nos vacances en Hongrie. Nous louerons une chambre quelque part dans la boucle du Danube et nous emmènerons la grand-mère. Elle commence à ressembler à une fleur de citrouille.

Domokos se gardait d'employer des images trop colorées dans sa conversation.

Ils firent donc des projets ensemble ; c'est la vieille dame qui manifesta le plus d'enthousiasme, quoique secrètement mêlé de remords, car elle ne se souvenait pas d'avoir voyagé depuis sa jeunesse et trouvait indécent de songer à partir alors que Vince était mort. En même temps, elle se réjouissait à l'idée de quitter la fournaise. Les heures qui séparaient le départ de Terez de l'arrivée d'Iza s'écoulèrent plus vite ; elle rêvait inlassablement aux journées entières qu'elle passerait avec Iza et cet écrivain un peu fou qui la saluait d'un sourire en arrivant et en partant : « Votre serviteur, grand-mère ! » Elle s'était prise d'affection pour Domokos, contre son gré pour ainsi dire, car la pensée que la liaison d'Iza et de cet homme était irrégulière et peu convenable l'assombrissait.

Depuis qu'elle avait recommencé à s'occuper des courses, Terez finissait son travail une heure et demie ou deux heures plus tôt.

Un après-midi, tandis que la femme de ménage lui disait au revoir et déposait près de son fauteuil une assiette d'abricots, elle se demanda, songeuse, par quel mystère Terez finissait plus tôt son travail quand elle faisait elle-même les courses. Comment expliquer ce phénomène ? Elle suçota un abricot, sans parvenir à se réconcilier avec leur goût budapestois ; elle se rappelait la saveur si différente qu'ils avaient à la maison. Ici ils étaient acides, à peine mûrs, et pourtant le soleil ne manquait pas cette année…

Elle s'interrompit au milieu d'une bouchée. Elle avait compris pourquoi Terez terminait plus vite son travail. Elle reposa l'assiette.

Au lieu d'aider Terez en faisant les courses, elle la retenait dans son élan ! Des larmes lui vinrent aux yeux.

Dans sa chambre obscure et surchauffée, elle vécut alors l'un des rares moments de son existence où le monde lui apparut parfaitement net. Elle rougit d'avoir si mal jugé Terez au début. Terez est une femme droite, pensa-t-elle tandis qu'une larme amère glissait lentement sur sa joue. Elle n'est dure et criailleuse qu'en apparence, au fond elle est discrète et de bonne volonté. Terez, la râleuse au regard sévère, se métamorphosait en une femme douce, l'image même de la bonté, qui l'avait prise en pitié et lui sacrifiait un temps précieux pour l'aider à remplir ses journées vides. Elle était sûrement plus habile qu'elle à faire les courses. Elle connaissait les marchands, tandis qu'elle-même n'avait pas encore fixé son choix sur un boucher ou une fruitière, elle voulait les essayer tous, et ils étaient nombreux, avant de se décider. Pour Terez, elle n'était pas une aide, mais une gêne. Sans cette canicule qui avait permis à l'autre de reprendre joyeusement son ancienne tâche, elle ne se serait jamais aperçue de rien. Jamais.

Le lendemain, elle n'osa pas regarder Terez. Pourtant elles se parlaient depuis quelque temps ; Terez causait volontiers d'elle-même et de son défunt mari, et elle de Vince. Malgré les quelque vingt ans qui les séparaient, le veuvage leur servait en quelque sorte de dénominateur commun. Ce matin-là, Mme Szöcs ne desserra pas les dents et Terez ne comprit pas pourquoi. Elle lui passa la main sur le front pour s'assurer qu'elle n'était pas malade. Lorsque la grande chaleur céda un peu, elle ne put la convaincre de reprendre son rôle de commissionnaire, ce qui la soulagea énormément ; mais l'attitude de la vieille femme lui paraissait bizarre, l'offensait, comme une injure à sa bonne volonté. Elle cessa de s'y intéresser et Mme Szöcs reprit sa place dans son fauteuil, recommença à errer dans les rues, incapable de faire entendre à Terez qu'elle ne pouvait accepter son sacrifice et préférait mourir que de se sentir à charge.

Elle en vint à soupçonner sa fille.

Chaque soir, Iza venait bavarder un moment avec elle, les traits tirés, les yeux battus, fatiguée. L'été, elle attrapa la grippe, mais elle n'abandonna pas ses fidèles visites, et continua de lui parler, assise à l'écart, toussant sans arrêt, un mouchoir pressé sur les lèvres. Sa mère l'épiait dans la pénombre. Iza ne se plaignait jamais, avait toujours de bonnes nouvelles à lui annoncer : une prime à l'hôpital ou l'espoir d'une mission à l'étranger. Un soir qu'Iza la croyait endormie, la vieille femme s'approcha de la porte à pas de loup et tendit l'oreille pour surprendre une conversation téléphonique avec Domokos :

– Non, ne viens pas, je ne suis pas capable de dire deux mots à la suite, je vais me coucher. Comprends-moi, j'ai besoin de rester seule, je n'en peux plus. Moi aussi j'ai besoin de quelques heures où je puisse ne rien faire d'autre que contempler le plafond.

La nuit où elle fit cette découverte ressembla à la nuit longue, claire et irréelle qui avait suivi la mort de Vince.

L'agitation de la ville diminuait sans jamais cesser tout à fait ; elle s'atténuait, de même que la respiration humaine, vigoureuse le jour, se réduit à un souffle paisible dans la nuit du sommeil. La vieille femme était restée habillée dans son grand fauteuil, à tambouriner sur l'accoudoir. Les paroles d'une prière de son enfance tournaient dans sa tête : *Ange gardien, garde-moi bien, garde mes pas de s'égarer, garde mes pas, que je grandisse, bien protégée dans la pitié de Jésus-Christ.*

Quand elle était enfant, une bonne qui était catholique lui avait appris à aimer les anges. Dieu était un vieil homme lointain et barbu. L'ange gardien était plus proche, plus familier. Mon ange gardien ! songea la vieille femme. Lui aussi devait être fatigué depuis le temps qu'il s'attachait à ses pas.

Ainsi, quand Iza avait besoin d'ouvrir son cœur, c'était à Domokos qu'elle s'adressait ; sa vieille mère ne pouvait que pleurer en lui caressant les cheveux, comme lorsqu'elle était petite ; elle était incapable d'alléger son fardeau. Iza travaillait, se fatiguait, consacrait ses journées à ses malades, et le peu de temps qui lui restait, elle l'offrait à sa mère en n'en gardant pour elle que la plus infime partie : elle se partageait comme le bon pain. Le petit

Andrus était mort, Vince était mort, leur ville avait disparu, tout avait disparu. Les dernières semaines passées là-bas, chez elle, lourdes du poids si pénible des devoirs qui lui incombaient, lourdes de l'angoisse si poignante qui ne la quittait pas de la journée, lui paraissaient aujourd'hui si enviables que ses mains en tremblaient d'impuissance douloureuse. Terez se débrouillait mieux sans elle, Iza ne pouvait se détendre en sa présence, il n'y avait ici ni Kapitany, ni Guitza, ni Kolman, vraiment personne qui eût besoin de ses services ou à la rigueur de sa conversation.

Serait-elle morte sans s'en être aperçue ? Est-ce que la mort pouvait survenir avant qu'on en prenne conscience ?

Dehors, sur le Boulevard, un tramway tardif roulait. La vieille femme songeait au temps qu'il lui restait probablement à vivre. Ses parents étaient morts jeunes, de ce côté elle n'avait aucun point de repère ; naïvement, elle s'était figuré qu'elle vivrait autant que Vince, jusqu'à quatre-vingts ans. Comme ce serait bon de ne pas aller jusque-là ! Iza pourrait partir seule en vacances, elle n'aurait plus à se fatiguer tous les soirs pour elle.

Le lendemain, quand sa fille entra dans sa chambre, elle la reçut dans son lit ; elle avait déjà dîné, prétendit-elle, elle se sentait terriblement lasse, si cela ne la fâchait pas elle aimerait mieux dormir que bavarder. Iza lui prit le pouls, la fit asseoir dans son lit et examina attentivement son visage. C'est vrai qu'elle avait l'air fatigué ; elle avait gardé une certaine fraîcheur, mais ce soir on lisait son âge véritable, elle paraissait plus que ses soixante-quinze ans. Son pouls était lent comme à l'ordinaire, peut-être un peu plus fort, mais régulier. Elle ne semblait pas malade. Se lasse-t-elle de moi ? songea Iza en lui disant bonne nuit. Une fois dans sa chambre, elle chantonna en ouvrant un tiroir. Peut-être en avait-elle assez de leurs bavardages du soir ? Ou peut-être qu'elle s'acclimatait à Budapest et qu'elle avait moins besoin d'elle.

Iza composa un numéro, et sa mère entendit qu'elle téléphonait. Elle ne sortit pas de son lit pour écouter à la porte, elle n'était plus curieuse de savoir avec qui parlait sa fille et ce qu'elle disait. Le timbre clair de la voix et le ton joyeux lui furent pourtant sensibles. Iza convenait de quelque chose avec quelqu'un, et bientôt la vieille femme perçut l'eau couler dans la salle de bains. Sa porte s'entrouvrit. Elle ne bougea pas, fit semblant de dormir ; les effluves d'un parfum frais arrivèrent jusqu'à elle. Elle s'appliqua à respirer paisiblement jusqu'à ce que sa fille referme doucement. Il fallait tirer avec force la porte d'entrée, et elle l'entendit claquer. Alors, en chancelant, elle alla jusqu'au store baissé devant la fenêtre ouverte et regarda dans la rue. Iza portait une robe blanche, et ses cheveux, ordinairement ramassés en chignon, flottaient sur ses épaules comme ceux d'une écolière. Elle franchit le trottoir en courant et sauta dans un tramway en marche.

À partir de ce jour, la vieille femme ne laissa plus sa fille entrer dans sa chambre que pour quelques instants.

Au début, Iza l'observa avec perplexité. Puis, peu à peu, la trouvant chaque soir endormie, elle disposa de nouveau librement de son temps. Elle écrivait des articles, recevait Domokos, invitait des collègues, sortait. Elle ne vit plus sa mère, pour ainsi dire, que le dimanche. La vieille femme se desséchait, son visage devenait dur. Sensible à ses regards dépourvus de tendresse, Iza se plaignit à Domokos de la sauvagerie croissante de sa mère. Elle ne parlait presque plus à Terez, l'évitait, ne faisait absolument plus rien, sortait dès que la bonne arrivait, pour ne rentrer qu'à l'heure du déjeuner. Où diable pouvait-elle aller, et pourquoi se détachait-elle à ce point d'elles ? Domokos n'en savait rien ; pour comprendre, il faudrait qu'il la voie plus souvent, qu'il lui parle. Iza l'invita à déjeuner un dimanche, et il se montra plus gentil que d'habitude avec Mme Szöcs, gentil comme un petit garçon ; ce lui était d'autant plus facile qu'il éprouvait beaucoup de sympathie à son égard. Mais cette fois, elle le dérouta : elle ne répondit pas à ses plaisanteries, mangea à peine, sans appétit, et se retira rapidement sous prétexte qu'elle avait envie de se reposer.

– Il se peut qu'elle vieillisse, tout simplement, avança Domokos. Quand elle était en province, avec tous ses soucis, elle était obligée de rester jeune ; à présent que tu l'as transplantée ici, elle se laisse aller, son monde se rétrécit. Ce sont des choses qui arrivent. Nous aussi, un jour, nous serons vieux.

– Toi, jamais, rétorqua Iza en secouant la tête. Tu es bien trop irresponsable !

Ce qui signifiait : « Tu n'as pas autant le sens des responsabilités qu'Antal. » Elle s'exaspéra de constater qu'elle le comparait encore et toujours à Antal.

Domokos n'avait pas d'emploi du temps fixe et écrivait souvent dans le café situé juste en face de l'appartement d'Iza ; il lui promit d'observer les allées et venues de la vieille femme entre l'arrivée de Terez et l'heure du déjeuner, dont elle refusait de rendre compte. « Je me suis promenée », répondait-elle invariablement quand on l'interrogeait, ce qui était visiblement faux car elle sortait quotidiennement, même lorsque le temps n'était pas propice à la promenade.

Iza demeura bouche bée quand Domokos lui raconta que sa mère voyageait en tramway pendant des heures.

Elle prenait le n° 6 devant la maison, jusqu'à la place de Moscou ; là elle changeait, prenait le 59, allait jusqu'au terminus et s'en retournait, voyageant ainsi d'un terminus à l'autre sans s'arrêter. Domokos lui-même paraissait troublé en racontant cela, de même qu'il s'était inquiété, alors qu'il suivait de loin la vieille femme, de constater qu'elle ne regardait jamais autour d'elle, ni dans les tramways ni aux arrêts. Elle n'adressait la parole à personne ; son filet vide passé à son bras, elle posait sur les rues un regard immobile et songeur, comme si elle interrogeait les maisons de ces quartiers totalement inconnus.

– C'est un passe-temps innocent, analysa Domokos pour consoler Iza qu'il voyait triste et décontenancée. Elle fait connaissance avec la ville, tu devrais plutôt t'en réjouir.

Mais Iza ne s'en réjouissait pas, trop perturbée par le comportement étrange de sa mère. Elle ne lui avait jamais parlé de ces trajets, comme si elle en faisait un mystère – d'ailleurs, elle ne parlait quasiment plus de rien. Terez devenait maussade et nerveuse dans ce grand silence, elle recherchait l'amitié ou la guerre, mais cette neutralité, cette manière de s'esquiver, de disparaître pendant des heures n'était pas de son goût. À la veille du départ en vacances, alors qu'ils avaient réservé trois chambres à Zebegény, Mme Szöcs annonça que, tout compte fait, elle n'avait envie d'aller nulle part et préférait rester à Budapest ; changer de milieu la fatiguerait trop. Iza la supplia deux jours durant, bien qu'il fût évident qu'elle n'arriverait pas à la convaincre ; et elle sentait, non sans remords, que la joie l'emportait sur son inquiétude ! Deux semaines au bord du Danube ! Deux semaines de liberté !

Elle téléphona tous les jours de Zebegény, et s'entendait invariablement répondre que tout allait bien. Terez aussi était en congé, la vieille femme faisait elle-même son ménage et sa dînette. Quand Iza revint, elle la trouva amaigrie, mais plus sereine. Mme Szöcs complimenta sa fille sur sa bonne mine, puis se retira incontinent dans sa chambre. C'était un dimanche matin ; pour une fois Iza avait mille choses à raconter, elle était fraîche, vive, reposée, éclatante de soleil. Elle balaya son courrier de la main et entra chez sa mère.

La vieille femme se préparait à sortir, elle lui raconterait une autre fois, pour l'instant elle avait à faire. Iza la fixait, ahurie. Mme Szöcs prit son filet vide, dit au revoir et s'en fut. Accoudée à l'appui de la fenêtre, anxieusement, Iza guetta la rue. La chaleur avait relâché son étreinte. Sa mère apparut ; elle semblait moins effrayée par la circulation, elle osa traverser seule la chaussée jusqu'au refuge et se hissa dans le tramway n° 6.

III

L’EAU

1

De loin, le marchand de journaux brandissait *La Physique pour tous* et *Ludas Matyi*. Antal chercha de la monnaie dans sa poche. Bien sûr, il recevait à l'hôpital plusieurs quotidiens et revues scientifiques auxquels il était abonné, et il ne prisait guère les feuilles satiriques comme *Ludas Matyi*, ayant assez d'humour pour apprécier une bonne histoire mais peu de goût pour les plaisanteries fabriquées à la chaîne. Mais le marchand de journaux, à partir du moment où il l'avait vu, sous la gouttière en gueule de dragon, tourner la clef dans la serrure, l'avait considéré comme le successeur de Vince et il n'était pas question de le décevoir en repoussant les lectures préférées du disparu.

La maison ne s'était pas laissé apprivoiser sans réticence. Tant que maçons et menuisiers y avaient travaillé, Antal avait dû s'absenter fréquemment de l'hôpital pour surveiller les opérations. S'entendre avec Guitza n'avait pas été non plus une mince affaire. Elle s'accrochait fermement à l'indépendance de famine que lui procurait son curieux métier. Il fallut une campagne en règle pour l'amener à manger autre chose que sa pitance habituelle à midi : une soupe de légumes au roux. Les prières et les colères du médecin finirent cependant par la toucher, et elle consentit à prendre soin de son ménage et de la cuisine. Antal avait eu d'autant plus de mal à la convaincre qu'à l'instar de tous les habitants de la rue, Guitza lui pardonnait difficilement d'avoir quitté Iza. Les premières fois, elle reçut son salaire d'un air de dire : « Si ce n'était pas par amitié pour les vieux, jamais je ne servirais un homme qui a eu le toupet de plaquer une fille comme Iza Szöcs. »

Bien entendu son indignation était feinte, comme elle feignait de pouvoir continuer à vivre en confectionnant des robes de pasteur : à présent, une robe passait d'un ministre à l'autre, et Guitza n'obtenait plus de commandes qu'en fonction des largesses paroissiales, à l'occasion d'un anniversaire pastoral. Aussi fut-elle trop heureuse de voir l'horizon s'éclairer, trop heureuse de faire son importante auprès des ouvriers et d'assister à la transformation de la vieille maison des Szöcs en une habitation moderne, confortable et électrifiée. N'empêche que lorsque Antal arrivait à l'improviste, elle le regardait de travers pour bien lui signifier que, tout patron qu'il fût, elle n'était pas près d'oublier son attitude envers Iza. Et puis elle trouvait choquant que le fils d'un porteur d'eau vînt s'installer dans la maison, avec une autre qu'Iza par-dessus le marché !

Outre Guitza et le marchand de journaux, Antal avait également hérité de Kolman en succédant aux Szöcs. Le médecin ne pouvait atteindre sa porte sans être repéré par le gérant de l'épicerie nationalisée qui le hélait par de grands gestes, ou se précipitait vers lui avec son cabas plein. Il avait aussi fallu résoudre le problème des commissions. Sous prétexte de garder sa dignité, Guitza refusait de les faire pour lui ; quant à Kolman, il ne dissimula pas longtemps combien il était froissé de l'attitude d'Antal, qui achetait ses provisions au magasin de l'hôpital et les rapportait dans sa serviette. Un jour il arrêta le médecin dans la rue pour lui reprocher en termes voilés son manque de confiance. Dès lors, Antal eut beau se traiter d'imbécile tous les matins, il n'en déposa pas moins sa liste chez Kolman en partant à son travail ; c'était toujours à peu près la même chose : du lait, du pain, du beurre, parfois du sucre ou du sel, des fruits, des poivrons. Le soir, quand il repassait prendre son cabas, il ne songeait plus à s'irriter ; le visage de Kolman rayonnait de bonne volonté. Ses prévenances, en fait, semblaient s'adresser à Vince, le disparu. Plus tard, en été, est-ce que le docteur apporterait des boutures et des roses aux petites vendeuses, comme le faisait le vieux monsieur ?

Antal glissait le bras dans les anses du sac préparé à son intention. C'était un vieux cabas ventru et brodé de pensées des deux côtés ; Mme Szöcs avait dû le confectionner dans une vieille veste et le doubler de toile cirée. Sa serviette sous le bras et les anses du cabas lui sciant la saignée du coude, Antal se battait avec la serrure de la grande porte. Une fois entré, il se déchargeait sur la table en rotin placée sous le porche, comme elle le faisait naguère. Le crépuscule distillait le parfum des roses de Vince, dense comme le miel, et le jardin projetait une clarté dans le soir tombant. Les fleurs des plates-bandes, fraîchement arrosées, portaient la marque des soins de Guitza. Kapitany, poussif et difforme, sortait du débarras ; des trognons de chou l'attendaient au fond du cabas, il les mangerait son tour venu.

À présent, chaque fois qu'il entrait et refermait la porte, Antal se sentait pénétré de ce bien-être indéfinissable qu'il avait escompté en achetant la maison. Il était bien, parfaitement bien, entre ces vieux murs. Penser à Vince ne lui faisait plus de peine ; au contraire, il évoquait volontiers sa silhouette entre les rosiers, il retrouvait avec plaisir le souvenir du vieillard à l'humeur égale, appuyé contre la façade couverte de lierre. Pendant les travaux, l'odeur vive et saine de la chaux et de la peinture n'avait pas réussi à chasser le passé ; pourtant, la maison avait changé de caractère, elle ne ressemblait plus à ce qu'elle était quand il y vivait avec Iza : le bois des vieux meubles avait servi à fabriquer des tables amusantes et des fauteuils commodes qui rajeunissaient le logis où régnait, du temps des Szöcs, une sorte de charme intemporel.

En fait de fantômes, Iza s'était avérée plus tenace que le défunt ou que la vieille femme qui avait quitté cet endroit pleine d'espoir, la main fermée sur celle de sa fille et comme accrochée à l'ourlet de sa jupe. Les premiers temps, il regretta d'avoir consacré les économies de tant d'années à l'achat de cette maison. Avec une somme pareille, il aurait pu acquérir un appartement dans les nouveaux immeubles du Fossé-aux-Balsamines, un quartier vierge de souvenirs et bien plus proche de l'hôpital. Il déambulait d'une pièce à l'autre sans trouver sa place, victime d'un dédoublement pénible. Les vieux meubles qu'Iza lui avait vendus pour une bouchée de pain avaient bien sûr perdu leur forme originelle, mais il lui avait fallu des semaines pour se familiariser avec ce nouvel intérieur mieux approprié à ses besoins, avec les rayonnages destinés à ses livres, avec les placards. S'il touchait le bois d'une porte, il pensait malgré lui : ce bois contenait le linge d'Iza. Ils avaient été trop proches pour que sa présence s'efface par la simple vertu d'un ouvrage de menuiserie. Antal avait emménagé à la fin du mois de juin grâce à la diligence des artisans qui étaient tous d'anciens malades ; ce n'est que vers le mois d'août qu'Iza disparut lentement avec les autres souvenirs, le regard aimable et curieux de la vieille femme aux doigts agiles, les yeux sages de Vince sous sa casquette. Il n'avait pas d'image aussi douce, aussi avenante d'Iza, il s'assombrissait lorsque, évoquant son souvenir, il entendait l'écho d'un de ses mots, d'une de ses phrases.

Derrière lui, Kapitany montait en soufflant les quelques marches du perron. Antal recevait son courrier à l'hôpital, ici n'arrivaient que quelques cartes d'artisans offrant leurs services ; aujourd'hui, il n'y avait rien. Épuisé par sa journée de travail, il songea aux ressources étonnantes du système nerveux qui lui auraient permis, en dépit de sa fatigue – et si Lidia n'était pas occupée –, de flâner par les rues avec la jeune fille, de bavarder avec elle dans le kiosque du Bois, jusqu'au petit matin. Mais Lidia était de service, et il ne put résister à l'attrait de son lit, puisqu'il n'était préoccupé ni par l'arrivée d'un nouveau malade, ni par l'agonie d'un autre, ni par un article qu'il ne pouvait rédiger que la nuit. Ni par Lidia. D'abord et avant tout, par Lidia.

Il prit un bain et se changea. Sur l'étagère supérieure du meuble, il aperçut les vieux cartons de Mme Szöcs. Iza n'avait rien spécifié à leur sujet, et cela l'amusait toujours quand il ouvrait le placard. Les vieilleries de maman, les affaires de Vince, sa collection de timbres, ses lunettes. Il aurait dû se débarrasser de ce bric-à-brac, mais c'était une façon de rester en contact avec les absents, et le placard était spacieux. Il y avait tout gardé, sauf quelques tableaux sans valeur qu'il avait relégués au grenier. Iza avait également laissé une batterie de cuisine complète, des ustensiles anciens mais bien entretenus, qu'elle et Guitza avaient soigneusement rangés dans le buffet. Il n'avait rien possédé pendant des années et trouvait agréable d'avoir hérité, en même temps que de la maison, d'une quantité d'outils plus ou moins utiles : des arrosoirs, un billot, un tamis pour le tabac, une serpe. Le tamis répandait une merveilleuse odeur de tabac pourzits-chan ; il l'avait accroché à un clou, dans l'entrée, entre les tuyaux croisés de deux belles pipes en écume, au-dessus de la canne en merisier de Vince. Quand il serait vieux, il fumerait la pipe. Ce mélange d'ancien et de moderne donnait un air d'intimité à la maison et suscitait l'envie de ses collègues ; Sanyi Vari ne se consolait pas d'avoir acheté une garçonnière au cinquième étage d'un immeuble neuf, alors que pour le même prix il aurait pu s'offrir la maison Szöcs avec tout le mobilier.

Kapitany réclama sa pitance et la reçut dans la cuisine, à l'endroit même où maman la plaçait. Antal mangea un yaourt à la bulgare accompagné du pain que Kolman lui avait mis de côté. Il ne remarquait plus l'anneau qui brillait à son doigt. Il l'avait gêné au début de ses fiançailles, il prétendait qu'il l'empêchait de se laver commodément les mains. Mais il n'avait pas voulu contrarier Lidia. « J'aime qu'on sache au premier regard que tu es engagé », insistait-elle. Iza méprisait les symboles, elle n'avait pas voulu de bague ; Lidia aurait publié l'événement dans le journal mural si elle avait pu. Contrairement à Iza, étrangère à tout sentiment de cet ordre, elle était sujette à des accès de jalousie au seul souvenir de certains épisodes de la vie d'Antal antérieurs à l'époque où ils se connaissaient. Elle engageait de violentes querelles, quitte à faire la paix ensuite, avec un surcroît d'amour et de bonheur. Antal ne doutait pas qu'elle donnerait sa vie pour lui, malgré sa peur de la mort. L'amour de Lidia s'offrait comme une expérience unique en ce qu'il bannissait tout réflexe d'autodéfense, et il répondait avec un même abandon à l'attachement de la jeune fille.

Après l'épisode de la photographie et de l'enveloppe, aux premiers temps de leurs relations, il s'était efforcé de rompre la gangue de silence et de réserve qui emprisonnait la jeune infirmière. Quand la vraie Lidia apparut, avec le Pré-aux-Bœufs, la Karikás, la rivière de son enfance, et cette passion amère, irrépressible qui la poussait vers lui, il eut l'impression qu'en un pays étranger, quelqu'un, enfin, l'apostrophait dans sa langue maternelle. Et il répondit aussitôt de tout son être.

Ils avaient fêté leurs fiançailles ici, dans la cuisine, le jour de la pendaison de crémaillère, et les invités avaient poussé des oh ! et des ah ! quand Antal avait sorti les bagues et les avait fait sonner sur le dessus du buffet comme pour éprouver leur solidité. Autant, naguère, ils s'étaient doutés qu'il se marierait avec la doctoresse Szöcs, autant l'annonce d'un prochain hymen avec l'infirmière les avait surpris. Antal n'était jamais à court de maîtresses, c'était au tour de Lidia, un point c'est tout. En débouchant la bouteille de champagne, il s'était dit que les anciens habitants de la maison auraient apprécié la joie qui s'y répandait aujourd'hui : Vince, ravi de voir danser et chanter, aurait offert de l'eau de noix de sa fabrication, et maman, trop heureuse d'avoir ce monde chez elle, aurait rougi à propos de tout et de rien, comme chez la tante Emma, jadis, quand elle portait encore les cheveux longs.

Seule Iza aurait considéré la fête comme du temps perdu ; célébrer des fiançailles, échanger des anneaux ne rimait à rien, ne changeait rien à rien. Des bêtises. Elle était là, il la sentait proche de lui malgré la présence de Lidia. Au plus fort de la soirée, quand Sanyi Vari pinça les cordes de sa guitare et entonna la rengaine populaire *Petite bicoque au bord du grand Danube* sur un rythme de jazz, il prit la jeune fille par le bras et l'entraîna le long du sentier. Son foyer, le premier, il le fonderait entre ces murs, entre ces haies, sans le secours d'Iza ; il serait le fruit de son travail, la récompense attendue de ses nuits blanches quand il rêvait d'une maison exactement semblable à celle-ci, cette maison-là, avec la canne en merisier de Vince et le pauvre Kapitany qui avait fui les invités pour jouer les asthmatiques dans le débarras, comme toujours quand il se sentait lésé. Lidia marchait en silence à côté de lui ; qu'il prenne le temps de mettre de l'ordre dans ses souvenirs. Iza était un soldat, un camarade de combat qui l'avait accompagné un bout de chemin. Avec Lidia, ce serait différent, elle ne l'accompagnerait pas, elle serait lui-même, et ce soir-là, déjà, quand ils changèrent de direction sur le sentier, ce fut d'un même mouvement spontané, sans qu'ils eussent besoin de paroles.

Il avait terminé. Il aimait ces humbles besognes, ouvrir une boîte avec l'ouvre-boîte, mettre la table, desservir, ce rituel du dîner qu'Iza méprisait, mais qu'il considérait comme un des plaisirs des jours de semaine. Être chez lui et manger des choses qu'il avait achetées. Il tira un tiroir, en repoussa un autre. Jamais il ne laissait de vaisselle sale à Guitza. Du moment qu'il avait l'eau chaude au robinet ! Ranger la cuisine, faire son lit, il en rêvait, il l'imaginait dans les détails quand il était pensionnaire au collège. Il était si pauvre qu'il n'avait que deux manières de réagir à cette misère : perdre complètement le sens d'une vie familiale, d'un mode de vie traditionnel, ou au contraire s'y attacher plus fortement qu'un autre. Quand Iza l'avait amené chez ses parents, dans la maison de Vince, il lui semblait voir ses désirs exaucés. Et il rayonnait le jour où la vieille femme lui avait confié pour la première fois la clef de la porte d'entrée.

Au printemps dernier, quand il s'était porté acquéreur de la maison, il avait lu de la moquerie sur le visage d'Iza : libre à toi de payer des impôts immobiliers !

d'ailleurs, je comprends que tu aies envie d'être vraiment chez toi, sans avoir à baisser la voix dans ta chambre, sans avoir à maîtriser tes transports par égard pour les vieux. Elle avait les pieds sur terre, Iza ! Elle se mouvait, elle agissait avec tant d'assurance que parfois il se demandait si elle avait besoin d'un manteau et d'un poêle, comme le commun des mortels : sa volonté, sa force de caractère semblaient suffisantes pour la protéger des intempéries. La définition bourgeoise de la vie n'avait pas été inventée pour elle.

Antal se réjouissait sans fausse honte du bien-être auquel il était parvenu. Dorozs, au moment de sa naissance, n'était qu'une minuscule bourgade. Sa maison natale, située près de la source thermale, sentait perpétuellement le soufre brûlant. Il ne se souvenait pas de sa mère, qui avait disparu un beau jour. « Elle est allée en ville », disait grand-mère sans autre précision. Plus tard, Antal se douta de la raison de ce départ, et de la fin que sa mère avait faite à la ville ; d'autres femmes du village avaient disparu de la même façon.

Il avait bien connu son père, par contre. Il l'avait vu mourir. Comme la plupart des hommes de Dorozs, il convoyait les charrettes de Daniel Berczes à la ville, en qualité non de cocher mais de porteur d'eau, de « tonnelier », ainsi que les villageois désignaient celui qui escortait le tonneau, en tirait la quantité d'eau commandée par le client et la portait à domicile. Daniel Berczes louait la source à la municipalité, et ses cent cinquante charrettes sillonnaient les environs. Ouvrir le ventre du tonneau réclamait adresse et courage ; l'eau était bouillante et il valait mieux se tenir à distance quand le « tonnelier » retirait la cheville, le baquet dûment placé dans la bonne trajectoire, la replaçait une fois le récipient rempli puis amenait celui-ci dans les maisons ou les établissements de bains en évitant d'échauder quiconque au passage. M. Berczes ne se souciait pas de remplacer son matériel, et certains de ses chariots ne tenaient que par miracle. Le père d'Antal avait trouvé la mort de cette manière : il était accroupi sous le tonneau pour bien caler la cheville en prévision des cahots de la route lorsque la charrette s'était effondrée par le milieu en déversant l'eau bouillante sur son dos. On le transporta chez lui. Presque inconscient, il garda pourtant assez d'énergie pour hurler des injures tant qu'il lui resta un souffle de vie.

Les grands-parents d'Antal, trop préoccupés du lendemain pour pleurer le mort, cherchèrent jusqu'à l'aube une façon de transformer ce malheur en profit. L'avocat de M. Berczes avait pris les devants ; il avait payé l'enterrement, distribué quelques sous et un bon conseil : ne pas remuer cette histoire, sinon M. Berczes risquait de se fâcher et se départirait à leur égard de la bonne volonté dont il avait donné quelques signes palpables. De fait, alors qu'au printemps précédent le grand-père, qui sollicitait un emploi de garde champêtre, avait été éconduit, on l'avisa qu'on acceptait sa demande, et que le petit trouverait à s'employer à la source. On l'affecta au transport de l'argile, pour les bains de boue, sans l'autoriser à pénétrer dans l'établissement. Malgré ses huit ans, Antal comprit pourquoi : il était trop pauvre pour qu'on le laisse approcher des curistes, en particulier ceux qui avaient les moyens de louer une des cabines sommaires installées autour de la source ; il aurait pu tenter d'y chaparder quelque objet de valeur. Le grand-père garde champêtre et le gamin porteur de boue, c'étaient deux salaires qui entraient dans la maison, et plus d'un les enviait chez les « tonneliers » de Dorozs.

Malgré tout, par le truchement d'une feuille de gauche, on finit par connaître l'accident du père à Budapest. S'ensuivit une interpellation au Parlement. L'avocat de M. Berczes fit une nouvelle apparition dans la famille, accompagné d'un journaliste dépendant d'un organe du gouvernement qui interviewa les deux vieux. Apeurés par ce monsieur qui notait la moindre parole, ils laissèrent l'avocat discourir sur les largesses que M. Berczes prodiguait aux parents du défunt. Ne prenait-il pas à sa charge les études du petit-fils ? N'allait-il pas lui procurer une place d'interne dans l'illustre collège de la ville voisine ?

Le grand-père ne pipait mot. Il aurait préféré un peu d'argent. La grand-mère pleurait : elle pleurait à propos de tout et de rien. Antal beuglait à l'idée de quitter l'entrepôt de boue où il se sentait très à l'aise. Brusquement, derrière les larmes de la vieille, un souffle fila, rapide et léger comme l'ombre d'un oiseau. Ses larmes cessèrent : voyait-elle miroiter au loin quelque chose qu'elle seule avait remarqué ? Phénomène unique dans les annales de son mariage, elle prit la parole avant que le grand-père eût donné son avis, et déclara que si son mari conservait sa place de garde champêtre et que le petit allait vraiment au collège, ils n'avaient pas d'autres souhaits à formuler, et encore moins de plaintes contre M. Berczes.

Antal se débattit pieds et poings quand on le hissa sur la charrette ; l'avocat, qui le conduisait en ville, dut s'arrêter deux fois en route pour rattraper le gamin qui s'était échappé et détalait tel un chiot en direction du village. Son bagage ne pesait pas lourd. Pratiquement, il n'emportait rien qu'une sorte de certificat de scolarité délivré par l'instituteur de Dorozs. Un certificat de complaisance, en somme, car Antal savait à peine lire et écrire, il n'avait fréquenté l'école que quelques semaines, au printemps et à la fin de l'automne, à la morte-saison des bains, et quand il avait quelque chose pour se chausser. L'instituteur n'avait pas mentionné le dixième des heures d'absence du garçon ; autrement, c'est lui qui aurait eu affaire aux autorités.

Le collège où Antal entrait en tant qu'interne était une institution protestante vieille de cinq cents ans ; pendant trois ans et demi M. Berczes y ferait charrier d'incroyables quantités d'eau thermale en contrepartie des études et de l'entretien de son protégé. Les deux premières années, les professeurs estimèrent que le collège avait fait une mauvaise acquisition avec ce rejeton, ignorant, brutal, entêté, querelleur, le contraire du petit paysan doux et timide des histoires édifiantes. Antal avait horreur de l'étude, il se sauvait par la porte de derrière dès que l'occasion se présentait pour aller vadrouiller en ville ;

sitôt qu'il voyait les charrettes de M. Berczes tourner sous le grand porche où s'alignaient les bustes des fondateurs de la religion, des princes transylvains donateurs et des évêques défunts, d'affreux jurons lui montaient aux lèvres, ce dont il s'étonnait le premier, car le collège était un paradis à côté de Dorozs, et grâce à l'entremise de ces charretées d'eaux sulfureuses, il prenait du poids et des forces.

Au terme de la deuxième année, il avait comblé les énormes lacunes de son éducation primaire. Son intelligence s'éveilla pleinement. Il guettait toujours la charrette de Dorozs, mais ses jurons ne s'adressaient ni au « tonnelier » ni au cocher, qu'il vénérait plus que ses professeurs (ce que ses camarades trouvaient naturel). Antal jouissait d'un prestige extraordinaire auprès de ses condisciples, parce qu'il était orphelin, parce qu'il jurait, et parce que, malgré les prières, les menaces et les punitions, il avait commencé par refuser de travailler, attitude inouïe de la part d'un boursier qui payait en eau, et non pas en argent, et dont le père était mort dans des circonstances telles que nul autre orphelin n'aurait songé à se mesurer à lui dans ce domaine.

M. Berczes ne se souciait pas de lui donner de l'argent de poche ; Antal était donc le seul à rester dans le bâtiment immense à Noël et à Pâques. Le personnel domestique l'aimait bien parce qu'il aidait à tous les travaux sans se faire prier ; pour éviter de chauffer le dortoir pour lui seul, on l'installait en bas, chez le cuisinier. Pour les vacances d'été, une charrette d'eau le ramenait à Dorozs. La première fois qu'il y revint, affublé du costume vaguement citadin que lui avait procuré le collège, la grand-mère leva les bras au ciel : on lui rendait un géant, comment allait-elle le nourrir ? Elle se rassura quand elle vit qu'il avait gardé du goût pour son ancienne activité. D'un geste il se débarrassa de ses chaussures, tomba la veste et se rua en culottes dans l'entrepôt de boue pour reprendre son travail là où il l'avait interrompu. Il ramenait sa paye à la maison. À l'automne, les vieux regrettèrent de le voir repartir.

La troisième année il rattrapa ses camarades, révélant une intelligence et une persévérance rares. Peu doué pour la littérature, il bûchait avec passion la géographie, les sciences naturelles et les mathématiques ; il excellait en grammaire, discipline éminemment logique et peu prisée du commun des élèves. Dans le même temps, il jetait un regard nouveau sur sa propre existence. Il revoyait sa mère, malgré l'imprécision de ses souvenirs, il revoyait son père, ses grands-parents, et commençait à se faire une idée juste de M. Berczes et de ses charrettes. Désormais, quand le convoi arrivait pendant les heures de classe, il demandait la permission de descendre dans la cour pour aider le « tonnelier ». Le jeune surveillant qui accordait la permission ne se doutait pas du danger que courait l'enfant lors de cette « distraction » redoutable. Il le croyait simplement entiché d'un sport étrange. De leur côté, le « tonnelier » et le cocher, en voyant Antal, croyaient dur comme fer qu'il répondait à l'« appel de l'eau » et qu'il finirait par revenir au métier de son père. Il n'y avait pas de raison qu'il vise plus haut. M. Berczes se lasserait de sa bienfaisance, il renverrait le gamin à la source où il était né. Il avait raison de s'exercer à attraper le tour de main dont il aurait besoin sa vie durant, jusqu'à la mort.

Un an plus tard, Antal demandait audience au directeur du collège, qui s'en étonna fort. D'habitude, il convoquait les élèves, il ne les recevait pas quand ils avaient envie de l'entretenir.

Il connaissait bien Antal ; on en avait parlé d'abord avec ironie, plus tard avec estime. Et puis l'ensemble des rhumatisants du collège – la moitié du corps enseignant – se soignaient un peu grâce à lui.

D'un coup d'œil, il jaugea le garçon qui passait sa porte : quatorze ans environ, une figure de paysan protestant, un complet mal coupé, mais en bon drap vendu en solde.

Antal sollicitait du conseil du collège l'autorisation de gagner lui-même sa pension en donnant des leçons particulières, ou en assurant les travaux d'entretien dans la maison. Moyennant quoi, on n'aurait plus besoin de l'eau de M. Berczes.

Le directeur enseignait le latin et le grec et se passionnait pour l'Antiquité où il puisait des exemples de courage viril et de dignité humaine. S'il conservait sa classe chaque année, bien que sa position éminente eût pu l'en dispenser, c'était par attachement aux classiques. Il croyait fermement tremper le caractère de la jeune génération par le biais des récits tirés de Rome et d'Athènes. Antal était un de ses meilleurs élèves en latin ; son esprit d'analyse l'aidait à surmonter les pièges de la langue. Voilà le fruit de mon éducation, pensa le directeur. Devant ses yeux défilèrent le Capitole, les sept collines romaines et le visage supposé de Romulus. Le garçon, de son côté, pensait au corps ébouillanté de son père, au village de Dorozs, à des choses fondamentalement étrangères à la vie de Rome, intrinsèquement danubiennes et n'entrant dans aucune catégorie bien définie. Il ne se doutait pas des raisons de l'émotion du directeur, mais il sentit passer entre eux un courant de sympathie qui le réconforta.

Le directeur pensa avec commisération au proviseur du lycée récemment ouvert dans la rue voisine qui ne connaîtrait jamais des instants pareils à celui qu'il était en train de vivre. Il se leva, tapota le crâne rond d'Antal, cita quelques vers d'Horace et promit de régler l'affaire avec le conseil des professeurs. Le garçon claqua des talons comme on lui avait appris à le faire, et son maître suivit d'un regard ému le petit *civis romanus* qui regagnait la porte. À peine sorti, Antal marmonna à l'adresse de M. Berczes le plus affreux des jurons paternels ; puis il se pencha sur la rampe – en fer depuis le grand incendie qui s'était déclaré cent cinquante ans plus tôt – qui accompagnait l'escalier de bois et l'embrassa comme on embrasse les lèvres, la joue d'un être vivant. Dans son bureau, le directeur faisait les cent pas en se promettant de ne jamais abandonner cet enfant. L'éducation classique et puritaine venait, selon lui, de fournir un de ses plus beaux fruits. Il mourut pendant les études universitaires d'Antal sans savoir à qui il avait prêté main-forte.

M. Berczes fut enchanté d'être débarrassé d'Antal ; à Budapest, on avait oublié depuis longtemps l'histoire du « tonnelier », il allait pouvoir faire payer son eau en bon argent. L'internat du lycée voisin fournit suffisamment d'écoliers au jeune professeur pour couvrir ses frais d'entretien. *Sub pondere crescit palma*, se disait le directeur (que les collégiens appelaient depuis toujours « Caton ») chaque fois qu'il voyait Antal présenter au portier le billet de sortie qui lui permettait de se rendre en ville chez ses élèves. Le garçon avait encore grandi dans l'estime de ses camarades. Il n'allait plus à Dorozs ; pendant les vacances, le directeur l'envoyait chez des collégiens en retard, fils de propriétaires terriens ou de notables. À la rentrée il revenait forci, bronzé, et les cancres commis à ses soins réussissaient leur examen. Les mères ne l'aimaient guère, parce que lorsqu'il se heurtait à une paresse tenace qu'aucune objurgation ne faisait céder, il prenait le coupable à bras-le-corps et le rossait sans colère et sans cérémonie, comme un médecin administre sa potion à un malade.

Ses gains ne lui permettaient pas d'acheter des livres, uniquement des journaux où il apprenait pas mal de choses, notamment dans le domaine politique. Un jour, le directeur le surprit à l'étude, absorbé dans un compte rendu de politique étrangère. Il n'aimait guère que la presse pénètre dans le collège. Non qu'il y régnât une atmosphère conservatrice : l'esprit assez libre et ouvert qui s'y manifestait valait au contraire à l'établissement une certaine célébrité, en même temps qu'il le privait d'une subvention plus généreuse de l'État. À une certaine période, il avait même donné du fil à retordre aux autorités ; en 1920, le prédécesseur de Caton avait été relevé de ses fonctions quand le régime bourgeois était revenu au pouvoir. Caton, son remplaçant, était un modéré, partisan d'une évolution raisonnable, et il ne vit pas sans frémir ce garçon qu'il affectionnait emprunter des détours dangereux.

Antal allégua sa faim de lecture. Le directeur lui ouvrit l'accès de la Grande Bibliothèque, réservée aux professeurs ; le jeune homme y trouverait les livres modernes qui ne figuraient pas au répertoire très classique de la bibliothèque des élèves. Il n'a que seize ans, pensait Caton, sans doute est-il curieux des poèmes d'amour à la mode, de ces vers obscurs que les jeunes sont seuls à comprendre parce qu'ils lisent avec leur sensibilité, non leur intelligence ; et il méditait sur les innombrables rouleaux de Cicéron enfouis au fond du scrinium. Surtout, ne pas décourager une noble ambition ; le jeune Mitase court déjà après les femmes et fume ; celui-ci veut des livres, qu'on lui en donne ! Voyons, à quelle période est-ce que Vince Szöcs vient me voir habituellement ?

Il connaissait le vieux juge depuis les bancs de ce collège. Il y était devenu professeur ; son camarade, après le baccalauréat, avait entrepris des études de droit. Vince ne raffolait pas du latin, cela ne l'avait pas empêché de mordre au droit romain comme aux autres. Encore un orphelin élevé grâce au dévouement d'un instituteur. Une fois diplômé, on l'avait admis au tribunal. Et puis une année, vers Noël, il avait reparu dans cette école dont il n'avait rien oublié, pas même l'odeur. Il grimpa les marches quatre à quatre, entra chez son ancien condisciple en tournant sa canne entre ses doigts, et lui tendit une enveloppe en marmonnant que lui aussi avait été élevé par d'autres que son père : il ne pouvait pas donner beaucoup, mais cette petite somme, il l'apporterait chaque Noël pour un enfant qui n'avait rien, comme lui-même n'avait rien eu. Sur quoi il posa l'enveloppe froissée sur la table et prit la fuite. Vince Szöcs était un bonhomme assez corpulent ; néanmoins, il avait filé avant que le directeur fût revenu de sa surprise.

Dès lors il reparut à chaque Noël, porteur d'une somme non négligeable. Il était content de savoir qui en bénéficiait, mais se dérobait quand il s'agissait de lui faire mieux connaître l'élève en question. Lorsque la nouvelle de son renvoi du tribunal se répandit, le directeur estima qu'il ne le reverrait plus. Il se trompait. Vince revint à

Noël, mais le soir, comme un qui n'ose pas marcher dans la rue en plein jour. Il avait maigri et paraissait plus mûr, curieusement, comme s'il venait juste d'atteindre l'âge adulte. Sans doute devait-il à son extrême gentillesse, inhabituelle chez un homme fait, cet air d'enfance que rien n'effaçait de son visage. Le directeur le reçut avec plus de solennité que de coutume, par respect pour cet être qui s'était montré si fidèle aux enseignements de leurs communes études : la lettre des lois est sacrée, leur esprit ne peut se prêter à la falsification. S'il ressentit quelque gêne, c'est à la pensée qu'il aurait dû le premier rendre visite au juge au lendemain de sa retraite forcée.

Szöcs ne s'attarda guère ; cette fois, il n'apportait qu'une somme vraiment modeste. « À peine de quoi acheter quelques livres, mais un jeune homme fervent de lecture pourrait peut-être s'en contenter. » Il s'en alla dans son pardessus pauvre et usé, et le directeur regretta d'avoir accepté son argent. Il le reçut néanmoins tous les ans ; après la réforme de la monnaie, la somme se montait régulièrement à douze *pengös*.

L'année 1933, il fit venir Antal et lui donna le contenu de l'enveloppe du juge qui venait d'arriver. Le garçon refusa : il ne pouvait accepter de l'argent qu'il n'avait pas gagné par son travail, même pour l'utiliser exclusivement à l'achat de livres. Plus fier que jamais de son pupille, le directeur l'appela près de la fenêtre et lui désigna du doigt un bonhomme à cheveux blancs, ne payant pas de mine, qui contournait timidement un amas de neige élevé devant la colonne commémorative d'un donateur hollandais.

« Cet argent te vient de cet homme. C'était un petit villageois comme toi, qui a pu étudier grâce au soutien de sa commune. Depuis qu'il gagne sa vie, il donne tous les ans quelque chose pour le collège. En 1923, on l'a destitué ; depuis, il ne peut offrir plus que de quoi acheter quelques livres.

– On l'a destitué ? » répéta le garçon.

Le ton restait neutre ; il posait la question parce qu'il aurait jugé impoli de ne rien dire, de ne pas manifester le moindre intérêt pour ce vieillard.

« Oui, dit le directeur. C'était un juge », et il tendit derechef l'enveloppe à Antal.

Il ne voulait pas que le garçon croie que le collège acceptait les dons d'un ancien élève déshonoré, d'un voleur, d'un assassin peut-être. Il ajouta donc :

« Il a prononcé un jugement qui a déplu, paraît-il. Les moissonneurs s'étaient mis en grève à l'époque… »

Antal s'inclina et dit qu'il acceptait le cadeau avec gratitude. Le directeur le couva d'un regard ému, comme s'il se fût agi de son propre fils. Antal le fixa un instant et sortit en refermant la porte, doucement, ainsi qu'on le lui avait appris. La joie du directeur se mua en malaise ; sans qu'il se l'avouât, l'éclair de passion qui avait brillé dans les yeux de l'adolescent, pour s'éteindre très vite, comme sous l'effet d'un ordre intérieur – il doutait presque de l'avoir vu – lui laissait une espèce d'inquiétude.

2

Au baccalauréat, la littérature l'empêcha de réussir avec mention très bien. Il n'avait jamais su composer une bonne dissertation, et respecter le fameux plan en trois parties pour faire ressortir le sentiment religieux dans les romans du XXe siècle l'avait particulièrement assommé. N'empêche que le professeur Dekker (la tradition du collège voulait qu'on offrît la présidence du comité des examens à un ancien élève devenu personnage public), qui parcourait les copies avec une ardeur juvénile, mit celle d'Antal de côté parce qu'elle était la seule à fournir une documentation sérieuse sur le sujet ; en somme, c'était une bibliographie plutôt qu'une dissertation. Le président écouta avec beaucoup d'attention l'oral de ce candidat qui montrait une grande aisance dans les matières scientifiques et abordait les autres du même ton froid et objectif. Antal, absorbé par ses réponses, regardait à peine son examinateur. Du reste, il avait d'autres soucis : serait-il admis à l'Université ? dans quelle mesure serait-il exempté des frais d'inscription ? Caton réussirait-il à le faire entrer à l'internat universitaire où les places étaient limitées ? Il fut soulagé quand le président en personne, après la proclamation des résultats, lui promit son appui pour ses études supérieures. Quelques mois plus tard, c'est sous la toge de doyen qu'Antal le revit lors de la rentrée solennelle des Facultés. Après la poignée de main d'usage, Dekker le retint et lui dit :

– J'aimerais que vous vous teniez à l'écart de la politique.

Presque gêné par le regard du jeune homme, il baissa les yeux sur ses mains fortes aux doigts courts : des mains de lutteur. Antal se passionnait pour la politique et ne connaissait pas Dekker.

– Travaillez et réfléchissez, reprit celui-ci. Ce n'est pas un ordre que je vous donne, simplement un avis personnel.

Antal ne resta pas longtemps avant d'avoir à prendre un parti. Dès le mois d'octobre, on le somma d'adhérer à l'Association des étudiants, sorte de confraternité regroupant la quasi-totalité des élèves. Antal argua de ses occupations : il devait subvenir à ses besoins. Il ne recevait plus aucune aide, ni en espèces ni en nature. Le village de Dorozs avait disparu de son horizon, ses grands-parents étaient morts, et tel était le caractère du jeune homme qu'il regrettait de ne plus avoir cette charge sur les épaules. Il aimait sentir le poids des responsabilités.

Il ne revit pas Dekker avant de le croiser, un jour de décembre, dans un couloir. Il ôta son chapeau en s'effaçant devant le doyen en toge d'apparat car on fêtait les prochaines vacances. Dekker toucha du doigt sa toque ornée de galons et s'arrêta. Par-delà le corridor bordé de palmiers en pots, la verrière de l'aula laissait voir une couche de neige translucide, et les candélabres allumés projetaient un halo couleur beurre frais sur le revêtement de marbre des murs. De la salle où l'on débouchait un magnum montait un brouhaha joyeux.

– En civil ? demanda Dekker en fixant le chapeau mou d'Antal. Vous ne vous joignez pas à nous ?

Antal posa un regard neutre sur la robe du doyen.

– Je ne fais pas partie de l'Association, répondit-il.

Dekker ôta sa toque et passa les doigts dans ses cheveux noirs et drus.

– Je suis content que vous m'ayez écouté.

Et il gagna l'escalier au pas de course. Il ne marchait jamais comme tout le monde. Antal le suivit d'un regard chargé de sympathie.

Plus tard, en 1945, Antal présida le comité de réhabilitation chargé de statuer sur le cas de Dekker. Il se tut, jusqu'au moment où l'un des membres du comité expliqua que le professeur ne pouvait conserver sa chaire, étant donné l'importance de son rôle social sous l'ancien régime. Antal communiqua alors la vraie version du rôle de Dekker, la façon dont il avait sagement assumé la direction du mouvement de résistance sous la toge chamarrée et la toque de doyen, son génie de l'organisation à l'hôpital, ses actions de sabotage lors de l'évacuation de la ville. Dekker marmonnait dans son coin. Inepties, que cela ! Il ne supportait pas d'entendre ses louanges.

L'entrée en faculté de médecine avait marqué pour Antal le début de sa carrière de don juan. Les intrigues, pratiquement impossibles à l'internat du collège, devenaient ici d'une facilité extraordinaire. S'il se moquait, à part lui, des jeunes provinciales des années trente qui, étonnées de leur courage d'avoir choisi cette voie audacieuse au lieu des lettres ou du droit, ne perdaient pas une occasion de prouver leur familiarité avec les choses de la nature, il ne repoussait pas ce qu'elles lui offraient. Et il leur rendait la politesse en les emmenant danser, en les aidant au moment des examens, en prêtant l'oreille à leurs confidences.

L'université, entourée de chênes séculaires, abritait quatre facultés ; dans les chambres, les étudiants cohabitaient sans distinction de discipline, sinon de sexe. Antal avait soigneusement choisi ses camarades. Les membres de l'Association le laissaient tranquille, la sympathie marquée du doyen à son endroit le défendant contre les plus agressifs ; et ses résultats, d'autant plus remarquables qu'on connaissait la faiblesse de ses ressources, justifiaient son attitude réservée. Une fois, ce fut le dirigeant numéro un de l'Association fraternelle lui-même qui prit sa défense : comment diable voulait-on qu'il milite à la fraternité, qu'il en fasse seulement partie, quand il devait, pour subsister, donner des leçons à des petits Juifs, chez des avocats ou des médecins dont la maison lui serait immédiatement fermée si on le savait membre d'une organisation spécifiquement antisémite ? Antal et ses amis gardaient leurs opinions pour eux ; ils assistaient aux événements de ces années-là et à la montée de l'hitlérisme en Allemagne comme des lionceaux tapis dans les fourrés : bientôt il leur faudrait bondir, et ils auraient besoin de toute la vigueur de leurs muscles. Prêts à affronter l'avenir, ils sentaient la force de leurs liens avec le passé. Le jour de l'enterrement de l'ancien directeur du collège, quand il entonna le chant funèbre avec les autres, Antal avait le cœur serré, debout près du catafalque où reposait le champion naïf des vertus romaines, ce Caton qui s'orientait plus facilement dans l'Antiquité que parmi les fils de son propre peuple.

C'est à cette occasion qu'il revit Vince Szöcs.

Il le reconnut immédiatement, malgré la maigreur accentuée du visage et la pauvreté de la mise. Le vieux monsieur se tenait en retrait de la chapelle ardente, comme s'il craignait de jeter le discrédit sur son ancien condisciple ; lorsque le cortège s'ébranla, il se plaça au dernier rang, jetant autour de lui des regards circulaires comme s'il était prêt, au premier visage désapprobateur, à se cacher entre les tombes. La gravité du moment empêchait qu'on y prît garde ; quelques personnes le saluèrent pourtant.

Il était accompagné d'une jeune fille étonnamment mince, plus grande que lui, dont on n'aurait su dire l'âge : sur son corps d'adolescente flottaient des vêtements trop grands qui la vieillissaient ; sans doute les avait-elle empruntés, de même que le sac de dame en cuir noir qu'elle portait à la main. Son visage, surtout son front et son regard, troubla Antal. Arborant l'expression résolue d'un jeune soldat, elle marchait à côté du petit Vince Szöcs et, par intervalles, promenait sur le cortège un regard impassible, comme une infirmière chargée d'un malade gravement atteint qui s'inquiéterait de savoir si le lieu, l'heure et l'entourage sont bien indiqués pour lui. Plus tard, quand il évoquerait le visage d'Iza, Antal reverrait souvent ce regard juvénile et militant, cette Iza tutélaire aux gants trop larges et aux lèvres trop pâles, accompagnant son père au cimetière.

Pour sa part, il avançait côte à côte avec Dekker. Le doyen le tutoyait à présent, il le faisait travailler avec lui et voulait en faire un de ses collaborateurs ; ils partageaient avec passion les mêmes idées politiques. Dekker fixait le sol sans lever les yeux. Sa présence en cet endroit lui paraissait absurde, car il estimait que la mort est une affaire privée et les funérailles une survivance folklorique. Mais il avait aimé ce Romain de l'Église réformée, et il était venu en souvenir de leur jeunesse commune. Tout en pataugeant dans les flaques abandonnées par la pluie d'automne, il grommelait qu'on aurait mieux fait de le brûler, ce vieux Caton, fidèlement à son style, sur un bûcher sur la place du Donateur. C'est Antal qui remarqua que Vince Szöcs essayait d'aborder le professeur.

Depuis un moment, le vieux monsieur ne détournait pas le regard du visage de Dekker. Puis il murmura à l'oreille de la jeune fille, qui se raidit davantage, au point qu'elle parut grandir. On aurait dit une fleur sur sa tige. Antal s'arrangea pour qu'ils arrivent à leur hauteur, et le professeur finit par s'aviser de la présence du juge. Il le gratifia d'un grand salut. Le visage de Szöcs exprima un espoir fugitif. La jeune fille, cependant, jaugeait Dekker comme on évalue la qualité d'une marchandise.

Lorsque Antal se sentait inhibé au moment d'entreprendre une action, il fonçait d'instinct, les yeux fermés si l'on peut dire ; ainsi dans l'antre de Caton, quand il lui avait demandé du travail au lieu de recevoir des charités en eau minérale ; ainsi, en troisième année de médecine, un après-midi dans le bureau de Dekker, quand sa réserve avait cédé devant la compréhension du doyen qui semblait lire dans ses pensées et lui offrait du café en signe d'amitié. Aujourd'hui, cette voix intérieure lui soufflait d'aborder les Szöcs. La jeune fille, ce drôle de soldat aux yeux fendus en amande, était certainement la fille du juge. Pendant des années, de son côté, il avait acheté des livres grâce aux douze pengös du juge. Caton avait-il jamais révélé au donateur le nom du bénéficiaire ?

Pourtant, Dekker l'empêcha de suivre son inspiration en le congédiant. Ils se reverraient tout à l'heure à l'hôpital, il demeurait un moment pour parler avec un ami. Sur quoi il prit le bras de Vince Szöcs et l'attira en arrière, sans se soucier de la jeune fille. Les chants funèbres s'élevaient autour de la tombe pendant qu'il s'entretenait avec le juge, dont le visage s'éclairait progressivement. Antal eut l'impression de voir surgir un autre homme, un être jeune et gai, le Vince Szöcs qui, au temps où ce cimetière était encore un sous-bois, venait ici pique-niquer et rire en passant sa gourde à Caton.

Ni le juge ni Dekker ne virent le cercueil descendre en terre. Quant à la jeune fille, elle ne récita pas les prières avec les autres. Son visage fermé exprimait cependant une certaine courtoisie, comme si, étrangère parmi les croyants, elle prenait garde de ne pas froisser cet ambassadeur d'un autre régime qu'était le pasteur, qu'elle respectait en dépit de leurs opinions divergentes.

Antal retourna à l'université de mauvaise humeur. Il mangea un morceau à la cantine puis flâna devant les panneaux d'affichage de l'entresol – les leçons particulières ne l'occupaient que dans la soirée. Il parcourut distraitement le calendrier des examens de la session d'automne, les avis du recteur, la liste des élèves admis en première année. Une fois de plus, on en prenait trop et on ne saurait pas où les mettre ; quand ils seraient diplômés, on les enverrait en Transylvanie ou dans les territoires tchèques recouvrés, à Nagykikinda ou dans la région des Ruthènes, comme si tout le monde ne savait pas que ces villes et ces régions changeraient de nouveau de maîtres au bout de quelques années. À droite de la liste figurait un seul nom, celui de l'unique refusé. C'était rare d'en voir un. La faculté avait repoussé la demande de Mlle Izabella Szöcs.

Il ne put concentrer son attention sur ses élèves au cours de l'après-midi. Ce soir, quand Dekker ferait sa dernière visite au chevet des grands malades, il l'attendrait devant la loge du portier. Il comptait les heures. Se trompait-il dans ses conjectures sur Izabella Szöcs, Vince Szöcs et le conciliabule du cimetière ? Petit soldat, tu n'es pas seul, se disait-il. Si tu viens chez nous, Dekker t'aidera et – ça t'étonne ? – moi aussi. Non seulement à cause de ton père, mais à cause de toi, de tes yeux au regard étrange, de cette force qui t'habite et que je n'ai rencontrée chez aucune autre jeune fille.

Le soir, sans attendre ses questions, Dekker lui confia qu'il se rendrait chez le recteur le lendemain pour obtenir l'admission de la fille d'un vieil ami ; ces messieurs avaient peur d'elle comme d'une malade contagieuse, mais son père avait été un homme intègre, elle avait le droit d'accéder aux diplômes.

– Elle sera admise lors de la session complémentaire de la commission, conclut-il en posant sa tasse à côté d'un petit éléphant d'ivoire.

Les crânes étaient à la mode dans le milieu médical, mais le professeur n'avait aucun goût pour ce genre d'objet. S'il en voyait un sur un bureau, il le prenait et le reniflait longuement comme pour deviner s'il était encore frais, ce qui ne manquait pas d'embarrasser le propriétaire. Si Dekker promet, il tiendra parole, pensa Antal. On était en 1941, la guerre pesait sur le pays, et bien que le ton fût aux rodomontades, au conseil des facultés on craignait ce doyen qui mettait sa toque à l'envers les jours de manifestations publiques et, les jours de grande victoire allemande, fredonnait sans se cacher la vieille chanson hongroise : *Nous périssons... nous sommes perdus... Comme une gerbe ouverte la nation se disperse...* Au recteur qui lui demandait des explications, Dekker répondit qu'il était saoul. Or, de notoriété publique, il ne buvait jamais que du lait ou des jus de fruit, habitude contractée du temps où il était boursier dans une université scandinave.

À quinze jours de là, Antal vit Iza monter le grand escalier, perdue dans son manteau du cimetière, une vieille serviette avachie sous le bras. Il entra au secrétariat pendant qu'elle remplissait les formulaires d'usage et payait ses droits. Elle ne bénéficiait d'aucune bourse. Antal eut le cœur serré quand elle sortit ses quatre cents pengös. Vince Szöcs, mis d'office à la retraite, apportait douze pengös au collège pour ses livres. Cette fois, ils avaient dû vendre quelque chose, ou ils ne mangeraient pas de quelque temps, ou ils ne se chaufferaient pas cet hiver.

La jeune fille sortit du bureau ; il la suivit et l'aborda dans le couloir.

– Bonjour, bizuth ! Sais-tu que je suis le parrain de votre promotion ? Dis gentiment bonjour au monsieur !

Iza le toisa sans répondre. Elle consulta d'un coup d'œil la pancarte indicatrice et prit la direction de la faculté de médecine, sans se soucier qu'Antal la suivît. C'était la fin des cours, les portes des salles s'ouvraient. Les élèves de deuxième année se déversèrent dans la galerie et l'une d'elles, Ulla Deak, cligna de l'œil à l'adresse d'Antal. N'y avait-il pas une sorte de prétention dans le clin d'œil langoureux de cette fille ? En dépit de certains souvenirs de l'année précédente, Antal, furieux, lui dit à peine bonjour. Iza poursuivait son chemin, déchiffrant sur les portes les noms des professeurs. Devant le bureau de Dekker, elle s'arrêta.

Antal savait que Dekker donnait son cours dans la salle 26, le grand amphithéâtre, dont les portes demeuraient closes. Une fois lancé, le professeur ne s'occupait guère de la sonnerie et continuait de parler tant que le brouhaha des corridors ne le ramenait pas à la réalité.

Iza frappa. Antal attrapa dans sa poche les clefs de Dekker. Il avait ses entrées dans cette pièce où il rangeait le fichier du professeur. Il s'effaça devant Iza :

– Prenez la peine d'entrer.

Sans broncher, la jeune fille fixait le dallage de la galerie comme s'il recélait une énigme. Antal referma la porte et s'approcha d'elle, presque à la toucher ; mais la volonté de refus qui émanait de sa personne mettait un monde entre lui et elle. Antal pensa toujours, par la suite, qu'il l'avait aimée de ce jour et de cette heure et que dès ce moment-là il avait souhaité vivre avec elle.

Dekker arriva enfin. Il rouvrit la porte devant la jeune fille et pria Antal de les suivre. Iza cilla, inclina poliment la tête, mais ne tendit pas la main au jeune homme.

– Il vous sera d'un précieux secours, expliqua Dekker. Suivez ses conseils, vous vous en trouverez bien. Non, ne me remerciez pas, allez à votre cours. (Allumant une cigarette, il poursuivit, à travers la fumée :) Mon gars, tu prendras soin d'elle.

Toute autre fille, après cela, lui aurait adressé un sourire. Pas Iza. Son visage ne se départit pas de son sérieux. Inutile de la questionner, inutile de lui parler.

Tandis qu'ils passaient le long des chambres des étudiantes, Ulla parut de nouveau dans l'entrebâillement d'une porte. Elle détailla le mauvais manteau d'Iza, sa serviette, sans toutefois laisser percer de satisfaction : elle avait noté les yeux étrangement fendus de la jeune fille, ses lèvres pleines, et le regard tendu, inquiet, du garçon qui la suivait. Les dalles de la galerie sonnaient sous leurs pas. Les salles finissaient de se vider, le restaurant se peuplait. Antal était persuadé qu'Iza n'avait pas assez d'argent, mais qu'elle n'accepterait pas de se laisser inviter. Cette idée lui faisait autant de peine que de plaisir.

Elle s'arrêta devant le grand amphithéâtre et ouvrit l'emploi du temps imprimé qu'elle tenait à la main : elle allait aborder ses études supérieures avec autant d'assurance que si elle avait fréquenté ces bâtiments de toute éternité, comme si ce n'était pas la première fois qu'elle pénétrait dans une faculté. Le cours commencerait dans deux minutes. Elle allait disparaître derrière la porte.

– Je connais votre père, dit Antal.

Le visage neutre se tourna vers lui, bien en face. Le jeune soldat savait sourire comme une jeune fille.

– Pendant des années, c'est grâce à lui que j'ai pu m'acheter des livres. Le saviez-vous ?

Iza fit non de la tête. Elle porta la main gauche à sa gorge, comme pour s'empêcher de dire quelque chose qu'il valait mieux taire.

– Il donnait tous les ans douze pengös au collège ; c'est moi qui en ai bénéficié depuis l'âge de seize ans. Il ne vous l'a jamais dit ?

La jeune fille secoua la tête négativement.

– Un jour qu'il apportait cet argent, je l'ai vu. Il était plus alerte à ce moment-là, il filait sur la place du Donateur, malgré les tas de neige, comme s'il craignait qu'on ne le rattrape pour le remercier. Vous ne voulez toujours pas me parler ?

Le jeune soldat perdit de sa raideur ; ses traits s'adoucirent comme ceux d'un enfant.

– Maman lui donnait tous les mois trois pengös d'argent de poche. Il m'en donnait un, en gardait un autre pour s'acheter le journal le dimanche, car il aimait beaucoup cette lecture. Je n'ai jamais su où passait le troisième. Il le mettait donc de côté pour toi ?

Tout naturellement, elle le tutoyait comme un frère.

– Viens, lui dit Antal.

Elle a été admise après la rentrée, elle a déjà manqué pas mal de cours, elle peut en manquer un de plus. Ils prendront un café, puis feront quelques pas dans le Bois en fumant une cigarette. Il la raccompagnera pour le cours de physique de midi à une heure, et ça suffira pour aujourd'hui. Il l'accompagnera partout. Y compris à sa première séance de dissection.

Iza referma docilement son emploi du temps et le suivit. Elle était légèrement plus grande que lui et très brune, sans aucun reflet, comme les enfants des portraits biedermeier.

Ils mangèrent chacun une part de tarte, et Iza but de l'eau de Seltz avec des éternuements de plaisir comme s'il s'agissait de champagne. Elle déclina l'offre d'une cigarette, mais accepta une confiserie au chocolat qu'elle dépapillota tandis qu'ils s'acheminaient vers le Bois.

À l'humidité des jours précédents avait succédé une vague de chaleur inattendue. Sous le ciel bleu, pas une feuille ne bougeait aux branches des chênes et des peupliers. Au pied de la butte artificiellement posée sur la Grande Plaine, une petite rivière, artificielle elle aussi, dessinait ses méandres. Iza se jucha sur le parapet du pont. Laissant choir sa serviette, elle se baissa, ramassa quelques cailloux et visa les carpes qui nageaient dans l'eau calme du bassin.

– J'irai chez toi dimanche, dit Antal.

Elle acquiesça.

– N'oublie pas que Dekker t'a confiée à moi. (Une odeur de savon, attendrissante, émanait de sa peau et de ses cheveux.) Dekker est un grand bonhomme. Écoute tout ce qu'il dit.

On va lui faire subir un tas de plaisanteries idiotes, pensait Antal en se remémorant son propre bizutage. Comment la protéger ? Comment empêcher que les imbéciles de l'Association fraternelle plantent une plume de grue, symbole de leur patriotisme guerrier, dans son bonnet d'étudiante, en lui racontant que la guerre est pratiquement gagnée et que le pays va retrouver ses frontières de l'Adriatique aux Carpates, comme dans le temps ? Il s'empara de la main qui tenait le chocolat.

– Dis, ne fais pas de politique.

Le soldat reparut à la minute, et le papier d'étain du bonbon les sépara comme un glaive. Libérant son poignet, Iza jeta le chocolat aux poissons, sauta du parapet, ramassa sa serviette et partit en direction du bâtiment central. Sans un mot. À la lisière du Bois, elle s'arrêta et déclara en fixant le jeune homme dans les yeux, pour donner plus de poids à ses paroles, que, tant qu'elle vivrait, elle s'intéresserait à la politique.

L'idée folle qu'il épouserait cette fille le traversa.

3

Il l'épousa en 1948, par une radieuse et venteuse journée d'août. Il était pénétré de joie à l'idée qu'il liait son sort à une jeune fille dont il connaissait les pensées depuis sept ans et qu'il avait vue à l'œuvre à l'étude, aux examens, au chevet des malades et des mourants.

Il avait dansé avec elle et c'est lui qui lui passait les tracts qu'elle collait, à la nuit tombée, sur les bâtiments publics ou les panneaux d'affichage, entre deux annonces offrant un canari ou un berger allemand. Il lui plaisait de constater qu'il la désirait physiquement, mais qu'il ressentait également une véritable attirance intellectuelle ; il estimait Iza pour tout ce qu'elle lui apportait.

Et quelle joie de pouvoir enfin l'aimer sans histoire !

Dès le premier jour, il avait éprouvé pour elle un désir violent qu'il avait essayé de refouler, de transformer en attitude fraternelle et protectrice. Le rouge lui montait au front quand il laissait affleurer ses véritables émotions vis-à-vis de ce corps d'adolescente, et il fut surpris de sa féminité et de son ardeur quand elle répondit à ses premières étreintes. Mais elle n'était pas Ulla, il était hors de question de l'attirer dans la salle vide du club pour la coucher sur le billard, ou sur la mousse du bois de sapins. Ils se passaient difficilement l'un de l'autre, et la réserve qu'ils étaient contraints d'observer altérait leur équilibre ; ils maigrissaient, devenaient nerveux ; le bureau de Dekker leur fut un havre providentiel. Veuf depuis de nombreuses années et complètement retiré de la vie mondaine depuis la mort précoce de sa fille, le professeur ne s'intéressait plus qu'à son métier et à ses élèves, s'efforçant par tous les moyens de leur épargner cette guerre insensée et de leur donner une idée exacte de la position véritable de la Hongrie dans le monde. S'il n'avait point d'heures pour l'hôpital, il fréquentait par contre son bureau de la faculté suivant un horaire fixe. Il ne se douta jamais des rencontres qu'il favorisait ainsi ; il pensait aux deux jeunes gens en termes d'orientation scientifique : Antal, qu'il s'était attaché, excellait en médecine générale ; Iza avait tout de suite manifesté de l'intérêt pour la rhumatologie.

Le jour où il les vit s'embrasser au pied de la statue du poète local, il se réjouit sincèrement. C'est lui qui fournit la dot : un poste rémunéré pour Iza, à occuper au lendemain de son mariage. Après les formalités à la mairie où il servit de témoin, il souhaita emmener les jeunes mariés au restaurant. Antal répondit qu'on ne pouvait priver les parents d'Iza de cette fête. Ils se rendirent donc chez les Szöcs ; Vince, réhabilité de fraîche date et vêtu d'un complet bleu flambant neuf semblait avoir grandi d'une tête. Il offrait à boire à la ronde tandis que sa femme, pleurant et riant à la fois, servait à manger. Dekker se retira après le déjeuner, non sans enjoindre expressément aux jeunes époux de ne pas se montrer à l'hôpital avant une semaine.

Ils avaient assez d'argent pour se permettre un voyage, et le syndicat des travailleurs médicaux leur offrait une chambre dans une pension de montagne. Mais cette aisance et cette prévenance les étonnaient presque, et ils déclinèrent l'offre. Iza déclara que le voyage de noces était une survivance bourgeoise ; Antal, de son côté, se jugeait trop heureux d'avoir enfin trouvé un foyer, un père et une mère en la personne des vieux Szöcs.

La vieille femme hochait la tête d'un air réticent. Sans oser l'exprimer, elle ressentait quelque gêne à l'idée de l'acte de chair qui s'accomplirait sous son toit. Vince, quant à lui, aurait approuvé un voyage à Budapest. Il se revoyait, déambulant fièrement dans la capitale tandis que sa jeune femme trottait timidement à ses côtés. C'était merveilleux de se sentir initié aux secrets de la grande ville, de reconnaître les avenues, les monuments, et de donner le bras à son épouse aux carrefours. Il souhaitait qu'Antal éprouve à son tour le sentiment d'être celui qui guide et qui connaît. Mais Iza n'était pas de celles qu'on guide. À Budapest, elle se serait sûrement débrouillée plus vite qu'Antal. Elle était particulièrement belle ce soir-là ; l'amour et la certitude illuminaient son visage. Son père la suivait du regard, allant et venant dans la salle, admirait la sûreté de ses gestes et la sérénité qui la nimbait comme une auréole. Et il se moqua de lui-même : qu'avait-il à regretter la naïveté, les effarouchements des mariées d'autrefois ? La jeune génération a traversé de rudes épreuves, les jeunes ne se troublent pas parce qu'ils se marient. N'empêche que le calme d'Iza, en un tel jour, lui causait un malaise.

À plusieurs années de là, par une matinée également ensoleillée et le même vent balayant les rues en rafales, Antal bouclerait ses deux valises, Iza refermerait la porte d'entrée et raccrocherait au clou la quatrième paire de clefs devenue inutile. Aussi calme que le jour de ses noces. Vince souhaiterait presque la voir pleurer, mais elle ne pleurerait pas. Elle mettrait un fichu sur ses cheveux et entreprendrait aussitôt de modifier l'arrangement de la chambre conjugale, ôtant soigneusement la poussière sur les étagères vidées par Antal. Vince la suivrait partout, sous prétexte de porter la pelle. Quand elle s'agenouillerait pour rouler la descente de lit, il aurait l'impression, à la voir d'en haut, qu'elle retournait à sa taille d'enfant, et plus que jamais il aurait envie de la voir retrouver un comportement d'enfant : retrouver les larmes…

Petite fille, Iza pleurait comme toutes les petites filles, quand elle était tombée, qu'elle avait cassé sa tasse, ou qu'elle avait peur. Où était passée cette petite fille ? Dans l'intérêt de tous, il valait mieux que le départ d'Antal s'effectue sans drame. L'atmosphère de la maison en fut à peine modifiée, à part une impression de courant d'air froid, comme si on avait laissé une fenêtre ouverte par une journée d'hiver. Si la décision de divorcer était venue d'Iza, son père aurait compris son air d'indifférence ; mais c'est Antal qui l'avait prise, Iza y avait seulement consenti.

Antal n'avait pas mis longtemps à se rendre compte qu'il était né pour le mariage et qu'il préférait mille fois la douceur du foyer au romantisme d'une liaison. Et la famille qu'il espérait fonder renforcerait son attachement pour sa femme. Il avait des amis sincères avec lesquels il abordait presque tous les sujets ; cependant, Iza était la seule à qui il avait parlé de Dorozs.

Dorozs était son secret ; il ne voulait pas compromettre le but qu'il poursuivait en l'ébruitant prématurément. Il comptait bien revoir le vieux Berczes, et la source chaude de son enfance. Non pour planter un couteau entre les épaules du bonhomme ou le traîner devant les tribunaux, à l'ancienne mode. Mais ce personnage, ses tonneaux et ses charrettes, représentait à ses yeux un anachronisme insupportable. La source ne réclamait-elle pas une exploitation rationnelle ? L'idée de la reprendre à Berczes et de rendre justice au courage et à l'habileté des « tonneliers » le tenait éveillé la nuit ; on ne pouvait ni rendre la vie aux morts, ni indemniser équitablement les victimes, mais on pouvait assurer l'avenir de Dorozs. Antal n'y arriverait pas seul, il lui faudrait l'aide de l'État pour transformer cette bourgade en ville d'eaux ; rien ne le soulageait davantage que de discuter avec Iza des modalités et des perspectives de cette entreprise.

Chaque semaine, dès les premières années de leur amour, ils allaient ensemble à Dorozs. Elle faisait le tour de l'établissement archaïque, relevait des échantillons d'eau pour les analyser. Antal ne retrouva presque aucun des « tonneliers » qu'il connaissait autrefois ; les fils avaient succédé aux pères, on ne faisait guère de vieux os au service de Daniel Berczes. Le soir, dans la maison de Vince, la belle tête d'Iza se penchait sur la carte de Dorozs, sur les demandes qu'ils rédigeaient ensemble à l'adresse des organismes sociaux et du ministère. Avec elle, il réussirait, et la guérison de milliers de malades serait la plus belle des couronnes déposées sur la tombe de son père. La première fois qu'une impulsion lui avait fait lâcher le bras d'Iza la nuit – ce bras qu'il tenait toujours contre lui, même pendant le sommeil –, il avait brièvement revu cette tête penchée sur le projet commun, et avait failli crier d'angoisse, car une voix intérieure lui soufflait de quitter cette femme. Deux êtres s'affrontaient dans son âme, l'un qui partageait tout avec Iza, l'autre qui se méfiait et surveillait sans cesse le premier.

Iza ne montra jamais autant d'entrain qu'à l'époque de la lutte pour Dorozs. Elle chantait du matin au soir, gaie comme un pinson, et quand sa vieille maman laissait tourner la queue de la poêle entre ses doigts déformés et que la crêpe s'aplatissait sur le carreau, elle la consolait en affirmant que Dorozs la guérirait de ses rhumatismes. Elle courait d'un bureau à l'autre, accompagnait Antal à Budapest, l'aidait à secouer les gens de Dorozs et ceux de la capitale, spécialistes et responsables politiques. Quand les nationalisations furent décrétées, il n'existait pas un seul organisme social relevant de la Santé publique qui n'eût entendu parler de Dorozs, et la création d'un établissement thermal à cet endroit devint l'un des premiers investissements de la Régie d'État.

Ils étaient déjà mariés quand le chantier démarra. La veille de l'inauguration, Iza s'était couchée de bonne heure et elle dormit tard le lendemain. « Vois comme je suis forte ! » dit-elle à son mari au réveil, alors qu'il prenait sa main pour la porter à son visage, comme tous les matins. Les yeux encore fermés, elle banda ses muscles, et son corps se raidit sous la couverture. Ce corps mince, cette main légère, on les imaginait mal partis en guerre dans la lutte pour Dorozs. Antal s'effraya de constater qu'il pesait chacune des paroles de sa femme avec une attention peu naturelle.

La mère frappa à la porte. Accepteraient-ils, exceptionnellement, qu'elle leur serve le petit déjeuner au lit ? Elle venait de lire dans le journal qu'on commençait à Dorozs l'édification du plus grand établissement thermal du pays, cela méritait bien une fête. Ah ! ce serait autre chose que Szentmaté, ce trou soi-disant balnéaire, et son horrible hôtel aux carreaux froids où elle et la tante Emma avaient attrapé la mort. Iza s'assit dans le lit et prit le plateau sur ses genoux. Sa mère lui avait préparé du lard grillé dont elle raffolait.

– Pense un peu moins au passé et un peu plus à faire disparaître le lard de la cuisine, fit-elle observer. (C'était une nourriture trop lourde pour l'estomac fragile de son père.) Tu sais bien qu'il ne peut s'empêcher d'en manger quand il en voit.

La vieille femme sortit lentement. Iza coupa son pain en dés et sauça le lard fondu jusqu'à disparition complète.

– Tu m'aimes ? demanda Antal comme malgré lui.

Elle lui répondit par un sourire léger ; pourtant l'orage approchait, il en sentait le souffle. Il aimait Iza, il aimait Vince et la vieille femme. La nuit où il prit sa décision, son cœur battait si fort qu'il l'étouffait presque.

Pendant les années que les jeunes époux avaient passées sous leur toit, les parents avaient eu l'occasion de les voir fatigués, énervés parfois, et de mauvaise humeur : Antal, qui travaillait toujours auprès de Dekker, pas plus qu'Iza, devenue rhumatologue, ne supportaient d'un cœur léger la mort d'un de leurs patients ; ils les avaient vus debout devant l'arbre de Noël, bras dessus bras dessous, épiant le père et la mère qui déballaient les boîtes gigognes l'une après l'autre pour trouver le cadeau des enfants dans la plus petite ; ils les avaient entendus chanter ensemble, s'interroger l'un l'autre à la veille d'une conférence ou d'un examen, discuter ensemble. Jamais, cependant, ils n'avaient surpris de dispute. L'un et l'autre ignoraient la jalousie, une confiance absolue régnait entre eux. Le juge et sa femme vivaient au cœur de leur mariage heureux et du mariage de leur fille également réussi comme sous une double protection.

Durant les mois qui précédèrent le divorce, le vieux couple ne savait pas s'il fallait tenter de réconcilier les jeunes gens. Finalement, ils y renoncèrent. Iza ne leur avait jamais demandé conseil, ni pendant son adolescence, ni, à plus forte raison, quand elle était insensiblement devenue le chef de famille. Ils ne purent lui cacher leur tristesse ; Antal parti, une période de leur existence se terminait pour toujours. S'agissait-il de l'enfance d'Iza ? En dépit de son mariage, elle était restée leur enfant, qui vivait avec eux, qui prenait son bain, lavait ses cheveux, enfilait ses pantoufles et sa robe de chambre auprès d'eux. Ils ne s'étonnèrent ni l'un ni l'autre quand elle leur annonça qu'elle quittait son poste et partait pour Budapest où elle en occuperait un autre. Qu'elle aille à Budapest, elle avait sûrement raison. Ce fut pourtant très dur de la voir partir, enlevée par le taxi venu la chercher. Ils se soutinrent l'un l'autre sur le seuil, pour s'aider à supporter cette douleur. Un jour, la vie prendra congé de nous de la même façon, songeait Vince. Comme ça, sans tourner la tête. J'aimerais qu'elle s'en aille aussi discrètement, sans dire son heure à l'avance.

Aujourd'hui, quand il se couchait sur le divan placé à peu près à l'endroit qu'occupaient les lits jumeaux des parents, naguère, Antal pensait plus à la vieille femme qu'à sa fille. Et un frisson le parcourut à l'idée qu'elle en savait peut-être autant que lui. Comment le supportait-elle ? Antal ne se souvenait pas de sa propre mère, et dans les rides grand-maternelles il n'avait lu que le malheur, la méfiance et la crainte. C'est dans cette maison qu'il avait eu la révélation d'un visage maternel, serein et souriant, comme sur les tableaux des musées. Quel plaisir de découvrir dans l'intelligence de cette femme inculte, dans son indéfectible courage, dans sa gaieté naturelle des qualités qu'Iza possédait en partie. Quelle habileté dans ces deux mains infatigables, quelle finesse dans ce vieux cerveau, quel bon vouloir dans cette curiosité, source généreuse d'entraide ! J'aimerais la revoir, soupirait Antal ; mais la vieille femme ne semblait réclamer ni sa compagnie, ni son assistance.

C'est à Guitza qu'elle avait confié le soin de commander le monument funéraire de Vince. La couturière des pasteurs n'était pas peu fière de cette mission, de transmettre à Budapest les plans et les factures, de donner son avis sur le texte de l'inscription.

Kolman, le marchand de journaux, et l'institutrice avaient reçu chacun deux lettres de Mme Szöcs ; elle ne lui avait rien envoyé. Il est vrai qu'ensuite elle avait cessé d'écrire à quiconque, comme si correspondre la fatiguait trop, ou qu'elle n'eût plus rien à raconter à personne. Iza, songeait Antal, ne viendra sûrement pas pour la pose de la stèle, mais sa mère n'y manquera pas. Il avait envie de lui proposer d'habiter dans sa maison, mais il craignait d'essuyer un refus.

Il tendit la main vers une revue ; il aimait lire au lit. Avant d'emménager, il avait fait repeindre les murs ; les bouquets de fleurs et les motifs dorés en forme de méduse avaient disparu sous plusieurs couches de peinture, et les pièces paraissaient plus vastes. D'ailleurs, Antal ne cherchait plus ni à comparer ni à se souvenir. Ses aménagements, le nouveau mobilier répondaient au plan établi en commun avec Lidia ; les fleurs du jardin servaient à confectionner des bouquets pour Lidia ou pour les malades de l'hôpital. La jeune fille était pour lui comme une eau nouvelle. Il était déjà médecin quand l'image d'une eau fraîche et originelle était venue brouiller, en surimpression, celle qu'il gardait de l'enfer thermal de son enfance. Quand il avait plongé la main dans la masse mouvante et glacée du torrent, un tel étonnement l'avait saisi, une telle émotion, qu'il en avait laissé ses doigts s'engourdir sans y prendre garde. Les pierres du torrent portaient une barbe de mousse, un buisson les couronnait, un oiseau naïf le fixait à travers les branches. Antal ne pensait jamais à Lidia sans que naisse l'image de l'eau vive, bondissant sous la roue du moulin.

La soirée, trop lourde, promettait la pluie. Kapitany trottait en soufflant dans le jardin. La vieille femme, autrefois, ne résistait pas longtemps à son manège ; elle cédait et lui ouvrait la porte. « Ce lapin, plaisantait Iza en prenant la bête par les oreilles, tu nous en fais un civet ou un pâté ? »

Kapitany gigotait désespérément entre les doigts qui le tenaient bien serré, mais avec dextérité, sans lui faire de mal. Chacun évitait le regard d'Iza. Elle avait raison, bien entendu. C'était idiot, ce lapin dans la maison, malgré sa propreté et son intelligence relatives.

Hé oui ! Un lapin, c'est fait pour finir en civet ou en pâté, les hommes, c'est fait pour ceci ou cela, Dorozs pour devenir une station thermale, la tombe de Vince pour recevoir une stèle, la vieille maman pour habiter dans un appartement de Budapest. Iza prend soin de tout le monde, et s'il lui arrive d'oublier quelqu'un, ce ne sera jamais qu'elle-même. La veille, devant lui, quelqu'un s'était arrêté au milieu d'une phrase où il était question d'Iza et de l'écrivain Domokos. Il avait pu constater, à cette occasion, à quel point il se désintéressait de la vie privée de son ex-épouse. S'il avait ressenti un pincement au cœur, c'était plutôt à la pensée de Domokos, dont il appréciait le talent. Il n'ira pas jusqu'à l'épouser ? s'inquiéta-t-il.

Dehors, Kapitany geignait toujours. Le parfum des saponaires et des juliennes de Vince entrait par la fenêtre. Iza ne hante plus la maison, mais il reçoit parfois un message de Vince ou de la vieille femme ; c'est pourquoi il quitte son lit, peste contre ses pantoufles et ouvre la porte à Kapitany, comme ils l'auraient fait à sa place.

4

Elle recevait de moins en moins de lettres et ne s'en étonnait pas : à l'exception de Guitza, elle ne répondait plus à ses correspondants. Kolman, sans doute, se vexait de son silence. Quand on a toutes ses aises, on devient paresseux, devait-il se dire. Et le marchand de journaux : Iza nous aurait sûrement répondu, elle n'a jamais été fière. Ce qui était vrai. Iza leur aurait écrit, quelques lignes sur une feuille de papier n'engagent à rien, et Iza n'avait pas l'habitude de laisser derrière elle des écorchures non soignées.

Que leur écrire, à ses anciens amis ? Comment leur expliquer son existence actuelle, les gens et les choses qui l'environnent, Terez, le tramway se frayant un chemin bruyant à travers l'immense métropole, la monotonie des jours ? Leur parler de Domokos, qui vient la voir de plus en plus souvent, même en l'absence d'Iza, pour la faire bavarder ? Écrire une moitié de vérité, ce serait de la vantardise ; laisser percer l'autre moitié, obscurément tapie derrière son confort et sa sécurité, serait une autre falsification. Elle était décidément coupée de sa ville natale.

La fenêtre de la cuisine donnait sur une minuscule courette d'aération ; le regard butait sur l'opacité des carreaux dépolis de la cuisine d'en face. Lorsque la voisine, l'épouse d'un receveur du tramway, ouvrait sa fenêtre, la vieille femme la saluait et l'interrogeait sur ce qu'elle préparait pour le dîner. Blonde, un visage rond, elle chantait souvent en branchant et débranchant des appareils électriques en tous points semblables à ceux d'Iza.

La vieille femme, qui redoutait les engins de ce genre, avait fait une exception pour le réfrigérateur. Le ronron qui sortait de la tôle émaillée ressemblait à la voix d'un animal. Craintive d'abord, elle avait fini par s'imaginer que l'appareil lui parlait et lui tenait compagnie. Ce réfrigérateur geignard lui paraissait, sans doute en souvenir du dernier animal domestique qu'elle eût possédé, un énorme lapin exagérément blanc. Un jour, le jus d'une compote coula sur les tablettes intérieures. Elle voulut l'éponger. Iza pâlit :

– Ma chère maman, ce n'est pas une glacière ! Fais attention, n'y fourre pas un torchon mouillé, tu pourrais t'électrocuter. Le jus a coulé, eh bien, tant pis !

À dater de l'incident, elle cessa tout commerce amical avec l'appareil. Elle aurait aimé savoir comment il fonctionnait, mais Iza n'avait pas le temps de le lui expliquer et elle n'osait pas demander à la femme du receveur. Plus de gestes familiers dans le ventre du gros lapin ; elle se contentait de rester assise à côté pour se bercer du ronron rassurant du moteur.

Elle craignait de questionner Iza sur ses intentions avec Domokos. D'ailleurs, elle n'aurait su dire si un projet de mariage lui aurait fait plaisir ou non. Lors des premières visites de l'écrivain, elle aurait préféré qu'ils régularisent une situation qui ne laissait pas de la choquer ; puis elle n'y avait plus fait attention. Comme elle ne fréquentait plus aucun de ses anciens amis, personne ne venait lui faire de réflexion et elle se rassurait : après tout, il n'y avait pas de mal à ça, sans doute qu'à Budapest ces choses se passaient autrement qu'en province. Domokos ressentait de la sympathie pour la vieille femme, et sans la méfiance qu'elle manifestait à l'égard de sa profession, leurs rapports seraient devenus chaleureux. Mais tante Emma lui avait dit que ces gens-là boivent, et que tôt ou tard ils roulent sur la mauvaise pente. Apparemment, Domokos n'occupait pas d'emploi régulier. Faudrait-il qu'Iza gagne pour lui ? D'ailleurs, de quoi se mêlait-elle ? Personne ne lui demandait son avis. Personne, sauf la femme du receveur qui l'avait interpellée, par la fenêtre : connaissait-elle par hasard une recette de pâtisserie ne nécessitant pas beaucoup d'œufs ? Voilà longtemps qu'elle n'avait pas eu le plaisir de conseiller quelqu'un ; elle chercha dans sa mémoire la recette de ce gâteau de guerre si savoureux que les yeux de la petite Iza en brillaient de convoitise. Il tenait au corps, bien qu'il fût bon marché.

Elle éprouvait une vraie joie quand elle apercevait le visage gai de sa voisine. Elle regrettait seulement que sa profession – receveuse de tramway, comme son mari – l'écartât trop souvent des travaux ménagers. Elle s'enhardissait à la questionner, à lui demander des nouvelles du monde. Depuis la mort de Vince, elle ne suivait plus les événements. La politique, en réalité, ne l'avait jamais intéressée, mais comme son mari lui faisait souvent la lecture des journaux, elle finissait par s'y reconnaître. À présent, elle manquait totalement de points de repère ;

pourtant, depuis qu'elle vivait dans la capitale, elle devinait vaguement que la vie de certaines catégories sociales avait changé.

Dans le temps, elle connaissait surtout des petites gens, des boutiquiers, des artisans, le facteur ; elle n'avait jamais approché un ouvrier, sauf ceux qui venaient chez elle pour une réparation quelconque. Encore étaient-ils natifs de la campagne environnante et parlaient-ils avec l'accent dur des paysans. À Budapest, il lui semblait difficile de distinguer les ouvriers des autres citadins, sauf quand ses pérégrinations la conduisaient à proximité d'une usine à l'heure de la sortie du travail ; elle suivait alors les gens du regard, à travers la vitre du tram, en regrettant de ne pouvoir s'arrêter pour les questionner. Mais qui lui prêterait l'oreille quand Iza, sa propre fille, n'avait pas de temps pour sa mère ?

Elle finit par ne plus regarder ce qui se passait de l'autre côté de la vitre. Rien ne l'intéressait plus, hormis sa personne et ses souvenirs. Les visites de Domokos l'agacèrent aussi, à la longue. Il lui apportait des gâteaux, des bonbons, comme à une gamine, poussait un tabouret sous ses pieds, geste d'autant moins supportable que c'était celui de la petite Iza quand elle se pelotonnait près d'elle pour l'interroger sans fin. L'écrivain la questionnait inlassablement sur le passé, sans écouter ses questions en retour. Elle prit en horreur ces espèces d'interrogatoires qu'il prétendait faire passer grâce aux belles pêches qu'il lui offrait, aux melons qu'il arrosait de rhum. Elle parlait de la vie d'autrefois avec aigreur et agacement, parce qu'ils étaient loin, ceux qui à cette époque avaient toujours besoin d'elle : Vince était mort, Iza avait changé. Domokos essayait de réveiller dans sa mémoire d'anciens événements politiques ; une fois, il lui vint à l'idée qu'en lui répondant, elle aussi travaillait pour lui. Puis elle rougit de sa pensée.

Elle le prit en haine le soir de son soixante-seizième anniversaire. Iza avait promis qu'ils passeraient la soirée ensemble, tous les trois, à jouer au loto. Maman, qui avait beaucoup de temps libre, achèterait les bricoles à gagner.

Autrefois, ils aimaient beaucoup les jeux de société ; Vince trichait, elle trichait aussi pour faire gagner Iza (qui ne supportait pas de perdre). Par chance, le jeu de loto avait échoué à Budapest avec le déménagement. Elle courut allègrement les bazars et bureaux de tabac en quête d'objets divers, aussi amusants qu'inattendus.

Le matin, Iza la réveilla en lui récitant la poésie enfantine jadis inséparable des anniversaires. Terez lui apporta des fleurs. Dans la journée, la voisine lui donna la libre disposition de sa cuisine : désireuse de recevoir honorablement et de ne pas agacer sa fille en mettant du désordre partout, la vieille femme avait combiné de confectionner ses gâteaux chez la receveuse. La voisine la regarda faire avec intérêt, sans se permettre une observation, et se borna à lui expliquer le maniement du four. Elle rit quand elle demanda combien elle lui devait pour le courant consommé. En l'embrassant, elle aperçut des larmes dans les yeux un peu perdus de la vieille femme qui, dans son trouble, fit tomber quelques biscuits en passant la porte.

Domokos arriva hors d'haleine, encombré d'un gros paquet recouvert de papier de soie. Il le posa sur une table et parlementa avec Iza, qui ne tarda pas à rejoindre sa mère : Domokos avait obtenu trois billets pour le concert de l'île Marguerite. Le célèbre Feltrini dirigeait l'orchestre. Sans l'obligeance d'un ami bien placé, ils n'auraient jamais obtenu de places. Qu'elle se dépêche de s'habiller, ils l'emmenaient écouter de la musique, la soirée serait superbe.

– La soirée familiale, évidemment, n'aura pas lieu. Tant mieux, ma chérie, tu te fatigueras moins – ah ! quelles merveilles, ces petits-fours ! Au fait, Domokos t'a apporté un cadeau qui te consolera du loto. Dépêche-toi, le taxi vient nous prendre dans cinq minutes !

Pendant qu'Iza courait se changer sans attendre de réponse, Domokos déballait une cage contenant un oiseau à l'œil mauvais. L'écrivain soutint un moment le terrible regard de la vieille femme ; à la fin, troublé, il haussa les épaules et sortit fumer une cigarette.

La vieille femme étala un torchon sur la table mise afin de la préserver des mouches. (Pas de mouches à Budapest, mais elle avait l'habitude d'en avoir en été, et à partir du mois de juin, elle accrochait une bande tue-mouches à la suspension.) Elle prit sa robe noire dans l'armoire.

– Ce soir, nous ne te laissons pas seule, il ne manquerait plus que ça ! Je veux montrer à tout le monde ma jolie maman aux yeux bleus.

Personne ne voulait de ses gâteaux. Elle en avait mal aux poignets d'avoir pétri tout l'après-midi. Voilà de la compagnie, pensa-t-elle en fixant l'oiseau à l'œil dur et en boutonnant péniblement sa robe. Elle ne pouvait pas voir ses souliers noirs à talons bottiers, bien discrets, sans pleurer : elle les portait quand elle avait conduit Vince au cimetière. Voilà mon compagnon, voilà quelqu'un à qui parler. Elle entendait Iza claquer des portes et Domokos la prier de se presser. Ils montèrent dans le taxi tout essoufflés.

Il y avait foule à l'île Marguerite et il faisait froid sur les chaises du théâtre en plein air. Elle n'aimait plus la musique classique, à présent que Vince n'était plus là pour lui chuchoter des explications à l'oreille ; d'un morceau de Haendel, il faisait naître des silhouettes vêtues de soie, empanachées de plumes, sous des candélabres d'argent ; si c'était du Wagner, une forêt pliait sous l'orage, des vagues couraient sous le vent. Plus de Vince, plus d'images. Elle écoutait la musique sans l'entendre et remarqua que Domokos prenait la main d'Iza dans la sienne. De temps en temps, ils s'arrachaient à leur béatitude pour lui jeter un regard, comme on ferait pour un enfant qu'on a amené au spectacle en espérant qu'il aura la gentillesse d'y trouver du plaisir.

Elle pensait à ses petits-fours, à la liqueur qu'elle avait dénichée dans un magasin spécial, au service de verres qu'elle avait également acheté, car elle avait laissé le sien à Antal, et celui d'Iza, en lourd cristal, ne lui plaisait guère. Toutes ces choses attendaient, sans raison d'être, sous le torchon protecteur. La voyant frissonner, Domokos ôta son veston et lui en couvrit les épaules. Des gens autour d'eux sourirent avec sympathie, et dans les yeux de sa fille la vieille femme retrouva la lueur qui y brillait souvent du temps d'Antal. Serait-il possible que tu sois bon, toi aussi ? Voilà ce qu'elle croyait lire dans les yeux d'Iza, et les spectateurs devaient penser : quel homme courtois, cet écrivain ! Il est vrai qu'il peut tout se permettre et même rester en bras de chemise à un concert sous prétexte de donner sa veste à une vieille dame frileuse. Tout le monde était content, la famille et le public.

Les accords beethoveniens montèrent jusqu'aux cimes des arbres comme un envol d'oiseaux. Ils jouent bien trop fort, pensa-t-elle. Vince lui aurait expliqué : « Écoute donc, Etelka, le voilà qui se dispute avec la terre, avec le ciel, avec Dieu. »

À la fin du concert, Domokos partit en avant ; sa chemise, au loin, faisait une tache blanche. Iza se taisait, émue comme l'eût été son père, et ses lèvres se gonflaient dans son visage adouci. Domokos revint, triomphant : il avait trouvé un taxi. Il fit asseoir la mère et la fille sur la banquette arrière, et prit place à côté du chauffeur.

Qu'arriverait-il si brusquement ils la jetaient hors de la voiture ? Retrouverait-elle son chemin jusqu'à la maison ? Elle n'était jamais allée à l'île Marguerite, ni en taxi, ni à pied. Quelle direction prendrait-elle ? « On va boire un café », lança Iza. À cette annonce, sa fatigue la quitta. Tout n'est pas perdu : on arrive à la maison… Évidemment, on jouera au loto une autre fois, ce soir il est trop tard, mais elle leur offrira des gâteaux et leur fera du café. Iza veut en boire. Quand Domokos répondit : « C'est ça, allons au café Palma ! », elle s'affaissa dans son coin. On la reconduisit à la maison, on l'embrassa, Domokos l'accompagna jusqu'à la porte de l'ascenseur au cas où elle aurait du mal à l'ouvrir. Il alluma la minuterie, lui donna un dernier baiser, déclara que l'oiseau s'appelait Elemer et s'en fut.

On étouffait dans l'appartement. Elle fit glisser les gâteaux dans une boîte à chaussures doublée d'une serviette, remit le loto là où elle l'avait pris, dans le dernier tiroir de la commode. Elle venait d'avoir soixante-seize ans. Le poids de ces années lui parut énorme. Sur la pierre qu'elle destinait à la tombe de Vince, son nom à elle figurerait également ; elle avait réglé ce détail dans ses lettres à Guitza. L'oiseau, dépaysé, sautait menu, avec de petits bruits mous, énervants. Elle ne l'aimait pas.

Elle ne le supporta pas plus de quinze jours. Chaque fois qu'il sifflait, le ressentiment, la honte cuisante qu'elle avait éprouvés au moment de serrer les petits-fours dans la boîte à chaussures revenaient l'assaillir. Elle entendait la musique trop forte de Beethoven, revoyait le loto inutile. Il faisait un temps splendide, une radieuse journée d'été quand elle le fit s'envoler par la fenêtre. D'abord il ne voulut pas partir ; elle brandit un torchon pour l'effrayer. Pour la première fois, elle éprouva vaguement de la pitié, puis le remords la prit tout de bon quand la bestiole, définitivement chassée, se percha sur une branche avec l'air de s'abandonner au destin.

Tremblante, elle se pencha par la fenêtre ; dans un moment de mauvaise humeur, elle avait jeté un être vivant à la rue. Qu'importe qu'il fût sans âme. Vainement elle rappela l'oiseau, les tramways bruyants couvraient sa voix. Un moment, elle distingua son plumage à travers les arbres, puis Terez arriva, vit la porte de la cage ouverte et eut un geste découragé : eh bien, ça n'avait pas duré, ça non plus. Elle écarta la vieille femme de la fenêtre en marmonnant qu'il n'y avait plus rien à faire, de toute façon, et qu'à se pencher ainsi, le sang lui monterait à la tête.

– Vous finiriez par tomber, dit-elle. Allons, consolez-vous, Mme la doctoresse vous en apportera un autre.

Iza n'en apporta point d'autre, et Domokos parut mortifié. S'ils pouvaient, pensait la vieille femme, ils parleraient chinois devant moi, comme je parlais allemand avec son père quand Iza était petite. Ils diraient que je suis trop vieille et maladroite pour recevoir des cadeaux. Domokos lui-même sortit la cage vide avec la poubelle. Désormais, un poids supplémentaire pesait sur la conscience de Mme Szöcs. L'image de l'oiseau la réveillait la nuit. Jamais elle n'avait utilisé le nom burlesque d'Elemer, mais à présent elle voyait le vagabond Elemer errer lamentablement, un baluchon serré sous l'aile ; bien plus malheureux qu'elle, qui avait un toit sur la tête et de quoi manger. Elle l'avait chassé.

Elle maigrissait, parlait à peine. Iza s'inquiéta, Domokos devint plus affable. La jeune femme savait que la mort de Vince et le dépaysement seraient une rude épreuve à surmonter, mais pas à ce point-là. Sa mère n'était plus ni jeune, ni vaillante, il fallait l'admettre. En même temps elle avait besoin d'une occupation régulière, comme naguère dans son ménage. L'entretien de l'appartement, bien que simplifié au maximum, ou plutôt à cause de cela, dépassait ses facultés d'adaptation. D'ailleurs Terez y pourvoyait, tout se passait sans anicroche avec elle, Iza avait besoin de cette tranquillité d'esprit pour travailler et se reposer. Sans demander leur avis à ses amis gérontologues, elle savait qu'il fallait fournir un aliment aux énergies superflues de sa vieille mère, le travail étant parfois le seul lien qui rattache les personnes âgées à la vie. Elle la pria de lui tricoter un gilet. Elle acheta de la belle laine couleur lavande qu'elles mirent en pelote, un soir, avec l'aide de Domokos. Mme Szöcs les remercia, tira sur la laine qui sortait si aisément, sans s'embrouiller, par la fente de la boîte en matière plastique, mais elle ne prit pas les mensurations d'Iza. « On fera ça plus tard. » Iza devina qu'elle avait compris la manœuvre : je veux l'occuper, mais elle sait que je ne mettrai jamais le gilet, que j'en achète de bien plus jolis dans les boutiques. Que faire ?

Domokos suggéra de trouver un emploi à la vieille dame. L'idée fit bondir Iza, mais elle finit par y réfléchir sérieusement. Pas question de solliciter un de ces postes qu'on réserve aux retraités, maman n'avait plus assez de suite dans les idées. À la rigueur, on pourrait lui confier des enfants à surveiller. Il s'agissait de savoir dans quelle famille elle tomberait : Iza l'imaginait se prendre de bec avec la mère, qui lui défendrait de parler des anges à ses gamins (dans les histoires de maman figurait toujours quelque ange aux longs cheveux d'or qui voit les bonnes et les mauvaises actions et juge les petits en conséquence). Et puis que diraient les gens quand ils apprendraient qu'une vieille retraitée, mère d'un médecin gagnant bien sa vie, avait besoin d'un emploi ? Domokos, vautré sur le divan, plantait sans cérémonie ses dents dans une tranche de melon ; parfaitement rompu au maniement du couteau et de la fourchette, il aimait de temps en temps se conduire comme un sauvage. Le jus dégoulinait sur son menton.

– Alors, occupe-toi d'elle davantage ! lança-t-il sans plaisanter.

– Tu es fou, répondit Iza, je n'ai déjà pas une minute à moi.

Irritée, elle jeta sur la table le journal qu'elle tenait à la main et alla se poster devant la fenêtre.

Le lendemain, elle se rendit à l'Union des Femmes.

Iza y était connue et estimée, on l'invitait aux réceptions, on la consultait, on lui réclamait des conférences. Elle exposa franchement le but de sa visite. Tandis qu'elle parlait, la responsable la fixait, pleine d'une affection admirative : quelle femme remarquable, ce Dr Szöcs ! Elle ne se ménage pas, elle pense toujours aux autres ! Elle consulta son fichier. Garde-malade bénévole, ça n'irait pas, il n'y a pas d'ascenseur dans toutes les maisons, votre mère n'est plus jeune, et peut-être que son organisme n'opposerait pas suffisamment de résistance à la contagion. Garder des enfants ? C'est bruyant et fatigant à cet âge, et si elle n'a plus de très bons yeux elle pourrait les perdre de vue dans les squares. Ne parlons pas de faire des ménages, elle n'en aurait pas la force. Mais l'Union dirige une coopérative de travaux à domicile : il s'agit de petits objets faciles à confectionner, un travail agréable, payé à la pièce et qui ne fatigue pas trop la vue. Votre maman a-t-elle une machine à coudre ? Elle en avait une, qu'on a laissée en province. Iza avait promis de lui en acheter une autre à Budapest. Eh bien, va pour la coopérative ! Si elle a envie de compagnie, elle se rendra dans les locaux où s'occupent d'autres vieux du même âge, sinon elle emportera son travail à la maison.

Iza y vola avec la bonne nouvelle. Sa mère l'écouta jusqu'au bout et la remercia du mal qu'elle se donnait pour elle. Oui, elle irait faire un tour à la coopérative, mais plus tard. Pour le moment, ce n'était pas la peine. La stèle destinée à la tombe de Vince allait être prête, elle tenait à faire le voyage quand on la dresserait. Iza viendrait, n'est-ce pas, et Domokos aussi peut-être ? Ensuite, elle irait où l'on voudrait. Iza crut comprendre que la perspective ne déplaisait pas à la vieille femme, qui avait toujours été habile de ses doigts. Du temps qu'ils étaient si pauvres, combien de jouets n'avait-elle pas confectionnés en utilisant des bouts de chiffon, des morceaux de toile cirée...

Iza poussa un soupir de soulagement. Quant au projet de voyage de sa mère, elle ne s'y opposait pas ; elle pouvait bien aller s'incliner sur les restes d'un mort, si ses principes l'exigeaient. Domokos, lui, ne mettait jamais les pieds dans un cimetière ; on ne pourrait l'y obliger que le jour de sa mort, avait-il coutume de dire. Donc il ne viendrait pas. Iza n'irait pas non plus, mais elle accompagnerait sa mère en train.

– J'aimais tant papa, fit-elle d'une voix redevenue brusquement enfantine, que cela me ferait trop de peine de voir une tombe à sa place.

Dans ces conditions, riposta la vieille femme, Iza n'avait pas besoin de se déranger. Le trajet était direct, sans changement, elle se débrouillerait bien seule. Elle descendrait chez Guitza plutôt que d'aller à l'hôtel ; la maison, à présent, appartenait à Antal, il n'y avait pas de raison qu'elle y retourne.

Deux hommes apportèrent la machine à coudre achetée par Iza. Mme Szöcs l'examina longuement, avec une attention soutenue. La sienne n'était pas escamotable ; elle avait un capot de bois. C'était évidemment moins esthétique, mais celle-ci, elle ne saurait ni l'ouvrir ni la manœuvrer. Elle la fit installer devant la fenêtre, la couvrit d'un dessus de table au crochet et ne la regarda plus. Quand Iza rentra le soir, elle trouva sa mère assise dans son fauteuil, à son poste habituel devant la fenêtre de sa chambre, absorbée dans la contemplation de la rue : on changeait les rails du tramway, des machines mordaient l'asphalte à grand bruit, des ouvriers dépavaient la chaussée, et la terre apparaissait, brune et douce comme à la campagne. Rien n'est facile, se dit Iza en l'embrassant, ni pour elle, ni pour moi ; elle, encore, elle peut s'exprimer avec des stèles et des couronnes… Avant son départ, je la ferai examiner à l'hôpital, elle a terriblement maigri.

5

Le marbrier avait promis la stèle pour le mois d'août. Elle fut prête à la fin octobre.

La proximité du départ rendait Mme Szöcs plus loquace. Iza veillait à la préparation de ses bagages, sortait de la valise les objets inutiles dont sa mère voulait à tout prix se charger, prête à emporter pour une absence de trois jours autant d'effets que pour plusieurs semaines à la campagne. Deux paires de chaussures, une immense serviette de bain et un paquet de poudre à laver retournèrent ainsi dans l'armoire ou le placard. Guitza lui prêterait bien une serviette éponge, une paire de chaussures de rechange suffisait amplement – et que diable voulait-elle laver durant un séjour aussi court ? De toute façon, de la lessive, elle pourrait toujours en acheter chez Kolman. Par exemple, son grand fichu de laine lui rendrait sûrement service ; même pour une invitée, Guitza était bien capable de ne pas allumer son poêle.

Un cadeau vint tout de même alourdir la valise : non sans de longues hésitations, la vieille femme s'était décidée pour un cendrier en cristal de Bohême excessivement lourd. Iza, agacée, s'abstint de lui rappeler que non seulement Guitza ne fumait pas, mais qu'elle regardait de travers tous ceux qui osaient allumer une cigarette sous son toit. Mme Szöcs avait choisi l'objet pour son poids et pour sa belle couleur améthyste qui lui conférait une sorte de dignité épiscopale ; si jamais un des graves clients de la couturière s'avisait de fumer chez elle, au moins ne devrait-il pas secouer sa cendre dans une quelconque céramique de fantaisie.

Iza garda ses réflexions pour elle. Sa mère ne voulait pas comprendre qu'elle ne trouverait pas forcément un porteur à l'arrivée, et que la valise lui tirerait de plus en plus l'épaule jusqu'au tramway. Le voyage devant durer quatre heures, la vieille femme fit timidement allusion aux provisions de route, et Iza lui donna un paquet de petits-beurre.

L'après-midi précédant le départ, une agitation inhabituelle s'empara de la voyageuse : elle sortait sur le palier, ouvrait et refermait la fenêtre de la cuisine, jetait partout des regards inquiets. Le soir, après le dîner, elle se calma brusquement, comme quelqu'un qui aurait bien des raisons de se tourmenter mais se résout à l'inévitable. Iza rougit de colère quand, vers dix heures, la femme du receveur sonna à la porte, un poulet rôti et un plateau de gâteaux secs sur les bras. Que Mme Szöcs veuille bien l'excuser d'arriver si tard, mais la petite faisait ses dents, elle n'avait fait que pleurer toute la journée, elle n'avait pu terminer plus tôt. Iza entra dans la chambre de sa mère et posa les victuailles sur la table. Dans le visage vieilli, des yeux bleus, jeunets, la fixèrent un instant, puis se détournèrent. La vieille femme était pâle, le réveil tictaquait près d'elle, l'aiguille de la sonnerie avancée à une heure matinale. Iza avait demandé à être réveillée par téléphone, mais Mme Szöcs se méfiait de l'appareil d'ébonite noire ; il pouvait se détraquer.

– Toute la maison va rire de nous, dit Iza. Alors, tu es cachottière, à présent ? Ça, ce n'est pas gentil ! Est-ce que tu prends la diligence ? Un poulet rôti et un kilo de biscuits pour quatre heures de chemin de fer ! Où vas-tu mettre tout ça ? Si tu pensais que mes petits-beurre ne suffisaient pas, il fallait en parler à Terez. Pourquoi t'adresser à cette Mme Botka que je connais à peine ? Lui as-tu seulement donné quelque chose pour le gaz ?

La vieille femme ne répondit rien ; elle tira la couverture sur sa bouche comme pour s'empêcher de riposter. Puis, à la fin, elle dit d'une voix douce :

– Hé, va ! Je pars demain matin, ne me gronde pas...

Iza sortit pour lui cacher sa soudaine émotion. Elle appela Domokos au téléphone, mais il n'était pas chez lui, malgré l'heure tardive. « Ne me gronde pas ! » Quand l'ai-je brusquée depuis que j'existe ! Je voulais seulement lui épargner une fatigue superflue. La voisine ne manquerait pas de tout raconter à Terez ; elles s'étaient chamaillées quelques jours plus tôt pour une histoire de tapis secoués en dehors des heures autorisées, Mme Botka serait trop contente d'asticoter un peu la femme de ménage. Après tout, songea Iza en dépit de sa tristesse, cela me reposera d'être quelque temps séparée de maman.

Sitôt après le départ de sa fille, Mme Szöcs s'était levée. Faute d'avoir sous la main une serviette de table ou un torchon, elle prit une pièce de lin, qui n'avait jamais servi, de son trousseau pour envelopper le poulet déjà protégé par du papier sulfurisé. De son armoire, elle sortit ensuite une ancienne bouteille de bière remplie de thé ; elle l'avait préparé en cachette, sur le réchaud à alcool que bien entendu elle avait conservé. Elle avait pris soin d'aérer sa chambre pour que l'opération passe inaperçue.

Elle ne ferma pas l'œil de la nuit, n'ayant pas plus confiance dans sa pendulette. Le téléphone sonna juste avant que le réveil ne se déclenche bruyamment. La vieille femme écouta le tintamarre avec fierté. Il marchait toujours, fidèle au poste depuis quarante ans. Elle le fourra dans sa valise. Si Guitza n'avait pas de réveil, comment ferait-elle pour le retour ?

Bien que revenue pendant la nuit à de meilleurs sentiments, Iza ne s'était pas départie de son air pincé pour montrer que le poulet lui restait sur le cœur. Domokos arriva avec un taxi. Iza passa dans la chambre de sa mère pour prendre la valise et resta plantée sur le seuil à la vue du cabas bouffi posé à côté. Il n'avait jamais été question d'un cabas.

– Comment feras-tu pour grimper dans le tram avec tout ce fourniment ?

La vieille femme la regarda comme on toise un étranger qui se mêle de ce qui ne le regarde pas.

– Je prendrai un taxi. À l'arrivée, je prends un taxi.

Iza haussa les épaules. Sa mère ne lui ferait jamais croire qu'elle prendrait un taxi, qu'elle paierait dix forints pour ce petit bout de chemin jusque chez Guitza. Elle mentait pour pouvoir l'emporter, son poulet, pour avoir raison. À la gare, elle fit un effort pour se dominer et y parvint. Question de temps et de volonté. Elle n'allait tout de même pas se séparer fâchée de sa mère à cause d'une saleté de cabas !

– Ma chérie, dit-elle en prenant le bras de la vieille femme, laisse-moi donc tes provisions, tu seras trop chargée ! Nous allons réserver une place au wagon-restaurant, ce sera bien plus agréable. Allons, un bon mouvement !

Sans répondre ni oui ni non, Mme Szöcs repoussa sa main et se hissa toute seule sur le marchepied. Iza et Domokos montèrent à sa suite, placèrent la valise et le cabas dans le filet et l'installèrent dans le sens de la marche. Domokos posa sur la banquette une liasse de journaux illustrés. Mme Szöcs le remercia et croisa ses doigts gantés, comme pour leur faire comprendre qu'elle n'avait plus besoin de leurs services. L'expression de son visage était à peine polie.

Ils attendirent le départ du train, cependant. Iza profita de ces quelques minutes pour glisser trois billets de cent forints dans le sac à main de sa mère. Au cas où elle aurait envie d'acheter quelque chose pendant son séjour. Malencontreuse sollicitude. D'un œil devenu fixe, Mme Szöcs regardait avec effroi la grosse femme assise en face d'elle et qui s'absorbait dans la lecture de *La Gazette des femmes*. Ça y est, elle va mourir de peur d'être volée, se dit Iza que l'énervement faisait trembler.

Juste avant le signal du départ, ils l'embrassèrent une dernière fois et descendirent.

Domokos avait baissé la vitre pour que la vieille femme pût leur dire au revoir. Elle s'exécuta, agitant une ou deux fois son mouchoir blanc bordé de noir dans leur direction. On lui avait appris, quand elle était enfant, qu'on faisait des signes au moment de partir, mais son visage n'exprimait aucun chagrin, pas l'ombre d'un regret de les quitter. Domokos lut de la tristesse dans les yeux d'Iza. Le train disparaissait au bout de la voie. Il l'attira contre lui et l'embrassa. Jamais il ne l'avait embrassée dans un lieu public, Iza ne l'aurait pas permis ; aujourd'hui, elle lui rendit son baiser avec reconnaissance. La gare, du reste, se prêtait à ce genre de manifestation. Me plaindrait-il ? se demanda-t-elle. Serais-je une femme à plaindre ? Une joie hésitante dissipa sa tristesse, elle eut l'impression de frôler quelque chose de doux. Si je le voulais, il m'épouserait. Cette pensée lui rendit toute sa présence d'esprit. Oui, je l'épouserai.

Le Grand Boulevard bruissait d'agitation matinale. La main de Domokos – une main couverte de poils roux qui inspirait confiance – s'empara de la sienne comme à chaque fois qu'ils traversaient ensemble la chaussée, et il l'entraîna dans le flot de la circulation. Il aimait narguer les voitures et les agents. Il me plaint, pensait Iza en se faufilant à sa suite, et cette idée, qui la gênait, lui procurait surtout un inexplicable soulagement.

On n'était pas mal, sur cette banquette. Ses yeux inspectaient le compartiment et tombèrent sur le commutateur électrique. Si le jour baissait, elle pourrait allumer la lumière. Elle tenait son sac à deux mains, croyant déceler trop d'attention dans le regard de la grosse lectrice de *La Gazette*. Il lui fallut du temps pour se résoudre à gagner les toilettes. Si elle ne retrouvait plus ses bagages en revenant ? Elle se tranquillisa petit à petit. La femme lui avait parlé : est-ce que la fumée l'incommodait ? C'était une pédagogue, une inspectrice d'école en tournée. Elle disait sans doute la vérité, puisqu'elle voyageait avec un billet à tarif réduit. Mme Szöcs se sentit rassurée. Elle aimait les gens dans l'enseignement. Naturellement, elle n'avait pas faim le moins du monde ; en revanche, elle but plusieurs fois pour étancher sa soif. Heureusement qu'elle avait emporté cette bouteille de thé. Elle avait souvent voyagé avec la tante Emma dans le temps, et quand il fallait subir les arrêts, elles étaient trop contentes d'avoir un encas sous la main. L'idée du poulet reposant dans le cabas lui donnait un sentiment de sécurité agréable. Si elle n'en avait pas besoin en cours de route, elle en ferait la surprise à Guitza. Elle se tracassait beaucoup à l'idée d'habiter chez cette pauvre femme sans bourse délier.

Le paysage défilait. Le train était presque direct jusqu'à leur ville. Le soleil perçait la brume du matin. Quand elle était venue à Budapest avec Iza, la vitesse du train l'avait empêchée de regarder par la portière. À présent, elle ne perdait rien du spectacle de l'extérieur.

Il lui paraissait différent de celui qu'elle avait connu autrefois, plus net, plus ordonné. À la place des hameaux aux fermes basses, des agglomérations en hauteur, d'où émergeaient de longues cheminées. De loin en loin, au milieu de la plaine, au carrefour de plusieurs routes secondaires, perdue dans l'océan des terres brunes, une école isolée. Elle ne reconnut pas la Tisza : le train franchit un pont moderne qui offrait sa réplique un peu plus loin, sur une autre rivière. Mme Szöcs eut un moment de frayeur. Le train n'avait-il pas repris la direction de Budapest ? Les nouveaux occupants du compartiment (l'inspectrice était descendue) lui parlèrent d'un certain canal nouvellement creusé à cet endroit. À Dorozs, nombre de voyageurs s'emparèrent de leurs bagages et se hâtèrent dans le couloir : le train ne s'arrêtait que deux minutes, mais ces deux minutes suffirent pour que le quai s'emplisse de monde.

Il ne restait plus que quelques kilomètres avant sa ville natale. Restée seule dans le compartiment, la vieille femme regardait avec émotion les acacias familiers, les bois épars aux arbres chétifs. Ne lui répondraient-ils pas, si elle les saluait ? Elle joignit les mains comme pour une prière. Elle revenait au pays qui l'avait vue enfant, jeune femme et veuve. Elle sentait son mari plus proche d'elle, à cause de cette terre où il reposait, de ce paysage communiant avec ses souvenirs.

Le contrôleur vint lui annoncer qu'elle arrivait et, de son propre chef, descendit la valise et le cabas du filet. Un sentiment de douceur et de légèreté l'envahit, tel qu'elle n'en avait pas connu depuis le jour lointain du baptême d'Iza. Ses joues s'empourprèrent, sa respiration s'accéléra. Elle reconnut les bâtiments de la MAV [1] et faillit descendre du train qui roulait encore. Quelqu'un lui passa ses bagages du haut du wagon. Elle demeura quelques minutes immobile sur le quai, à respirer le vent de la plaine, vif sans doute, mais chargé d'odeurs amicales. Insensible au poids de la valise et du cabas dont les anses lui sciaient le bras, elle se laissa entraîner hors de la gare par la foule. Sur la place, un Petőfi de bronze levait le bras vers le ciel, pour proclamer son immortalité de poète. La vieille femme s'arrêta en larmoyant : elle était arrivée chez elle.

Il y avait foule à la station du tram ; elle laissa passer la première rame et monta dans la suivante. Personne ne songea à l'aider et elle dut se débrouiller seule avec ses bagages. Elle obstruait l'accès à la voiture, le receveur protesta, les voyageurs également, de sorte qu'elle finit par faire une fausse manœuvre qui boucha complètement l'entrée. Un gamin la poussa de côté d'un geste brusque, des voix impatientes dissipèrent l'ivresse de l'arrivée. Ces façons, ce ton lui étaient encore plus familiers que le vent de la plaine : on venait de l'attraper.

– Je fais toujours tout de travers, murmura-t-elle, humiliée.

Elle avait secrètement espéré que Guitza l'attendrait à la gare, mais la couturière n'était pas venue, et le trajet, depuis l'arrêt du tram jusque chez elle, lui parut durer plus que les cinq minutes habituelles. Elle posait ses

1. La SNCF hongroise (*N.d.T.*).

bagages pour changer de main, profitant de ces courtes stations pour inspecter la rue. Que de constructions nouvelles, par ici ! Le trottoir avait été refait, on avait posé de nouvelles boîtes aux lettres, rouges, sur les murs.

Elle avançait avec précaution, comme pendant la guerre quand les bombardements avaient creusé des trous dans la chaussée. « Vince ! » fit-elle à mi-voix en changeant de main. Elle n'avait plus que le passage Budenz à traverser pour apercevoir leur ancienne maison. Arrivée au coin, la valise et le cabas lui tombèrent des mains : sa maison n'y était plus !

Les larmes lui montèrent aux yeux. Sans doute, cette maison ne lui appartenait plus ; mais elle aurait aimé la revoir. À Budapest, elle s'était maintes fois imaginé ces retrouvailles, exactement de cet endroit, de cet angle d'où la maison lui apparaissait toujours quand elle revenait du marché.

La déception la paralysait. Où était-elle passée, cette maison ? Puis la colère l'envahit : Antal l'avait fait disparaître ! Et entre la maison de Guitza et celle de l'autre voisin, il avait fait construire une bâtisse neuve dont elle avait horreur.

Par une sorte de vanité enfantine, elle ne portait jamais ses lunettes dans la rue. À Budapest, Iza la forçait à les mettre quand elle sortait, mais dans le train elle les avait cachées dans son sac. Il lui fallut s'approcher pour comprendre : Antal avait fait repeindre la clôture et ravaler la façade. Un crépi jaune et granuleux recouvrait les murs naguère lisses, modifiant complètement leur apparence, et des volets roulants, comme chez Iza, avaient remplacé les persiennes. Un liséré de métal brillant entourait la fente de la boîte aux lettres, la gueule de dragon de la gouttière, repeinte en rouge, évoquait plus que jamais un animal préhistorique.

Elle aurait pu entrer, si elle avait voulu. Les clefs de la maison restaient en permanence au fond de son sac, elle avait oublié de les remettre à Antal. Elle pouvait entrer, faire le tour des pièces et du jardin, revoir Kapitany. Mais on ne pénètre pas chez quelqu'un, fût-ce un ancien parent, sans autorisation ; ce serait une effraction, en quelque sorte.

Le marchand de journaux, absorbé dans l'étude de la rubrique sportive, ne la vit pas passer ; elle s'en félicita, ne se sentant pas le courage d'entamer la conversation. Elle détourna la tête en longeant les vitrines de Kolman, espérant qu'il ne la remarquerait pas dans le va-et-vient de midi ; d'ailleurs, il avait l'habitude de la voir vêtue de son vieux manteau, il ne connaissait pas le neuf, à col de castor, pas plus que ce chapeau à la mode emboîtant bien le front. Iza avait raflé ses vieux vêtements pour les remplacer, elle se sentait coupable de ne lui en garder aucune gratitude. En fait, elle aimait être mise avec simplicité, presque avec pauvreté, répétant toujours, comme Vince, qu'il valait mieux ne pas provoquer l'envie des gens. Quand on est vieux, on vit tranquille du moment que personne ne vous montre du doigt. Il faut dire qu'ils avaient très peur des cambrioleurs, du temps de leur aisance. Elle échappa au regard de Kolman et arriva sans encombre jusqu'à la maison de Guitza.

La couturière des pasteurs soufflait justement sur son feu. Tout le monde savait que Guitza avait des principes (entre autres, vivre pauvrement et ne pas avoir de bois dans sa cave). Réprouvant tout chauffage excessif, donc malsain, elle n'allumait son poêle qu'aux premières chutes de neige. Mme Szöcs connaissait la rigueur de ces principes, n'ayant jamais vu de feu chez Guitza avant la fin novembre, à part la petite flamme du fourneau. De toute évidence, la couturière faisait un effort en l'honneur de son invitée. Il faut savoir se gêner quand on a du monde.

Le télégramme d'Iza ne lui était parvenu que le matin, expliqua Guitza, et elle n'avait pas osé faire « un feu d'enfer » avant l'arrivée de la voyageuse, qui aurait pu manquer son train, rendant ses préparatifs inutiles. Après l'appartement douillet de sa fille, Mme Szöcs fut saisie par l'atmosphère quasi glaciale de la pièce et son odeur de fumée froide. Le poulet et les biscuits enchantèrent Guitza ; le cendrier souleva moins d'enthousiasme, mais elle remercia quand même. Elle s'étonnait de ne pas trouver meilleure mine à sa vieille amie. Avait-elle été malade depuis son départ ? Mme Szöcs perçut dans cette remarque une pointe à l'adresse d'Iza et s'employa aussitôt à couvrir sa fille de louanges.

Guitza enchaîna avec les dernières nouvelles du quartier. Kolman avait reçu une médaille et se pavanait, depuis, comme un dindon. À propos, elle ne pouvait pas chauffer la salle de bains et, de toute façon, la robinetterie ne marchait plus. La vieille femme frissonna à l'idée de sa toilette du matin, regrettant du même coup l'obstination qui l'avait poussée à remettre dans sa valise, au dernier moment, sa plus grande serviette éponge. Elle alla se laver les mains au lavabo, rapidement, les doigts gelés par le contact de l'eau froide, et elle eut du mal à les essuyer au torchon humide. Non sans maudire son indiscrétion, elle essaya les robinets de la baignoire : ils fonctionnaient, bien entendu. Elle rougit de la mesquinerie de Guitza. Pour quelques kilos de bois, tout de même !

La couturière, sinon, se montra gaiement communicative. Elle s'était dépêchée de finir le ménage d'Antal pour accueillir Mme Szöcs. N'avait-elle pas envie de faire un saut pour voir les embellissements de la maison ? La vieille femme déclina l'invite, elle avait hâte de se rendre chez le marbrier. La stèle devait être mise en place avant le jour des Morts, et les veilleuses brûler devant. « Vous restez jusqu'au 1er ? » demanda Guitza. Son œil rond fixa le plancher quand elle entendit la réponse affirmative.

Elles passèrent « par-derrière », c'est-à-dire qu'elles n'empruntèrent pas le passage Budenz, mais la rue Dobos, où les terrains vagues, depuis six mois, cédaient la place aux chantiers de construction. « Ils bâtissent ici des maisons comme à Budapest », remarqua Mme Szöcs. Des immeubles remplaçaient déjà les maisonnettes de naguère, celle du cordelier avait disparu pour devenir un dispensaire, celle du fabricant de tamis, des bureaux.

Quand elle prit connaissance de la note du marbrier, la vieille femme ne douta pas d'avoir été roulée.

Iza ne s'était pas mêlée de cette affaire, approuvant que sa mère veuille consacrer à Vince tout l'argent qu'elle avait tiré du mobilier laissé par son mari. Mme Szöcs avait donc commandé un monument de marbre noir tout ce qu'il y a de plus coûteux. Mais à la vue de la pierre fastueusement décorée de roses en relief et portant en lettres d'or trop éclatantes leurs deux noms (le sien sans date de décès), son cœur se serra douloureusement. Sans rien connaître à l'art, elle comprit que cette chose prétentieuse n'exprimait pas la vérité, ni celle de Vince, de sa vie et de son caractère, ni celle de son deuil à elle.

Iza, toujours Iza… ses vérités cruelles, le point rouge de sa cigarette zigzaguant dans la pénombre quand elle parle en faisant des gestes : « Conserve la croix de bois, maman, et fais mettre des fleurs sur le tertre. Pourquoi une stèle ? C'est la croix de bois qui convient le mieux à papa. » Elle avait dépensé une petite fortune pour faire un cadeau de valeur à son vieil époux, et à présent elle était bourrelée de regrets. Les petits anges sculptés sur la dalle d'Andrus, à sa demande, quand elle était jeune maman, donnaieht une sorte de légèreté à la pierre, et même à sa douleur ; elle s'imaginait que son petit garçon était moins seul, qu'il était entouré de petits camarades, elle les voyait danser la ronde à l'heure nocturne des phantasmes. Mais devant la stèle de marbre noir, force lui était de reconnaître, à soixante-seize ans, l'implacable disparition des morts, et que ni le remords, ni la pitié, ni l'amour ne peuvent plus rien leur apporter.

Guitza rayonnait de satisfaction, et de même le marbrier. Un ouvrage de cette importance, on ne lui en avait pas commandé depuis quinze ans ; à l'époque, c'est déjà par l'intermédiaire de Guitza qu'il avait exécuté une stèle monumentale pour le tombeau d'un évêque. Tout de même, il s'attendait à un peu plus d'enthousiasme de la part de Mme Szöcs. Celle-ci ne s'attarda guère, au contraire des veuves qui avaient défilé chez lui au cours de sa carrière. Peut-être se dégèlerait-elle au cimetière, quand la stèle serait en place et ferait tout son effet.

Durant le trajet de retour, la vieille femme songeait au corps de Vince, tellement amaigri par la maladie qu'il semblait n'avoir plus de poids. Sur les projets transmis par Guitza, le dessin était tellement réduit, tellement fin qu'elle n'aurait jamais imaginé un résultat aussi énorme. « Tu ne te rends pas compte des dimensions, avait dit Iza en lui montrant sur le mur de sa chambre combien faisaient trois mètres. Une pierre de cette taille, je doute que ça puisse être beau. » Iza exagère, avait-elle pensé. Chez la fleuriste, elle chercha une couronne, au moins, qui pourrait plaire à Vince. Elle la choisit en branches de sapin odorantes, ornée de pommes luisantes de résine et relevée de petites baies rouges qui, Dieu sait pourquoi, lui rappelèrent les baies d'églantine dont elle faisait des confitures chaque automne. Guitza se crut absolument obligée d'acheter aussi quelque chose, et son choix se porta sur un pot de chrysanthèmes hirsutes. Mme Szöcs en détourna vivement les yeux : Vince avait toujours détesté les fleurs sans parfum, et il disait que les chrysanthèmes violets étaient aussi décoratifs que des choux rouges.

Au déjeuner, elles goûtèrent à peine au poulet rôti. Guitza avait préparé un potage au roux avec une liaison à l'œuf. C'était bon et chaud. La couturière ne parlait plus que d'Antal. Un homme si propre, si ordonné qu'il ne laissait guère de ménage à faire. Et avec cela, rarement chez lui avant le soir. Kapitany, évidemment, causait pas mal de dégâts, mais Antal défendait qu'on le chasse de la maison. La grande pièce n'avait pas tellement changé, Antal y avait réuni tous les meubles qu'il n'avait pas fait transformer.

La vieille femme aurait préféré que Guitza ne lui donne pas tant de détails. À travers ses propos, elle se sentait de nouveau attirée par la maison ; les pots de fleurs avaient été rentrés sur le rebord intérieur des fenêtres, comme toujours en cette saison, on entendait partout le souffle poussif de Kapitany... Guitza expliquait qu'elle ne travaillerait sans doute pas longtemps chez Antal, vu qu'il allait prendre femme. Une infirmière, à ce qu'on disait. Elle ne tenait pas à passer sous les ordres d'une quelconque péronnelle.

Voilà qui laissait Mme Szöcs indifférente. Iza avait son Domokos, Antal pouvait épouser qui lui plaisait. Elle n'allait pas se fatiguer à suivre les complications de sa vie sentimentale. D'ailleurs, c'était un brave garçon, pourquoi ne retrouverait-il pas le bonheur ?

L'après-midi vint aggraver sa tristesse du matin.

Lorsqu'elle vit l'énorme stèle sans grâce dressée au-dessus de la tombe, l'impression l'assaillit que Vince mourait véritablement en ce jour. Au moment de l'enterrement, la conviction de cette mort ne s'était pas imposée avec autant de force. La foule bruissante, le parfum des fleurs fraîches, la terre molle, la croix de bois si simple l'avaient entretenue dans l'illusion que Vince pourrait peut-être sortir de là ; il secouerait la terre de ses vêtements et reviendrait à la maison réclamer son déjeuner. Mais les lettres d'or entourées de roses noires, la date définitivement gravée : 7 mars 1960, cela était irrévocable, décrété une fois pour toutes, pour l'éternité. Elle avait elle-même posé ce bloc de marbre sur son époux défunt, comme pour le retenir à jamais dans la terre, sans espoir de liberté ni de douce résurrection.

Iza avait eu mille fois raison de refuser de voir ce spectacle. Elle enfouit son visage dans son mouchoir et Guitza lui prit vivement le bras, croyant à une défaillance. Le marbrier, présent sur les lieux, en fut rassuré dans son amour-propre ; il n'attendait pas moins de son ouvrage imposant.

Chez Guitza, il faisait encore plus froid que le matin, quand elle était arrivée, échauffée par le transport de ses bagages. Le feu mourait entre les branchettes humides. Elle tendit la main vers sa valise et la retira aussitôt : finalement, elle n'avait pas emporté son châle de laine afin de ne pas froisser la couturière par un excès de précaution. Une robe de pasteur presque terminée reposait sur le dos d'un fauteuil. Elle s'en empara, comme pour l'examiner de plus près, et s'enveloppa dans la soie aux plis lourds. Son regard fixait le poêle : comment pourrait-il jamais chauffer, avec une flamme pareille ! Guitza avait perdu sa verve, fatiguée sans doute par la sortie au cimetière, et la conversation languissait.

Antal se présenta un peu après six heures.

– Quelle bonne surprise ! marmonna Guitza en le faisant entrer.

L'autre jour, quand elle avait mentionné devant lui l'arrivée imminente d'Etelka, elle s'était demandé s'il viendrait la voir. Mais Mme Szöcs, les larmes aux yeux, embrassait et étreignait l'arrivant comme s'il eût été son propre fils. Iza n'était pas là pour la gêner. Antal posa sur elle le regard double que la vieille femme connaissait bien. « Regarde un peu leurs yeux, disait Vince de temps en temps. Antal et Iza te regardent double parce qu'ils sont à la fois tes enfants et tes médecins. Tu ne sais jamais ce qu'ils voient, ni de quel œil ! »

Antal avait reçu un coup au cœur à l'aspect de la vieille femme. Il n'en laissa rien paraître, rompu par des années de pratique à former intérieurement son diagnostic sans montrer au malade autre chose qu'un amical intérêt. Elle avait fondu de moitié, et son beau regard, qui naguère riait même à travers les larmes, n'exprimait plus qu'une sorte de crainte. Sur le lit où Guitza les avait posés s'étalaient un manteau et un chapeau flambant neufs. Mais sa voix si gaie d'habitude et son parler pittoresque avaient perdu toute couleur ; elle parlait à mots comptés, faisait des réponses évasives, comme si elle ne savait plus s'exprimer que par oui et par non. D'un brusque mouvement, Antal se leva de sa chaise et serra de nouveau contre lui celle qu'il ne reconnaissait plus. Les yeux bleus de Mme Szöcs s'embuèrent, mais elle détourna son visage.

Le froid s'accentuait dans la pièce. Antal, ôtant la robe de pasteur qu'elle avait sur les épaules, l'enveloppa de son pardessus et s'empara de la valise et du cabas.

– Venez avec moi, maman, il fait trop froid ici. La mère Guitza ne vous en voudra pas. Vous attraperiez du mal en restant. Chez moi, on ferait cuire un bœuf sur mon feu, ça ronfle dans toutes les pièces, vous vous souvenez que je suis un maniaque de la chaleur. Venez coucher chez moi.

Mme Szöcs ne bougea pas. Quant à Guitza, toute sa figure se plissait tant elle baissait le menton. Le petit salaud, il commande, naturellement il gagne autant d'argent qu'il veut, il peut le jeter par les fenêtres ; rien que pour ses articles, il en empoche, des sous ! Mais les Szöcs n'ont pas oublié l'avanie qu'il leur a faite, Etelka n'ira pas chez lui, il peut courir ! Ce tonnelier !

Antal se demandait, devant le regard docilement absent de la vieille femme, s'il réussirait à la décider.

– Tu crois ? fit-elle d'une voix hésitante.

– Bien sûr ! Dites-vous au revoir et venez, maman.

Est-ce bien convenable ? se disait Mme Szöcs comme si elle s'adressait à un interlocuteur invisible. Elle sentit les mains d'Antal nouer l'écharpe autour de son cou et vit, au même moment, la méchante grimace de Guitza. Je ne sais pas si je veux ou non, mais je ne dois pas contredire. Je ne dois contredire personne. Antal est jeune, il sait mieux que moi.

Elle embrassa Guitza qui marmonnait quelque chose à propos du poulet et suivit le médecin. Déjà la clef, la vieille clef de Vince nouée d'un petit ruban tricolore, tournait dans la serrure. Une lumière s'alluma sous le porche et elle ferma les yeux de surprise. De son temps, il n'y avait point de lampe, ici ; l'hiver, il fallait avancer à tâtons dès le milieu de l'après-midi.

Des pas mous, comme on en entend en rêve, peuplaient le silence du jardin. Bientôt Kapitany apparut, geignant et flairant à son habitude. La vieille femme s'immobilisa.

Kapitany la regardait avec méfiance et recula quand elle se pencha pour le caresser. Il ne la reconnaissait pas. Elle n'en ressentit aucune déception. On aurait pu lui faire n'importe quoi : comme sous anesthésie, elle ne sentait plus rien.

Le mobilier en rotin était resté sous le porche, dûment retapé. Grâce à la puissante ampoule qui éclairait le jardin, elle vit que les rosiers de Vince étaient parés contre les premiers froids, le pied dans la paille, la tige enveloppée de papier journal et l'extrémité supérieure plantée en terre, tous en arc de cercle, conformément à l'usage. Cette image ne la toucha pas non plus, voilà ce qu'il y avait de changé. Elle monta derrière Antal les quelques marches du perron, soigneusement brossées par Guitza.

Partout de la lumière. Sur les murs blancs de l'antichambre, des patères de forme bizarre attendaient les vêtements, comme chez Iza. Les portes vernies luisaient doucement. Des meubles en bois fauve, comme à Budapest, décoraient les deux pièces, portant des lampes et des vases de fleurs cueillies au jardin. Des tapis verts, violets, des tables basses dans tous les coins, comme chez Iza. Des doubles rideaux à motifs modernes, incompréhensibles, devant les fenêtres. Tout cela si différent des images que gardait son souvenir que le changement ne l'atteignait plus. C'est pourtant vrai qu'il faisait bon, ici. Une chaleur bénie.

Antal ouvrit la porte de la grande chambre, celle de la petite Iza autrefois, celle que le jeune couple avait occupée par la suite, la plus ensoleillée de la maison avec sa fenêtre donnant sur les rosiers. Iza elle-même n'était-elle pas la plus belle des roses, au temps de son adolescence…

Antal s'effaça devant la vieille femme et guetta ses réactions. Sans manifester d'émotion particulière, le regard de Mme Szöcs erra autour de la chambre. Le médecin s'effraya de cette indifférence apathique ; il aurait voulu parler haut, crier, la secouer par l'épaule ; une timidité le retint.

Le regard bleu fit lentement le tour de la pièce. Tout y était : le rideau à ramages naïfs de la tante Emma, devant la fenêtre ; dans le coin, le lit, avec ses édredons ventrus et ses oreillers rebondis ; sur la descente de lit, le petit tabouret rouge orné du chien aux yeux en perles. Tout le passé avait refait son nid dans cette chambre, il n'y manquait ni le vase bleu ébréché, ni la souris en porcelaine qui avait perdu sa queue depuis si longtemps, ni l'écran laqué devant le poêle, offrant toujours sa corbeille de fruits, débordant d'une étonnante quantité de tranches de melon, au feu qui brûlait par-derrière, et qui semblait les rendre aussi vraies que nature en les tiédissant.

– J'aime énormément cette chambre, dit Antal. Elle est à vous, installez-vous. Voulez-vous que je vous fasse couler un bain ?

Sans attendre de réponse, il gagna la cuisine où la vieille femme l'entendit remuer de la vaisselle en fredonnant une chanson d'étudiant. Elle aurait pu croire que c'était Vince, son mari, qui se mettait si volontiers en cuisine et fredonnait gaiement, avant de tomber malade.

Elle déboutonna son manteau et se laissa tomber sur une chaise. Sa première pensée fut qu'elle avait bien fait d'emporter la grande serviette de bain. Elle étendit les jambes et contempla ses chaussures ; elles avaient besoin d'un coup de chiffon. Les derniers temps, ils trouvaient l'antichambre trop froide, ils avaient donc rentré dans la chambre, une brosse après l'autre, le nécessaire à chaussures qui s'était finalement logé dans la table de nuit. Elle tira machinalement le bouton du petit meuble : une nouvelle boîte remplaçait l'ancienne, contenant elle aussi un assortiment de chiffons, de brosses et de cirages. Un moment, elle sembla s'absorber dans cette contemplation dérisoire, puis lentement, comme si un cri lointain lui parvenait des profondeurs d'une forêt, elle releva la tête. Antal la retrouva ainsi, mystérieusement aux aguets.

Des serviettes de couleurs vives, comme chez Iza, égayaient la salle de bains où régnait une douce chaleur. On ne dirait pas que je me suis déjà lavé les mains chez Guitza, pensa-t-elle en se savonnant sous le jet du mélangeur. Il est vrai que c'était à l'eau froide. Antal la précéda en sifflotant dans la cuisine où le repas les attendait. Une cuisine digne de celle de Budapest, à présent, avec cuisinière électrique, bloc évier et placards de rangement. Elle tâta le dessus de la table, comme pour sentir le vieux bois tant de fois brossé sous le revêtement plastique. Antal servit les boulettes de viande et le sauté de courge préparé par Guitza. Voilà qui lui plaisait bien davantage que le triste poulet froid de midi. Antal avait conservé l'habitude d'accompagner chaque plat d'une énorme quantité de pain. Ils mangèrent sans échanger trois paroles.

– Vous sentez-vous très fatiguée ? lui demanda Antal quand ils eurent terminé.

Elle tombait de fatigue, mais n'osait pas l'avouer.

– Ce matin, poursuivit Antal, je me suis coupé à la main en fendant du bois, et je tiens pourtant à ne jamais laisser de vaisselle sale à Guitza. Puis-je vous demander de laver les assiettes à ma place ?

Pour toute réponse elle se leva aussitôt, rassembla les assiettes et les couverts et les porta dans l'évier. Antal la vit hésiter devant les robinets avant de tourner celui de l'eau chaude. Soigneusement, elle lava l'une après l'autre ces dernières pièces, plus ou moins ébréchées, de son ancien service de table.

– Guitza ne manque pas d'habileté, disait Antal, mais elle ne saura jamais s'y prendre aussi bien que vous.

Les paroles du médecin lui parvenaient d'une distance infinie et pénétraient son entendement avec une incroyable lenteur. Oui, Guitza est une brave fille, mais pas très méticuleuse, c'est vrai…

– Avec vous, maman, tout devient blanc comme de la neige.

« Comme de la neige », redisait un écho lointain. Elle se répéta : « Comme de la neige… »

– J'ai entendu dire qu'Iza se remariait.

Elle ne releva pas le propos. Ne se remariait-il pas, lui aussi ? Ils étaient quittes.

– J'espère que vous nous resterez longtemps, poursuivait Antal.

« Longtemps… » redit l'écho. « Longtemps. » On aurait plaisir à l'avoir. Longtemps. Elle continuait à ne pas répondre. Elle éprouvait un vrai plaisir à essuyer les assiettes avec un de ses vieux torchons mille fois lavés et repassés, qui absorbait l'eau comme du buvard et laissait la porcelaine aussi polie qu'un miroir.

– Depuis longtemps, reprit Antal, je mijote un projet dont j'aimerais vous parler. Ce sera à vous de décider s'il vous paraît raisonnable ou pas. J'aimerais beaucoup que vous restiez le plus longtemps possible.

Elle ? Décider quelque chose ?

Elle étendit le torchon, ferma la porte du meuble de rangement. Antal lui prit la main et la porta à ses lèvres. C'est ainsi qu'il remerciait toujours, pour un bouton recousu, pour une paire de chaussettes raccommodées. Mais cet Antal qui lui baisait la main, la vieille femme le voyait comme dans un rêve. Seules les assiettes luisant avec placidité lui semblaient réelles ; c'était son travail, un travail répondant enfin aux besoins réels de quelqu'un.

– Saurez-vous manœuvrer le chauffe-eau, maman ? Je dois ressortir, mais je tâcherai de revenir de bonne heure. Prenez un bain, couchez-vous, et à mon retour on pourra parler de choses sérieuses. Vous êtes arrivée, maman, comme un cadeau du bon Dieu. Vous n'imaginez pas comme je vous attendais !

Il marchait de long en large en enfilant son pardessus. Naturellement, toujours pas de chapeau. Ses paroles d'adieu enveloppèrent la vieille femme comme d'un nuage.

À Budapest, Iza lui faisait toujours couler son bain, de peur qu'elle ne s'ébouillante ou que la vapeur ne l'étourdisse. Elle n'osa pas dire à Antal qu'elle avait bien envie d'un bain, mais qu'elle ne devait pas le préparer toute seule. Le médecin l'embrassa une dernière fois. Il fermait la porte d'entrée et le portail, elle pouvait se coucher sans craindre une visite inopinée, la mère Guitza ne venait jamais à cette heure. Il sortit, courant et sifflant comme au bon vieux temps. Kapitany geignit et souffla pour entrer, la vieille femme lui ouvrit sa chambre. Maintenant qu'ils n'étaient plus que tous les deux, l'animal se risqua auprès d'elle, lui flairant les jambes, puis il se mit sur son train arrière et leva ses petits yeux sur son ancienne maîtresse.

Les paroles d'Antal bourdonnaient autour d'elle comme des cloches. Elle s'agenouilla près du lapin sans le caresser encore, tandis que le présent, le passé et l'avenir l'environnaient de leurs cercles mouvants. Sa fatigue se dissipait, les choses reprenaient un contour plus net, elle reconnaissait la maison, les vieux meubles reparaissaient derrière les nouveaux, les vieux murs sous la peinture fraîche et le stuc. La maison lui parlait, la saluait enfin. Elle s'éloigna de Kapitany qui, glapissant moitié de peur, moitié de plaisir éperdu, trotta aussitôt sur ses talons. Elle fit le tour du logement. Malgré les rideaux verts et violets, les pièces n'avaient changé ni de proportions, ni de disposition ; sur le seuil de la chambre où Antal avait déposé ses bagages, elle s'adossa au montant de la porte. Retour à la maison, rencontre avec le passé. Un être vivant, sa maison, lui racontait sa propre histoire, et elle lui adressait des réponses muettes, elle qui ne répondait plus depuis des semaines.

Antal avait pris le pas de course pour le plaisir physique de courir. Ainsi courait-il, quelques années plus tôt, quand il avait compris qu'il devait quitter Iza, courant pour sa vie sous un ciel frémissant. Aujourd'hui une brume humide et molle flottait dans l'air, à peine trouée par les lampadaires qui semblaient absorber leur propre lumière.

Elle va finir par la tuer, se disait-il, comme elle a failli me tuer moi-même. Lâchée par Iza, la vie de la pauvre maman tient à un fil : un mois ou deux, et elle sera liquidée. Mais moi, je la récupérerai peut-être.

La pensée de retrouver Lidia dans quelques instants le réconfortait. Il lui prendra la main ; il aime tenir sa main, sentir la tiédeur de sa paume, la savoir vivante, savoir qu'ils vont bientôt vivre ensemble et que s'il se réveille la nuit sous le coup d'un cauchemar, la voix de Lidia le réveillera pour qu'il lui raconte son rêve.

Faute de place à l'intérieur du tram, il fit le trajet sur le marchepied. Il vibrait d'une sorte de tension et de gaieté nerveuse, comme chaque fois qu'il s'était éloigné de la jeune fille pour quelques heures ; il était également obsédé par le projet qui l'habitait et qu'il brûlait de lui soumettre. C'était merveilleux de pouvoir parler d'Iza avec elle. Jamais, sur ce sujet, il ne s'était confié à quelqu'un d'autre.

L'hôpital baignait dans la brume, on ne distinguait ni les arbres, ni les fenêtres. Il trouva Lidia au réfectoire, en train d'achever son dîner. Elle leva les yeux sur lui et les reporta presque aussitôt sur son assiette. Elle n'ose même pas me regarder, se dit Antal, nos regards nous trahiraient devant les autres. Il s'assit près d'elle en attendant qu'elle ait fini.

Il devait se souvenir plus tard de ce retour à pied dans le brouillard, le long du vieux sentier qui garderait le souvenir de Lidia et uniquement le sien, celui d'Iza s'étant évanoui depuis longtemps. Ils se tenaient par la taille, évitant les bancs, les troncs d'arbres. À un moment, le souffle de la jeune fille lui caressa la joue, un souffle rapide, plein de l'animation du bonheur. Elle applaudit à son projet.

C'était une idée magnifique. Lorsqu'ils s'étaient parlé pour la première fois, la conversation avait tourné autour de Gyüd, du moulin, de Vince et de sa femme. Il serra le bras frêle de la jeune fille sous l'épais tissu de son manteau. Que dirait Mme Szöcs en revoyant l'infirmière ? S'en souviendrait-elle seulement ? Si oui, quel souvenir en gardait-elle ?

– Elle doit dormir, à l'heure qu'il est, dit Antal. De toute façon, ne t'étonne pas de ce qu'elle pourra raconter. Elle parle et agit comme dans un rêve pour le moment, mais elle finira par se réveiller. Elle a dû prendre son bain, et si le sommeil ne l'a pas gagnée tout de suite, elle est assise dans son lit, calée par ses oreillers, le nez chaussé de lunettes qu'elle ne porte que pour lire, car elle est coquette, en train de feuilleter des illustrés. J'espère qu'elle les a trouvés, je les ai laissés sur le rebord de sa fenêtre. Tu vas voir, elle va vouloir tout ce qu'elle n'a pas voulu au moment de l'enterrement de Vince. Depuis ce temps-là, il lui est arrivé quelque chose.

Dans la rue, on n'y voyait guère mieux que sur le sentier, et ils rencontrèrent à plusieurs reprises d'autres passants, tout le monde s'excusant avec des rires. La brume avait viré au jaune. Antal chercha la serrure du portail à tâtons. Tous deux se sentaient imbibés d'humidité.

La lumière brillait dans toutes les pièces. La porte de la salle de bains était ouverte, la baignoire nettoyée, l'air sentait encore la vapeur d'eau. Sur le bord du lavabo, un savon inconnu, sur le séchoir une immense serviette éponge jaune. Antal éteignit l'électricité. Kapitany sortit de sous le guéridon de l'antichambre où il se tenait tapi, l'air grognon et inquiet.

– Bêta, lui dit Lidia gentiment. Viens par ici, mauvaise tête.

Antal frappa à la porte de la grande chambre. Pas de réponse. Il frappa derechef.

– Laisse-la dormir, dit Lidia. Nous la verrons demain matin.

– Non, fit Antal, tu n'as pas vu son visage tout à l'heure. Tant pis, j'y vais, je la réveille.

Il ouvrit la porte. Le lit rayonnait de blancheur sous le couvre-pied immaculé de la tante Emma. Il n'était pas défait. La valise, à côté, était fermée. La vieille femme n'était pas dans la pièce.

IV

L'AIR

1

Le bain, en effet, s'était passé sans encombre.

Elle s'était attardée dans l'eau chaude avec un vif plaisir ; ensuite, au lieu de se mettre en tenue de nuit, elle s'était rhabillée et avait repassé les pièces en revue, ouvrant le réfrigérateur, inspectant le garde-manger et soulevant l'un après l'autre les couvercles des casseroles d'un air absorbé. À Budapest, quand Iza s'absentait le soir, elle n'arrivait pas à se décider à se coucher avant son retour ; on aurait dit qu'elle craignait d'être attaquée par quelque monstre tapi dans un recoin du grand immeuble plein de locataires. Ici, en dépit de la nuit et de la solitude, elle se sentait moins abandonnée. Ce n'était pourtant pas Kapitany, le gros lapin qui la fixait en tendant le cou pour puiser dans l'eau croupie des souvenirs, qui pourrait la défendre. N'empêche qu'elle éprouvait une sorte de sécurité, peut-être à cause de ces murs familiers, ou à cause de la vieille pendule dont elle savait d'avance, avant le déménagement, qu'elle resterait ici parce que sa fille ne pouvait la souffrir. Enfant, elle pleurait lorsque la sonnerie se déclenchait, la montrait du doigt et, terrifiée, courait se cacher dans un coin. Ils s'en étonnaient, Vince et elle : a-t-on jamais vu un enfant avoir peur d'une pendule ? Andrus battait des mains quand il l'entendait sonner. Iza était différente.

Le tic-tac, qui par son rythme continu rappelle que le temps passe, confiait à Mme Szöcs que le temps s'était arrêté. Après des mois de trouble, le monde retrouvait sa réalité autour d'elle, le sol redevenait ferme sous ses pieds. Elle se plongea dans ses pensées.

Depuis longtemps les pensées la fuyaient ; seules les images de ses souvenirs se bousculaient dans sa tête.

Étonnée, elle se rendit compte qu'elle était capable d'éprouver d'autres sentiments que la tristesse. Elle se laissa tomber dans le fauteuil à bascule et se balança machinalement. Voilà qu'elle parlait toute seule, à présent, alors que ces derniers temps, elle n'ouvrait la bouche que pour parler à Vince. Les paroles qu'elle s'adressait ne lui causaient aucune douleur, elles l'affectaient si peu qu'elle s'en étonna.

Elle enfila son manteau, attrapa le cabas allégé du poulet et des gâteaux. Elle prit également son sac, non qu'elle se crût obligée d'avoir toujours sa carte d'identité sur elle, mais parce que selon les principes inculqués par la tante Emma, une femme comme il faut ne doit jamais sortir sans son sac à main. Elle se posta devant la glace pour ajuster son chapeau, et contrairement à son habitude chaussa ses lunettes. Kapitany se dandinait derrière elle ; elle se pencha et le prit dans ses bras. Il était lourd, Guitza le nourrissait trop, elle n'avait jamais su soigner une bête, elle la bourrait à crever. Elle embrassa le lapin entre les deux oreilles, et Kapitany, effrayé, recula sa tête en soufflant et en cillant à petits coups rapides.

Sur le perron, elle marqua un temps d'arrêt.

Cette brume était bien contrariante. Dieu sait pourquoi, elle aurait eu envie d'un clair de lune. Les volutes, lourdes, écrasaient le jardin, et ne laissaient voir du temple voisin qu'une tache jaune à l'emplacement du cadran de l'horloge.

– Mon Dieu, que j'ai honte, ma petite Iza ! murmura la vieille femme. Si tu savais combien j'ai honte !

Sa clef tourna dans la serrure, comme si elle s'en était servie la veille et non des mois auparavant. La rue semblait irréelle. La brume avait englouti la boutique de Kolman et elle eut l'impression d'avancer le long d'un fleuve sans rivages.

– Pardon, répétait-elle chaque fois qu'elle heurtait un passant, excusez-moi.

Le trottoir glissait sous ses pas, à peine éclairé par la lueur incertaine des réverbères.

Il n'était pas huit heures du soir et la circulation avait presque totalement cessé dans la ville ; les rares autos adoptaient une allure prudente, les trams sonnaient sans arrêt. Son indifférence à la peur avait quelque chose de sauvage et de victorieux. Sans ralentir, elle tourna le coin de la rue Könyök, longea la masse noire puis traversa la chaussée dans un brouhaha de klaxons et de sonneries. Elle avançait, parfaitement calme, et autour d'elle voguaient les fantômes lents de la brume. Sur le trottoir d'en face, une petite foule se déversait de la bouche bétonnée du cinéma Hunnia, où la dernière séance de l'après-midi venait de prendre fin. À Budapest, elle ne se promenait jamais à cette heure ; elle aspirait avec délice l'air épais, la bouche ouverte comme si elle suffoquait alors que depuis longtemps elle ne s'était sentie aussi détendue. Elle avalait la brume, de la même façon qu'elle happait les flocons de neige entre ses dents quand elle était petite fille.

Où était Vince à cette heure ?

Sous la stèle grotesque du cimetière ? Pourtant, ce matin, elle avait cru percevoir son rire dans le vent familier qui apportait les senteurs de la plaine. Chez Antal elle le sentait très proche, bien qu'inaccessible. Elle s'était retrouvée, elle, mais elle n'avait pas retrouvé Vince.

Iza grandissait ; ses amies venaient à la maison jouer à cache-tampon. « Tiède ! Tiède ! » criait-elle quand les chercheuses approchaient de l'objet caché.

Dans la maison, c'était « tiède » parce que sa vieille canne de merisier trônait dans l'antichambre, parce que ses rosiers dormaient en rond, la tête dans la terre, et que ses bulbes de tulipe attendaient le printemps au fond des pots. Mais l'endroit où c'était « chaud », qui devait bien exister quelque part, elle n'avait pas réussi à s'en approcher. L'endroit où c'était « brûlant », elle ne l'avait atteint ni au cimetière, ni dans la maison.

Dans la boucle du terminus, le tram du Bois attendait, comme d'habitude. Elle se hissa sur le marchepied. Elle n'avait pas de monnaie et la receveuse ronchonna ; au lieu de s'en offenser elle prêta l'oreille, amusée et attendrie, au parler lent, traînant sur les voyelles, de sa ville natale. On ne parlait pas comme ça à Budapest. Elle serra son sac sur ses genoux et fixa la vitre embuée en se répétant la succession des arrêts, sans discerner autre chose que des ombres mouvantes alternant avec des lumières vagues. On devait passer devant la poste, puis devant le temple, et puis les bains ; sans la brume, elle distinguerait le moulin à vapeur, un endroit chargé de parfums en été, quand le vent souffle du Fossé-aux-Balsamines.

La receveuse la houspilla de nouveau pour avoir failli manquer sa station. Elle dormait, ou quoi ? Oh non ! elle ne dormait pas, c'est bien ici qu'elle veut descendre, elle y pense depuis le début ; mais elle est fatiguée, avec l'âge on perd ses réflexes. Le tram s'éloigna, les personnes qui étaient descendues s'égaillèrent chacune dans sa direction. Des chiens aboyaient quelque part.

Ici, elle se rapprochait de nouveau de Vince, bien qu'elle sentît sous ses pas un sol différent de celui qu'elle connaissait ; le ciment avait remplacé la terre battue. Les fenêtres du bistrot, au coin, brillaient dans la nuit ; elle jeta un coup d'œil à l'intérieur, mais n'aperçut que des dos et des épaules revêtues, semblait-il, d'un pardessus de cuir uniforme. « Ma pauvre chérie, souffla-t-elle à la petite Iza qui vivait en elle, comme cela a dû être dur pour toi ! »

Aucun parfum ne montait du Fossé-aux-Balsamines, pourtant la vieille femme retrouvait dans ses souvenirs l'odeur lourde des saponaires. Et surtout elle retrouvait un peu mieux Vince en s'enfonçant dans les jardins noyés de brume ; ce chemin-là, elle l'avait refait le jour de la mort de son mari : des ouvriers posaient les premières pierres du nouveau quartier d'habitations. Depuis, la construction avait dû progresser.

Elle croisa une silhouette massive, en uniforme.

– Peut-on passer par là ? demanda-t-elle timidement.

– On peut, répondit une voix rogue, si on a envie de patauger dans la boue…

Tant pis pour la boue. Ce qui la gênait, c'était de ne pas repérer les deux piquets marquant, naguère, l'étroite entrée du Fossé-aux-Balsamines. De la boue, il y en avait, pour ça, oui ! Mais le chemin était éclairé par quelques ampoules électriques qui laissaient dans l'ombre le reste du chantier.

Un aboiement l'arrêta, transie de crainte, mais il ne se rapprochait pas et elle reprit courage. Sans doute le chien du veilleur de nuit ; il y en a toujours sur les chantiers, mais on les garde à l'attache. Le veilleur de nuit avançait, justement, alerté par l'agitation de l'animal. Il fit une pause pour voir qui venait, reconnut une vieille dame et se hasarda à lui dire bonsoir ; seule sa pipe lui tenait compagnie contre le froid et l'ennui, le premier interlocuteur venu faisait son affaire.

– Il ne mord pas. Il donne de la voix, c'est tout. Il ne mord pas.

La vieille femme s'arrêta au-dessous d'une forte ampoule pour lui répondre poliment. Le veilleur la vit qui jetait alentour un regard circulaire.

Huit immeubles identiques se dressaient de part et d'autre du Fossé-aux-Balsamines ; il ne manquait plus que les vitres aux fenêtres. Pourtant, elle enregistra que le quatrième bâtiment du groupe de gauche n'avait encore que trois étages. Ses murs s'élevaient vers le ciel pour le happer avec son chargement de brume. La vieille fontaine, seul élément qui subsistât du décor d'autrefois, marquait le milieu du chemin. Elle y marcha tout droit et s'assit sur le rebord de pierre rousse, polie par l'eau qui la trempait depuis tant d'années.

– Vous voulez boire ? demanda le veilleur de nuit. Je peux vous prêter un gobelet.

– Non, merci.

Elle lança la roue qui tourna aussi facilement qu'autrefois ; l'eau jaillit, limpide, jeune et fraîche.

Non, elle n'avait pas soif, elle venait simplement regarder la fontaine.

Une femme passa devant eux et leur adressa un bonsoir sonore, comme on le fait en province dans les rues écartées ; elle tenait sa bicyclette d'une main, et disparut de l'autre côté du Fossé-aux-Balsamines, vers la rue Rakóczi. Le chien recommença d'aboyer de plus belle, sans discontinuer.

– Puis-je rester un moment ? s'enquit Mme Szöcs.

Vince semblait si proche qu'elle pourrait le toucher si le gardien retournait dans sa cabane. Qu'il cesse de la regarder, et elle saurait, avant de quitter cet endroit, ce qui lui restait à faire.

– Bah ! si ça vous fait plaisir…

L'homme s'éloigna. Rien à voler ici, à part le tas de briques rangé près du n° 4, et il n'imaginait pas la vieille le déménager dans son cabas noir. Les outils sont sous clef et le chien veille devant la porte. Quelle idée de venir à cette heure s'asseoir au bord de la fontaine ! À moins que ce soit une future locataire qui se réjouit d'habiter ici.

Il retourna près du chien, le flatta de la main. L'animal, inquiet, ne lui fit pas fête comme d'habitude. La nuit, leur rôle, leur devoir les liaient l'un à l'autre ; le jour, le chien redevenait un chien, et lui un homme qui dormait, s'étirait et se nourrissait jusqu'à la reprise du travail. Agacé par les gémissements de la bête, le gardien lui tapa sur la tête pour la faire taire.

Vince était là, elle n'avait plus besoin de l'appeler, son esprit s'ouvrait à la lumière, il avait fallu cette présence invisible pour dissiper la confusion. La vie était dure et vide sans lui ; et longue l'attente, mais Vince savait cela, elle n'avait pas besoin de le dire. Par exemple, elle ne s'expliquait pas que Vince fît tellement corps avec cet endroit. Et d'une façon aussi naturelle qu'il faisait corps, naguère, avec son jardin et sa maison. Comment un homme pouvait-il s'identifier si parfaitement avec un meuble, une plante, un chantier de construction ? Quel dommage qu'il gardât le silence, qu'il ne l'aidât pas à deviner la solution qu'elle aurait tant aimé entendre de sa bouche ! Mais non, elle devait trouver seule le mot de l'énigme, comme autrefois, quand après l'avoir mise sur la voie, Vince fixait sur elle ses yeux rieurs et la regardait chercher, hésiter, trouver, triompher.

C'est terrible, songeait la vieille femme en tournant la roue de la fontaine ; l'eau se gonflait et se cambrait comme le cou d'une oie, blanche sous la lumière. Terrible qu'elle ait tant de peine à vivre avec moi, terrible que je lui sois tellement à charge.

La petite Iza qui vivait en elle fronça les sourcils et dit d'une voix de tête : « Je suis fatiguée ! »

– Et en plus, je la fatigue, expliqua la vieille femme à Vince. Si tu savais, pourtant, comme elle est gentille, comme elle travaille ! Et tout l'argent qu'elle me donne ! J'en ai plein mon armoire. Quelle honte de n'avoir rien fait pour le gagner !...

À ce moment, Vince disparut. Il disparut complètement, sans laisser de trace, comme il avait été présent un instant plus tôt. Et la vieille femme sentit la morsure de l'eau froide sur sa main. La brume s'épaississait ; le chien hurlait toujours.

Un groupe bruyant de jeunes gens émergea du côté de la rue Rakóczi. Des jeunes, pensa-t-elle. Pour eux, la brume n'existe pas. Ils vont vers l'université en riant, comme Iza et Antal riaient dans le temps. Moi, je suis une bête. Et Vince qui ne répond pas !

Toujours assise, elle contemplait la boue qui crottait ses belles chaussures noires astiquées avec tant de soin. Elle n'était pas fatiguée ; habitée, plutôt, par une sorte d'excitation qui rendait les choses plus claires et les bruits plus nets : quelqu'un criait au loin, une sonnette grêle tintait à la porte du bistrot, des pas lourds approchaient dans la boue. Le chien n'aboyait plus et son mutisme était plus effrayant que ses hurlements.

– Alors, vous allez passer la nuit ici ? l'interpella le veilleur de nuit.

C'était histoire de parler, nul règlement n'interdisait aux gens de s'asseoir la nuit au bord de la fontaine.

Les pas traînants se rapprochaient dans la boue ; une voix avinée torturait la vieille rengaine : *Une colombe blanche survole le village.* Une vision de colombe traversa l'esprit de la vieille femme, mais une colombe argentée, vrombissante, volant avec une régularité mécanique au-dessus de maisonnettes uniformes, flanquées de vérandas identiques, comme dans les actualités.

– Hé, là-bas ! cria le veilleur de nuit à l'adresse de l'homme titubant. Pas besoin de tourner, allez tout droit : la rue Rakóczi est juste devant vous.

Les ivrognes lui avaient toujours fait peur. Elle se leva, mais ses jambes ankylosées refusèrent d'avancer et elle s'appuya un instant contre la roue de la fontaine qui grinça. Elle jeta un regard furtif au gardien : il ne s'occupait que de l'individu planté au milieu du chemin, qui refusait de décamper et désignait obstinément du doigt l'un des immeubles en déversant un flot de paroles. Un gros ours dans la brume.

Il faut que je m'en aille, se répétait la vieille femme. Rien ne va plus pour elle, Vince s'est éloigné, le gardien défend l'entrée du chantier, l'ivrogne forcené gueule qu'il a obtenu un logement et que nul ne l'empêchera de contrôler la bonne marche de la construction. Un bruit bizarre, comme un madrier qui craque. La vieille femme sursauta et s'enfuit en trébuchant dans la direction des immeubles.

– Allez-vous-en, cria le gardien, ou je lâche le chien !

La peur la talonnait. Si le chien sautait sur elle pour la mordre, au lieu de s'en prendre au saoulard ? Elle pressa le pas et tourna entre deux immeubles. Dans le temps, un passage transversal conduisait en dehors du Fossé ; l'avait-on conservé ? En coupant par là, elle déboucherait sur la grande route, le long des rails du chemin de fer, où elle pourrait attendre que le calme revienne. Elle tâta l'un des murs fraîchement cimentés : moite et froid, comme le visage de Vince la dernière fois, et luisant, comme la peau tendue du mort.

– Fichez-moi le camp ! tonnait le gardien. À l'ange du bon Dieu en personne, j'interdirais le chantier, à plus forte raison à un ivrogne !

L'ange du bon Dieu ?

Sa course l'avait menée devant une mare de boue qu'il fallait franchir sur un madrier. Elle esquissa un sourire furtif : elle avait le pied si sûr, autrefois ! Heureusement qu'elle avait ses lunettes. C'est sans doute par là que passaient les brouettes chargées de ciment pour l'immeuble qui n'était pas terminé. Les éclats de voix faiblissaient. Elle sursauta en arrivant près du chien, mais au lieu d'aboyer de nouveau, l'animal resta muet et la fixa de ses yeux grands ouverts et apeurés. Comme Kapitany tout à l'heure. Elle changea son cabas de main.

– Fichez-moi le camp ! entendit-elle répéter à distance. Et la vieille ? Où est-elle partie ? C'est vous qui l'avez fait fuir.

– Iza, chuchota-t-elle à la petite Iza qui vivait en elle, ne te fâche pas contre moi. Je n'arrive pas à trouver la solution. Papa est vivant, mais pas comme je croyais. Il est devenu maison, chemin, ciment, il ne me répond rien.

Elle se creusait la tête. Que faire pour sa fille, pour cette enfant bouclée à la bouche amère, pleine de reproches et de pleurs ? « Tu m'agaces ! reprit la petite Iza de sa voix de tête. Je n'ai plus de vie à moi, il faut sans cesse que je pense à toi, j'en négligerai bientôt mon travail ! » L'amusant, c'est que la tête bouclée, les lèvres boudeuses et la voix zézayante ne cadraient absolument pas avec les expressions : « tu m'agaces », « je n'ai plus de vie à moi », « mon travail… ».

Ma chérie ! Ma pauvre petite Izou !

Elle était arrivée devant l'immeuble n° 4 pour constater qu'on avait transformé le chemin de traverse en impasse et que des fils de fer en interdisaient l'accès. Devrait-elle retourner sur ses pas, repasser près du chien qui lui faisait si peur ?

Un second madrier bifurquait pour conduire à l'entrée du bâtiment inachevé ; la cage d'escalier encore vide béait dans le noir. Mais un plan incliné sur lequel on avait cloué des planches transversales à intervalles réguliers faciliterait son ascension ; enfant, elle aimait grimper en courant sur les passerelles, les bras écartés en ailes d'ange.

Vince était revenu près d'elle, mais très fâché ! Elle ne comprenait pas pourquoi, ça la chagrinait si fort que ses yeux s'embuèrent. Puisqu'il ne voulait pas parler, comment savoir ce qu'elle devait faire ? Elle se sentait plus incapable que jamais de deviner. Il devrait se souvenir qu'elle n'avait jamais été très intelligente.

Brusquement, la voix du gardien tonna tout près d'elle :

– Allez vous pendre où vous voudrez mais pas ici, je suis responsable ! Foutez-moi le camp, sinon je téléphone à la police ! Sale poivrot !

Les cris tombèrent dans la brume d'où montèrent de grands cercles obscurs. Alors l'humeur de Vince s'adoucit, et la petite Iza qui vivait en elle s'adoucit également ; elle fixait sa mère avec des yeux ronds, brillants, avides, comme autrefois quand elle quémandait de la pâte de coing ou des noix au miel.

« Un ange gardien t'accompagne, avait dit Vince jadis. Un ange t'accompagne, Etelka, tu es le seul être humain du XXe siècle à avoir un ange sur les talons. » Elle revit avec précision la gravure accrochée au-dessus de son lit ; mais l'expression enfantine de la cueilleuse de fraises disparut, ses nattes couleur de blé encadrèrent son propre visage, vieilli et ridé, et le cabas noir remplaça le panier de la fillette, qui tendait la jambe pour s'élancer en avant. La vieille femme comprit alors ce qu'elle pouvait faire pour Iza, pour celle qui vivait en elle, pas pour l'autre, qui sillonnait Budapest en taxi, chuchotait avec Terez et se plongeait gravement dans ses gros livres. Elle n'avait plus besoin de Vince. En cet instant précis elle devait rester seule, absolument seule.

– Va, dit-elle à l'ange de l'image.

L'ange la regarda un instant et s'éloigna.

La passerelle, déserte, montait dans le vide, son extrémité supérieure disparaissant dans le noir. Elle ôta ses lunettes, plia les branches de plastique rose, les referma dans son sac ; puis elle s'élança.

Pour la première fois de sa vie, l'ange n'était plus auprès d'elle.

2

Iza se réveilla le lendemain matin vers neuf heures, rassérénée. Longtemps elle avait détesté le dimanche, lui préférant mille fois l'animation de la semaine. Puis, lorsqu'elle avait occupé son premier poste, elle avait appris à apprécier cette plage de vingt-quatre heures vides et libres, et aussi les fêtes naguère tant redoutées. Terez ne venait pas, sa mère était partie, Domokos participait à une rencontre avec des lecteurs, voilà un dimanche qui lui tombait comme un cadeau inespéré. Elle demeura étendue, à contempler les rais de lumière filtrant à travers les lattes du store baissé, la tête au creux de l'oreiller. Personne n'avait besoin de sa compagnie, elle pouvait rester seule sans appréhender, dans la pièce à côté, une présence inquiète et malheureuse ; un bien-être animal la fit s'étirer avec volupté. Étonnant, comme l'absence de certains bruits quotidiens permet une relaxation complète ! Pas de porte ouverte précautionneusement, pas de manège circonspect autour de la baignoire, pas de patatras final – car plus sa mère faisait attention, plus il était fatal qu'elle laissât tomber quelque chose de lourd. En même temps, cette vacance merveilleuse l'effrayait.

Pourtant aucun problème ne la perturbait dans son repos. Les résultats d'analyses qu'on lui avait envoyés à la suite de l'examen médical qu'elle avait fait subir à sa mère étaient rassurants ; d'autre part, elle comptait beaucoup sur la distraction que le travail à la coopérative apporterait à la vieille femme ; enfin, ce voyage dans sa ville natale, en la changeant de milieu et d'atmosphère, ne pouvait que lui faire du bien. L'absence de Domokos ne l'inquiétait pas, elle s'était habituée aux caprices de son emploi du temps ; d'ailleurs elle n'avait pas envie d'être constamment près de lui, comme c'était le cas avec Antal.

Elle flânerait sans s'habiller pendant la matinée, feuilletterait des revues en écoutant de la musique. Après le déjeuner elle irait faire un tour, sans doute dans le vieux Buda où les centres d'intérêt ne manquent pas. Elle procéda gaiement à la préparation de son petit déjeuner, avec une assurance nouvelle, comme si elle échappait enfin aux manœuvres d'une puissance hostile. Tout ira bien avec maman, elle va bientôt retrouver son équilibre ; quant aux autres problèmes, ils se tasseront aussi. Peut-être finira-t-elle par résoudre celui de sa vie avec Domokos.

Elle mettait l'eau du thé à bouillir quand le téléphone sonna.

Elle se trompait probablement en croyant entendre les coups brefs d'un appel interurbain. Baissant la flamme sous la bouilloire, elle se précipita dans l'entrée pour décrocher le combiné. À moins que ce ne soit Domokos ; son colloque n'avait peut-être pas lieu à Budapest, comme elle l'avait compris ; maman n'était partie que la veille, ça ne pouvait être que lui. De toute façon, sa bonne humeur était compromise. Elle redoutait les communications interurbaines ; les appels saccadés de la sonnerie faisaient toujours battre son cœur. C'est par téléphone qu'on lui avait annoncé la mort prochaine de son père : ce jour-là, elle entendait à peine la voix d'Antal et pourtant il criait dans l'appareil. Et les appels de maman ! Les charbonniers n'avaient livré que du poussier, des voleurs s'étaient introduits dans la remise et avaient emporté la scie et la hache, papa ne va pas bien, le nouveau facteur refuse de confier l'argent de la pension à Kolman…

L'énoncé du nom de sa ville natale provoqua une bouffée d'indignation. De là-bas, on la prenait en traître, au détriment de son repos dominical ! Pas plus tard qu'hier, pourtant, elles s'étaient dit au revoir ! Qu'est-ce qu'elle a bien pu oublier de si important ? Son parapluie ?

Cette fois, pas la moindre friture sur la ligne, la transmission s'annonçait parfaite, et la voix d'Antal résonna comme s'il se trouvait dans la pièce à côté. Il prononça deux phrases d'une voix brisée et raccrocha sans lui laisser le temps de poser la moindre question.

– Terminé ? questionna, étonnée, l'opératrice du central. Terminé ? insista-t-elle, comprenant difficilement que deux phrases pussent justifier une demande de communication « avec priorité ».

Iza se laissa tomber sur la chaise placée près du téléphone ; ses jambes ne la portaient plus. Ce qu'on lui avait appris dépassait son entendement. N'avait-elle pas deviné des sanglots dans la voix d'Antal, et qu'il avait raccroché parce que sa main n'avait plus la force de tenir l'appareil ? Avec un réflexe dû à ses années de pratique médicale, elle renversa la tête en arrière et se massa la nuque. Ses doigts étaient glacés, jamais elle ne s'était sentie aussi près de s'évanouir. Elle prit une profonde inspiration, et réussit à se mettre debout. D'abord, elle devait surmonter ce malaise affreux, ne pas analyser ses sentiments. Elle éclata en sanglots et à sa propre stupéfaction s'entendit pleurer et pousser des cris inarticulés. Elle tituba jusqu'à l'armoire à pharmacie. Elle avait souvent recours à l'aspirine, mais les calmants reposaient, intacts, dans leur enveloppe de cellophane ; elle eut du mal à la déchirer, avala un comprimé et retourna s'étendre sur son lit.

Sans même y réfléchir, elle savait que sa réaction dépassait la réaction ordinaire dans une telle situation. Ses hurlements, c'étaient ceux d'un gibier traqué qu'on relance, et qui se remet à courir, éperdument. Iza tremblait : où courir ? Où courir pour échapper au chasseur ? Elle cacha son visage gonflé entre ses mains. L'orgueil l'avait toujours retenue jusque-là d'avouer ses souffrances. Aujourd'hui, elle s'effondrait, confrontée au foyer désert, à la solitude, et toutes les plaies se rouvraient, toutes, même celles qu'elle croyait les mieux cicatrisées.

Elle était dans la maison à la gouttière en gueule de dragon, attendant qu'Antal ait fini de boucler ses valises. Elle entendait la voix de Dekker : « Votre père a un cancer, Iza, souhaitez-lui de mourir vite, si vous l'aimez. » Elle éprouvait entre ses doigts l'étrange palpitation des feuilles de papier portant le résultat des analyses.

Elle essaya, sans succès, de faire resurgir le visage de sa mère ; seules se dessinèrent la silhouette de la vieille femme, ses épaules tombantes, la ligne de sa nuque qui avait tellement changé au cours des trois derniers mois, car elle ne marchait plus qu'en fixant le sol, sans hasarder le moindre regard vers le ciel. La solitude, si délectable un moment plus tôt, n'était plus qu'une pierre lourde écrasant la jeune femme. Son seul réconfort était que Domokos existait quelque part, qu'elle pouvait le rejoindre, lui faire part de son malheur, l'implorer de rester auprès d'elle. Elle baigna son visage, se coiffa, s'habilla. Le médicament commençait à faire son effet. Pas plus difficile que ça ! On a le cœur brisé, mais une pilule suffit pour recoller les morceaux. De fait, son désarroi s'atténuait. Elle appela son directeur – à présent, elle pouvait parler calmement –, laissa un mot à l'intention de Terez et rassembla ses affaires pour le voyage. Elle allait d'une pièce à l'autre ; l'appartement parut tout à coup prodigieusement grandi, comme si la disparition de la vieille femme, qui ne serait plus jamais une présence muette embusquée dans la chambre voisine, qui ne laisserait plus jamais retomber bruyamment le volet roulant, octroyait aux pièces le pouvoir de s'étirer à satiété. Elle n'avait plus ni père, ni mère. Iza se répéta la phrase, expérimenta l'effet que produit une sensation aussi inconnue, comme on teste sur le gras du pouce le tranchant d'un couteau fraîchement aiguisé.

Elle enfila son manteau en essayant de se rappeler l'endroit où se tenait le colloque de Domokos ; sur le moment elle l'avait à peine écouté, trop heureuse à l'idée de son dimanche entièrement libre. À force de concentration, elle parvint à retrouver l'adresse.

Un auditoire nombreux et endimanché peuplait la salle de réunion de l'usine où avait lieu la rencontre. L'atmosphère semblait à la bonne humeur et à la simplicité : pas besoin de billet d'entrée, point de contrôleur à la porte. Un Domokos qu'elle ne connaissait pas, en train, loquace, quasi déboutonné, racontait des épisodes de son enfance dont il ne lui avait jamais parlé. Il était à moitié assis au bord de la table réservée au conférencier et soulignait ses propos de gestes expressifs. Il s'amusait, et ses auditeurs ne s'amusaient pas moins à lui poser des questions. Quand la porte claqua derrière Iza, il tourna machinalement la tête du côté du bruit ; à peine l'eut-il reconnue qu'il perdit contenance, au point de pâlir. Les auditeurs avaient également tourné la tête avec quelque humeur. Ce n'était pourtant qu'une femme, une ouvrière de l'usine, ou une employée de l'Office central des bibliothèques, ou un membre de l'Union des écrivains qui alla s'asseoir, modestement, au dernier rang.

Domokos s'interrompit au milieu d'une phrase, bredouilla qu'il pensait avoir répondu à toutes les questions et satisfait toutes les curiosités ; puis il s'inclina, serra la main aux deux personnages assis à gauche et à droite de l'estrade, prit le bouquet de fleurs que lui tendait en hâte une petite fille ahurie et marcha droit sur Iza. Elle le fixa dans les yeux et aussitôt un flot de larmes noya son regard. Dans la salle, on les dévisageait, gêné ; c'en était fait de l'entrain général. « Ça, ce n'est pas gentil, ça ne se fait pas », semblaient dire les regards déçus.

La voiture de Domokos stationnait devant l'usine, à gauche de la place. Il ne l'avait que depuis deux jours, Iza n'y était pas encore montée. Domokos serra la jeune femme contre lui, glissant les doigts dans ses cheveux comme on fait aux enfants.

– Que se passe-t-il ? Où veux-tu que je te conduise ?

Sa présence soulagea Iza d'un poids énorme. Antal reculait à des distances incommensurables, ce lourdaud d'Antal, trop passionné, si différent…

– À la maison. Non, pas chez moi, à la maison !

Jamais elle n'avait désigné ainsi sa ville natale devant Domokos, mais l'écrivain comprit ce qu'elle voulait dire. Il était à cent lieues de deviner ce qui bouleversait tant Iza, et quand elle se décida à parler, il retira sa main du volant comme s'il s'était brûlé. Ensuite il se tut, et Iza pleura, pleura, tandis qu'il passait chez lui prendre ses affaires de toilette, puis, chez elle, montait chercher les siennes. Alors il devine tout, pensa Iza malgré ses larmes. Il comprend que je n'aurai pas la force de retourner maintenant dans cet appartement qui me fait horreur ! Pourquoi le comprend-il ? Parce qu'il est écrivain, ou parce qu'il m'aime ?

Le voyage à travers la plaine ne présenta pas l'image de l'automne à laquelle il s'attendait. Chaque saison, pour lui, s'accordait à un genre pictural défini : l'hiver une esquisse au fusain, le printemps une aquarelle, l'été une huile, l'automne une eau-forte ou une gravure. Et devant ses yeux l'automne défilait, une huile rehaussée de touches estivales : un ciel très bleu, des arbres feuillus, une végétation obstinément verte, des labours en pleine pâte brune, des courges comme des éclats de soleil, et le soleil ardant fort sur les vitres de l'auto.

Iza s'était installée sur la banquette arrière et Domokos la regardait de temps en temps dans le rétroviseur. Il songeait qu'il ne connaissait que superficiellement son visage et son caractère ; fondamentalement, il ne savait pas qui était cette femme. Elle paraissait plus jeune que son âge, plutôt une jeune fille d'un âge indéterminé. Qui est-elle ? Qui est cette Izabella Szöcs ? Qu'est-il arrivé à sa vieille mère ? « Maman est morte. Viens tout de suite. » Et l'interlocuteur avait raccroché. Comment, morte ? De quoi ? Pourquoi ? Iza lui avait montré les résultats du dernier examen médical trois semaines auparavant : un vieux cœur, de vieux poumons, une tension normale pour son âge, en somme tout allait bien. Avait-elle succombé à l'émotion au moment où l'on posait la stèle ? Un chauffard l'aurait-il renversée ? Le rétroviseur coupait par le milieu le visage de la jeune femme, mais il voyait bien ses lèvres entrouvertes, gonflées de chagrin. Un sentiment de pitié lui fit détourner le regard. Notre mariage serait-il une réussite ? Sera-t-elle la femme qu'il me faut ? Il est certain qu'elle respecte mon travail ; ce n'est pas elle qui me rebattrait les oreilles pour que je la conduise à l'Opéra ou qui ferait la tête parce que j'ai du travail et qu'il faut renoncer à une sortie. Mais est-ce suffisant ?

À mi-parcours, ils s'arrêtèrent pour déjeuner.

Domokos, réputé grand mangeur, repoussa son assiette après quelques bouchées de chou. Iza ne prit que du potage, mais elle but avidement, vidant à elle seule un siphon d'eau de Seltz. La Tisza poussait ses eaux verdâtres, ourlées de vaguelettes, entre les roseaux roussis. En d'autres circonstances, Domokos aurait savouré l'austère beauté de ce paysage qu'il ne connaissait pas.

Ils renoncèrent à deviner ce qui s'était passé.

Iza parlait d'Antal sans passion aucune, pleine de l'objectivité qu'elle observait lorsqu'il s'agissait de son ex-mari. Elle expliquait qu'il était nécessairement mêlé à tous les événements de leur rue. C'était comme ça dans les petites villes, il l'ignorait sans doute. À la moindre alerte, Guitza se précipitait chez Antal, puisqu'il était le seul, alentour, à avoir le téléphone, avec Kolman.

Domokos pénétrait pour la première fois dans l'arrière-pays d'Iza. Il connaissait presque tout de Dekker, mais il ignorait pratiquement l'existence de Kolman, du marchand de journaux et de la couturière de robes de pasteurs. « Je n'aime pas revoir Antal », ajouta Iza, et la phrase le fit renâcler intérieurement : il n'était pourtant pas jaloux au sens conventionnel du terme, n'ayant aucunement le sens de la propriété, et il estimait que chacun a le droit de s'attacher à ses erreurs, ses vieux chagrins et même à ses manies. Iza pouvait mentionner le nom d'Antal sans qu'il se froisse, mais qu'il lui soit pénible de le revoir lui déplaisait. Pourquoi cette appréhension ? Quand les personnes vous sont indifférentes, il devrait vous être indifférent de les rencontrer ; ça peut être assommant, mais certainement pas pénible. Quel genre d'homme était-il, celui-là ? Et s'il participait ainsi à tous les événements, était-ce uniquement à cause de la vie en province ? Antal soignait le père d'Iza, Antal lui apprenait la mort de sa mère, Antal achetait la maison d'Iza. Un jour, il devrait s'installer pendant quelques mois dans une petite ville afin d'observer de près la manière dont ça fonctionne.

Quand ils approchèrent de Dorozs, Iza se contenta de regarder le bout de ses souliers en silence. Domokos s'engagea dans la Grand-Rue, particulièrement embellie, sans avoir droit à un mot d'explication. À cause d'Antal, à cause de sa mère, cette vision faisait doublement mal à Iza. Comme sa mère était rajeunie, et quelle douceur noyait ses yeux toujours vifs quand elle l'avait accueillie au terme de son bref séjour à la station thermale ! À présent, tout était fini. « Où vont les morts ? se demanda Iza. Où ont-ils disparu, mon père, ma mère ? » Elle aurait dû rougir de cette question naïve, ne savait-elle pas mieux que quiconque de quel matériau fragile est pétri l'humain ? Où vont les morts ? Eh bien, nulle part ! Un pavillon dallé de céramique rouge et dont la coupole de verre reflétait les rayons obliques du soleil abritait à présent la source de Dorozs ; un parapet circulaire tenait les badauds éloignés de l'eau jaillissante. C'était ici que le petit Antal pataugeait dans la boue qui brûlait la plante de ses pieds nus.

La ville natale d'Iza ne correspondait pas à l'image que Domokos s'en était faite d'après les descriptions de la jeune femme. Il découvrit l'artère principale, assez semblable aux grandes artères de la capitale, bordée de magasins calqués sur ceux de Budapest. Sur les murs, des affiches annonçaient l'ouverture prochaine du Congrès national de l'Agriculture.

– À toi de me guider, maintenant, dit-il à Iza lorsqu'ils arrivèrent sur la place Kossuth.

Elle le pilota sans hésitation – à gauche… à droite… – comme si le décor n'avait pas changé depuis sa petite enfance, comme si le souvenir et le présent se confondaient devant ses yeux. Il vit ses lèvres trembler quand ils tournèrent devant le grand bâtiment de l'école pour enfiler le passage Budenz et déboucher sur la rue qui marquait le terme de leur voyage. Il cherchait encore le n° 20, l'ancien domicile d'Iza, que la jeune femme courait au n° 22 et tirait de toutes ses forces sur la clochette.

La porte demeura close, pourtant. Longtemps, l'écrivain devait garder la mémoire de cette minute où Iza et lui avaient patienté devant l'enseigne chétive, « Margit Horn, robes de pasteurs », tandis que décroissait le timbre guilleret de la sonnette, si peu accordé à leur gravité à tous deux. Des années plus tard, quand il évoquerait le souvenir d'Iza, il reverrait son visage aux traits tirés de ce jour-là, et comme elle se haussait sur la pointe des pieds pour atteindre la sonnette placée hors de portée des gamins de la rue.

Guitza n'était pas chez elle, il ne leur restait qu'à sonner à la porte d'Antal.

Elle était ouverte. Je vais enfin voir cet homme, se dit Domokos. Me sera-t-il antipathique ?

Il l'apprécia au premier coup d'œil. La force qui émanait du corps trapu, des sourcils broussailleux, des lèvres larges l'enchanta. Ce visage n'était pas beau, il était vrai. Ses yeux cernés témoignaient d'une nuit blanche, et il semblait plus éprouvé qu'Iza.

– Je ne savais pas que vous seriez deux, dit-il sans que cette remarque laissât percer la moindre insinuation. L'hôtel est complet, toutes les chambres sont réservées depuis trois semaines pour l'ouverture du congrès agricole. Mais Dekker m'a offert son cabinet, l'un de vous pourra coucher chez moi. Quant à maman…

Iza le regardait comme si elle ne comprenait rien de ce qu'il disait ; ce regard arrêta les mots sur ses lèvres. Domokos s'étonna d'éprouver pour ce médecin autre chose que l'intérêt professionnel qu'il accordait généralement à autrui, de ressentir à son égard une curiosité personnelle où n'entrait aucun désir d'analyse, de sondage ou de vérification.

Le nom de « Fossé-aux-Balsamines » résonnait à son oreille comme une langue étrangère, si bien qu'il lui semblait encore plus bizarre que la vieille femme fût tombée à cet endroit-là du haut d'un immeuble en construction. Il s'exprime en termes concis, comme un médecin, pensait Domokos tandis qu'Antal exposait les faits. Il dit « morte », « tuée », jamais « accidentée »… Pourtant il ne peut s'agir que d'un accident. Mais qu'allait-elle faire sur ce chantier ?

– « Le Fossé-aux-Balsamines », répéta Iza en contemplant ses gants.

Domokos ne lui connaissait ni cette voix, ni ce regard.

Antal raconta la soirée, qu'il avait invité Mme Szöcs à habiter chez lui, qu'il l'avait laissée seule et ne l'avait plus retrouvée, et comment ils avaient sonné partout, chez Guitza, chez Kolman, chez l'institutrice, chez tous les gens à qui elle aurait pu rendre visite par une telle soirée de brume. À quoi attribuer la fugue de la vieille femme ? Avait-elle répondu à l'appel de ses souvenirs ? Iza se raidit, le dos contre le dossier de sa chaise.

– Nous avons téléphoné à la police, poursuivait Antal, qui nous a rappelés vers onze heures : on l'avait retrouvée, elle était à l'hôpital.

« Nous ? » se demandait Iza. Que signifie ce pluriel ? Avec qui était-il, cet homme ? Selon le veilleur de nuit, il ne serait rien arrivé si la vieille dame n'avait pas eu peur d'un ivrogne. Elle était restée assise un long moment à faire tourner la roue de la fontaine. Dans la brume particulièrement épaisse qui régnait la nuit dernière, la pauvre femme avait dû faire un faux pas en se sauvant.

Bien qu'il prît sa part du chagrin d'Iza, Domokos ne put s'empêcher d'admirer la dramatique beauté du tableau : un endroit au nom féerique, la brume, les gestes désordonnés d'un homme ivre, une fontaine… Quelle scène !

– Demain, fit Antal à l'adresse d'Iza, il faudra que tu m'accompagnes à la police. C'est une formalité qu'on ne peut éviter. Toi, tu dors ici, n'est-ce pas ?

La question, cette fois, s'adressait à Domokos. L'écrivain trouvait tout à fait logique de coucher ici, il en éprouvait même un vague plaisir. Mais Iza intervint. Domokos irait dormir à l'hôpital, chez Dekker, elle souhaitait dormir dans la maison. Elle cria presque cela, d'un ton suraigu, tranchant, quasi hystérique. Antal leva sur elle des yeux surpris qu'il baissa aussitôt ; la frange de ses cils noirs et longs comme ceux d'un enfant dessina une demi-couronne sous chaque paupière. Elle ne veut pas d'un tête-à-tête entre lui et moi, pensa Domokos. Mais pourquoi ce ton ? Il s'interrogea sur ce qu'il ressentait à l'idée qu'elle passerait la nuit sous le même toit que son ancien mari et constata, non sans surprise, qu'il n'éprouvait rien. Ou presque rien, si ce n'est une sorte de regret de ne pouvoir rester lui-même avec Antal. Depuis le temps qu'il désirait rencontrer un vrai médecin, un disciple d'Hippocrate prenant son métier au sérieux !

Sans manifester d'enthousiasme pour la décision d'Iza, Antal ne protesta pas. Il se borna à déclarer qu'il accompagnerait Domokos chez Dekker, où l'intendance de l'hôpital lui ferait porter à dîner.

Avant de partir, Domokos embrassa Iza devant Antal, qui resta de marbre, comme la jeune femme le remarqua parfaitement. Elle entendit claquer la porte d'entrée, un bref galop lui rappela l'existence de Kapitany et lui pinça le cœur, à sa grande surprise, puis elle perçut le changement de ton des voix dans le jardin, deux voix masculines parlant plus fort, chaleureusement et avec sympathie. Elle regrettait qu'ils ne fussent pas restés à la maison, elle aurait aimé marcher jusqu'à l'hôpital dans les senteurs âpres de la forêt.

Dans le crépuscule, elle était à la merci du passé. C'était l'heure que Vince appelait la pénombre dorée, quand une chaleur douce rayonne à l'intérieur, inspirée par les flammes dansantes du poêle, tandis qu'au-dehors la nuit s'apprête à mordre. La maison n'allait-elle pas lui parler ? Les objets, les meubles reprenaient peu à peu un air familier, même ceux qu'Antal avait transformés, même les neufs mêlés aux anciens. Elle ouvrit la commode aménagée en bar et trouva à l'intérieur le drôle de gros verre de son père. Le Fossé-aux-Balsamines, songea-t-elle. Oh ! la malheureuse !

Incapable de tenir en place, elle pénétra dans l'autre chambre, celle d'Antal, et jeta un coup d'œil à ses livres. Il en avait deux fois plus qu'à l'époque de leur vie commune. Impossible, elle ne pourrait pas dormir ici, elle préférait encore la troisième pièce, celle que tous les deux occupaient dans le temps. Si Antal n'avait pas invité maman à venir chez lui… s'il n'avait pas eu peur qu'elle prenne froid chez Guitza… c'était bien lui et son sentimentalisme ! Il aurait mieux valu qu'elle prît froid et qu'elle fût encore en vie.

Dans l'entrée, elle reconnut la canne en merisier de Vince et le tamis à tabac artistiquement maintenus au mur par des crochets de fer forgé. Elle remarqua également le porte-brosses de sa mère, sur le tissu duquel la vieille dame avait brodé les mots « Bénédiction et Paix ». Elle ouvrit la porte de leur ancienne chambre et chercha le commutateur.

Elle n'avait pas allumé que le parfum familier lui frappait les narines, l'odeur dense et pure de la lavande qui imprégnait toutes les affaires de maman. Le lit était intact, la valise posée sur le tapis, couvercle rabattu mais serrures ouvertes pour éviter la compression des vêtements ; une sorte de bête vivante aux aguets, attendant un appel. Du cabas disparu il restait le torchon plié, la boîte de petits-fours, vide, et une bouteille avec un fond de thé. Elle m'a tout de même roulée, pensa Iza en fondant en larmes, elle a tenu à se faire du thé. Je lui avais dit qu'on vend de l'eau dans les trains, mais elle ne m'a pas crue.

Elle ouvrit la valise et laissa retomber aussitôt le couvercle ; trop d'objets personnels, elle ne pourrait pas en supporter la vue. Cette chambre possédait un double pouvoir d'évocation : c'était son enfance avec son père et sa mère vivants, et le passé très proche, la soirée de la veille où maman n'était sortie que pour quelques minutes – la valise dissimulée sous le lit, rien n'aurait indiqué qu'elle n'était là qu'en visite. Oppressée, Iza gagna le lit d'Antal et s'y étendit. Quand, une fois de retour, il fit la lumière, il la trouva allongée sur le lit défait, les yeux ouverts, une cigarette à la main.

– Je ne pourrai pas dormir à côté.

– Eh bien, reste ici.

Il s'approcha du lit et l'espace d'une seconde elle eut l'idée absurde, impardonnable, qu'il allait rester près d'elle. Mais il ramassa seulement deux bouquins ouverts sur la table de chevet. Ils n'avaient jamais fait lit à part, ils n'avaient jamais eu de divan plus large que celui-là. Tout le monde la quittait donc ? Même maman, même Domokos ? Si Antal l'attirait contre lui, s'il la prenait dans ses bras, son insoutenable tristesse céderait enfin.

Il se pencha, mais sans erreur possible pour lui toucher le front et lui tâter le pouls. Elle en trembla de déception et de colère. Ce contact était celui du médecin, c'est ainsi qu'elle-même touchait sa mère.

– Veux-tu un somnifère ?

De dépit, elle refusa.

– Alors, bonne nuit.

La porte était soigneusement huilée, mais elle crut l'entendre grincer sur ses gonds comme au temps de Vince. Elle grelottait sous l'édredon, pourtant la nuit était douce, bien trop douce pour une nuit d'automne, et de grandes ailes molles, au-dehors, effleuraient les arbres du jardin.

3

Elle resta éveillée jusqu'à l'aube, dans un bruissement de fantômes et de souvenirs.

Celui de son père ne la harcelait pas trop ; il était mort naturellement, logiquement, il n'avait pas été englouti dans l'ombre du Fossé-aux-Balsamines tandis que se querellaient un veilleur de nuit et un ivrogne. Elle pensait à Domokos, si loin d'elle, au-delà du bois, couché sur l'étroit divan qu'utilisait le Pr Dekker quand un cas grave le retenait à l'hôpital. Quant à sa mère, elle l'habitait tout entière, et lui chuchotait des bribes de phrases incompréhensibles. Un seul être lui demeurait étranger et plus distant que les étoiles : Antal, celui qui reposait dans la pièce à côté.

Au matin, quand elle sortit de son trop court sommeil, Guitza fit son entrée inévitable.

Elle s'effondra dès qu'elle vit Iza et se jeta sur elle, lui inondant le visage et les mains de ses larmes. Cette douleur démonstrative, pour une fois, n'irrita pas la jeune femme. Elle lui causait même une certaine satisfaction. « Pauvre, pauvre Etelka ! gémissait en effet la couturière, comme elle semblait heureuse, comme elle était contente de son sort, quel malheur que cet accident ! » En temps normal, Iza ne prisait guère la brave femme, dont les manies – comme celle de ne s'habiller qu'en noir ou de ne jamais faire de feu avant la première neige – l'agaçaient. Ce matin, elle s'étonna de supporter ses effusions avec tant de sympathie. Au fond, c'était une malheureuse vieille fille esseulée que la vie n'avait pas gâtée ; et elle avait bien connu sa mère. Antal s'activait à la préparation du café (c'est toujours lui qui le faisait le matin), et s'arrêta de verser l'eau pour jeter un regard sur Guitza éplorée. Qu'elle fût sincèrement peinée, cela ne faisait pas de doute ; pourtant, ce qui avait attiré son regard, c'était le reste des petits gâteaux et les trois quarts du poulet rôti, tout desséché dans le plat en porcelaine qu'elle tenait entre ses mains, comme si elle rapportait une part d'héritage oubliée chez elle ou un dernier message de la défunte. Ni la jeune femme, ni Guitza, pourtant prompte d'habitude à se jeter sur ce qui lui était offert, ne touchèrent aux biscuits. Seul Antal avança la main pour en prendre un ; il le cassa en deux et le mangea lentement, pour se pénétrer d'une saveur qu'il ne connaîtrait plus jamais. Domokos arriva sur ces entrefaites, content de l'hôpital, du divan de Dekker et de Dekker lui-même, avec qui il avait bavardé un moment. Guitza dévorait des yeux ce fiancé de Budapest dont la présence, par ce qu'elle impliquait de futurs commentaires, la consolait de son deuil.

Ils prirent la voiture de Domokos pour se rendre à la police. Le bonheur de se pavaner en voiture grandissait Guitza de plusieurs centimètres. En sortant de la maison, Iza jeta un coup d'œil circonspect à la devanture de

Kolman ; elle ne tenait pas à le voir arriver, des condoléances plein la bouche et la moustache en berne. Mais il ne donna pas signe de vie, non plus que le marchand de journaux, qui, du reste, ne faisait ici le lundi qu'une brève apparition à l'heure du déjeuner. Quand l'auto eut quitté le passage Budenz, Iza respira comme si elle venait d'échapper à un danger.

Lidia fut la première personne qu'elle vit au commissariat.

Elle portait des gants, alors que c'étaient ses mains nues qui hantaient le souvenir d'Iza, ses doigts crispés sur l'enveloppe contenant l'argent, après la mort de Vince, puis ses doigts relâchant l'enveloppe avec une sorte de frayeur. « Je croyais que c'était une photographie ! » avait clamé l'infirmière. Une colère froide s'était emparée de la doctoresse. Que voulait-elle de plus, cette fille qui, grâce à un malentendu sans aucun doute, avait détourné la photo du moulin ? Une autre photographie ? Iza méprisait les collègues qui louchaient sur la main des parents du malade avant de désigner le lit à occuper ; dans le cas de son père, pourtant, elle estimait que cette fille avait fait plus que son devoir, plus que le règlement ne prescrivait ; elle avait donc droit à une récompense, elle la lui donnait.

Les circonstances étaient d'autant plus pénibles qu'Antal se tenait près d'elle au moment où l'enveloppe changeait de main. Au lieu de l'empocher discrètement comme elle aurait dû le faire, Lidia l'avait ouverte devant eux, une curieuse expression d'attente sur le visage. Comment la rappeler à l'ordre ? Avait-elle oublié qu'une règle absolue interdit aux infirmières d'accepter des pourboires ? Et devant Antal ! L'enveloppe déchirée laissa voir des billets de cent forints, et Iza ressentit une décharge au cœur en lisant la déception sur les traits de la jeune fille. Elle s'attendait vraiment à une photographie ; pour une raison obscure, elle souhaitait conserver l'image de Vince, d'un Vince vivant et en bonne santé. Lidia avait pâli à la vue des billets de banque (quant à Antal, il s'était détourné et contemplait les arbres par la fenêtre) ; elle avait déposé l'enveloppe sur le radiateur et était sortie sans un mot. Tout allait griller, sur le radiateur : la scène se déroulait au rez-de-chaussée, dans le couloir B, près de la chaudière, là où le chauffage était le plus intense.

La jeune fille partie, Antal avait quitté sa faction devant la fenêtre, avait pris les billets et les avait glissés dans le sac ouvert d'Iza. Sans un commentaire. Ce fut comme si on l'avait battue et clouée au pilori. Cette petite infirmière voulait qu'elle fût sa débitrice, elle qui détestait les dettes. Et Antal, pourquoi l'avait-il approuvée par son silence ? Que cherchaient-ils au juste tous les deux ? À lui donner une leçon de morale, de morale socialiste ? Elle la connaissait, leur leçon ! D'autre part, elle éprouvait de la reconnaissance pour Lidia, et de l'estime pour son courage et son sérieux. Elle n'ignorait pas l'affection que Vince portait à la jeune fille. Malade de honte, Iza s'était sauvée dehors quasiment sans saluer Antal.

Curieusement, au même moment, la même scène se présenta à la mémoire d'Antal. Sans doute parce que Lidia se tenait de nouveau dans un couloir, près d'un radiateur, un papier à la main (sa convocation, probablement). Au mois de mars précédent, il avait couru après la jeune fille, l'avait longtemps et vainement cherchée ; elle n'était plus de service, personne n'avait su lui dire où il pourrait la rejoindre. Il avait fini par la retrouver à la pharmacie de l'hôpital : soi-disant pour « s'amuser », elle aidait son amie la laborantine. On avait appelé l'amie au téléphone et ils étaient restés seuls. Antal s'était approché de Lidia qui rinçait des flacons dans l'évier et avait simplement posé sa main sur son épaule.

Il songeait que Vince avait sûrement des raisons pour laisser à Lidia la photo du moulin. Il était gêné à l'idée qu'elle pouvait voir dans ces billets de banque le salaire de ses nuits blanches et de sa patience infinie. Leur destin commun s'était décidé dans la minute qui avait suivi, quand Lidia avait tourné vers lui ses yeux pleins de larmes. Il avait pressenti qu'elle serait la seule personne à qui il pourrait expliquer Iza. Mais ce qu'il fallait qu'elle sache tout de suite, c'est qu'elle méritait plus qu'un salaire, et il lui dit « merci » à voix basse.

Ensuite il l'avait raccompagnée chez elle, parlant de choses et d'autres mais bouleversé par une émotion sourde. Le chemin du Bois sentait la terre mouillée, des lumières papillotaient entre les branches.

Ils étaient huit à comparaître devant l'officier de police : Antal, Iza, Domokos, Guitza, l'infirmière, le veilleur de nuit en gilet de mouton et imperméable, et un homme jeune, glabre, d'aspect maladif, qui fixait Iza de ses yeux écarquillés en marmonnant des mots sans suite. L'ivrogne, diagnostiqua la doctoresse. Il est à jeun ! Le huitième avait l'air de tomber de sommeil : c'était le jeune médecin de l'ambulance.

Le fonctionnaire les reçut avec une courtoisie émue. Il commenta le drame, alla jusqu'à évoquer la perte de sa propre mère et serra longuement la main d'Iza. Apparemment, il trouvait normal qu'elle se soit fait accompagner par un ami. La jeune dactylo en uniforme assise à sa machine crut bon de se lever pour serrer elle aussi la main d'Iza, à qui cette compassion de la part d'étrangers fut particulièrement pénible. Qu'ils lui posent leurs questions et la laissent repartir, au lieu de rouler de grands yeux tristes. De la tristesse, elle en avait à revendre… Lidia ne tendit la main à personne ; elle salua Iza d'un signe de tête. Quant à Domokos, il se posait un grave problème : lequel, de la dactylo ou de son patron, arrosait avec l'arrosoir placé à côté les pots de fleurs posés sur le rebord des fenêtres ?

D'autre part, il s'interrogeait, et Iza avec lui, sur la présence de Lidia en ces lieux. Comme si elle avait lu dans leurs pensées, Guitza chuchota à l'oreille de la jeune femme : « La petite fiancée d'Antal… c'est elle qui va habiter la belle maison neuve. »

L'espace d'une seconde, Iza sentit que l'air lui manquait.

Aucune arrogance, aucune jubilation dans le comportement de l'infirmière. Sans chercher à se rapprocher d'Antal, elle regardait fixement le sol à ses pieds. Voilà pourquoi il parlait au pluriel hier soir, conclut Iza. Son imagination enfiévrée lui découvrait les deux silhouettes noyées dans la brume jaune, sonnant de porte en porte dans chaque maison où la vieille femme aurait pu se réfugier. Antal, évidemment, avait rejoint Lidia après le dîner et ils étaient revenus ensemble à la maison. Elle détailla la jeune fille comme elle n'avait pas songé à le faire ni aujourd'hui en entrant dans le commissariat, ni au mois de mars précédent, quand elle lui avait remis l'enveloppe.

Par quelle fatalité se heurtait-elle une seconde fois à cette fille ? Son agacement était proche de la colère. Antal l'aimait, cela se voyait à sa façon de la regarder ; et une sorte de lumière semblait rendre son être moins opaque. Pourquoi serait-il donné à Lidia de connaître le sésame qu'elle n'avait jamais su prononcer ? Que pouvait-elle apporter de plus qu'elle-même à cet homme ? Ils s'assirent sur les chaises du bureau, et Iza sentit la grande main chaude de Domokos se poser sur la sienne. L'audition des témoins ne dura pas longtemps.

Elle écouta attentivement la lecture du constat de police et celle du rapport médical, s'orientant avec une triste sûreté parmi les termes techniques : lésions internes, fracture de la base du crâne, hémorragie méningée. La mort était survenue deux heures après l'hospitalisation de l'accidentée, qui ne prononçait plus que des syllabes inarticulées.

Iza reconstituait le puzzle pièce à pièce.

D'abord, le témoignage de Guitza, détaillé, coloré, imagé, entrecoupé de brefs sanglots. On voyait Mme Szöcs arriver chez elle, l'élégante valise en peau de porc dans une main, le cabas noir dans l'autre, s'asseoir près du feu, draper la robe non terminée du pasteur d'Arcs autour de ses épaules. On la voyait chez le marbrier, muette d'admiration devant la stèle superbe (« Elle en a pâli d'émotion et de plaisir »), on la voyait à table chipoter le poulet mais prenant volontiers du potage, puis dans le fauteuil poussé près du poêle, abîmée dans ses pensées d'où la proposition d'Antal l'avait tirée.

– Elle s'est levée aussitôt, commenta Guitza d'une voix désolée. Si elle ne m'avait pas quittée, elle serait encore en vie à cette heure.

Ce qui était vrai, assurément. Antal baissa la tête. Iza le fixa longuement quand il la releva pour prendre la parole à son tour. Que sa mère ait suivi le médecin sans hésitation, qu'elle ait consenti à passer la nuit dans cette maison, c'était assez inattendu, malgré le faible que la vieille femme avait toujours manifesté à l'égard d'Antal. Mais qu'elle ait absorbé un repas copieux puis qu'elle ait fait la vaisselle, voilà qui la dépassait. Et elle aurait pris un bain, toute seule ? Elle qui à Budapest n'osait pas toucher le robinet d'eau chaude ? Tout ce qu'elle apprenait là, et les circonstances dans lesquelles cela s'était produit, lui paraissait aussi incroyable que l'accident lui-même.

À partir du moment où Antal avait quitté la maison, on ne pouvait plus que conjecturer la suite des événements. En tout cas, il ne lui était pas venu à l'idée que la vieille dame sortirait à cette heure, et par une brume pareille. D'ailleurs, il avait fermé le portail à clef. Il ne savait pas qu'elle en avait gardé une paire, qu'on devait retrouver sur elle, attachées par un ruban de velours bleu. Ses clefs ! pensa Iza avec amertume. Elle m'avait caché qu'elle les avait conservées. Pour en faire quoi ? Qu'est-ce qu'elle espérait ? Quelle idée de garder une vieille paire de clefs…

L'officier de police ne s'appesantit pas sur les motifs qui avaient amené Antal à ressortir, il ne lui demanda pas davantage pourquoi il était revenu avec Lidia. Il serait alors passé à côté d'une circonstance qui touchait au fond du problème si Antal, de lui-même, n'avait expliqué ce qu'il attendait de cette rencontre entre la vieille femme et sa fiancée. Il avait une proposition à faire à Mme Szöcs, et il l'explicita. De concert, Domokos et Iza le fixèrent d'un regard insistant ; la jeune femme se détourna la première pour s'absorber dans la contemplation de son sac à main. Guitza toussotait, moitié amusée, moitié colère. Quel âne, ce médecin ! Il l'avait prise au sérieux quand elle avait menacé de ne plus s'occuper de son ménage, le jour où il se remarierait. C'étaient des paroles en l'air ! Bien sûr, qu'elle resterait... Quant à garder la vieille pour qu'elle tienne son intérieur alors qu'elle avait la belle vie à Budapest, c'était vraiment une idée saugrenue ! Ce « tonnelier », il voulait tout avoir décidément : la maison, le jardin, Etelka ! Va un peu la chercher où elle est, à présent !

C'en était trop pour Iza.

Tête baissée sur ses mains gantées, elle se mordait les lèvres pour ne pas pleurer. Antal ! L'homme qui avait été son mari, qui était parti de la maison sans se retourner, avec ses deux valises, en sifflotant comme un qui n'est pas mécontent de ce qui arrive – Antal ! qui allait épouser Lidia et vivre avec elle dans son ancienne maison, Antal disparaissait en cet instant définitivement de son existence, englouti par une trappe. Elle le chasserait même de ses souvenirs. Elle ressentait sa proposition comme un affront à la famille entière ; envers son père, qui traversait la cour enneigée du collège, ses malheureux pengös à la main, pour qu'un collégien nommé Antal puisse acheter des livres ; envers sa mère dont il voulait faire, dans sa vieillesse, sa femme de ménage ; envers elle surtout, en rebâtissant un foyer entre les murs où ils avaient vécu ensemble et en appelant auprès de sa nouvelle épouse, dans ce nouveau foyer, sa propre mère à elle !

Confrontée à cette séparation abrupte qui lui entrait dans la chair comme un couteau, Iza tremblait et haletait malgré elle. Elle affrontait, par ailleurs, une autre séparation non moins déchirante : sa mère, encore si vivante une seconde auparavant, demeurée, en dépit du lit mortuaire, la voyageuse d'avant-hier agitant son mouchoir par la portière, sa mère si vivante et si proche, voilà qu'elle joignait les mains sur sa poitrine et décidait de quitter l'inquiétude et l'agitation de la vie pour le calme, le silence et l'immobilité de la mort. Iza ressentit la disparition de sa mère non plus seulement en esprit, mais dans chaque fibre de son être. Étrangement, sa douleur en fut atténuée. Pour la jeune femme, sans qu'elle le sût, cet instant marqua le début de l'oubli et de la guérison. Elle releva la tête, sûre de pouvoir affronter les regards. L'officier de police promenait sur le cercle de famille un regard perplexe : un ex-gendre, deux couples à marier… Et il ne savait vraiment que penser du regard d'Iza, débordant de révolte sous les larmes.

Iza ne doutait pas que sa mère l'eût abandonnée au premier appel d'Antal. Elle l'avait toujours aimé. Elle aurait prétexté n'importe quoi : l'asthme de Kapitany, que personne ne savait mieux soigner qu'elle, ou des rangements à effectuer dans le capharnaüm du grenier. Elle serait retournée dans cette maison pour revoir ses bols ébréchés, pour pouvoir fourrager dans le débarras. Elle n'éprouvait aucune gratitude à mon égard. Elle m'aurait vendue pour la canne en merisier, pour le tamis à sécher le tabac, la pauvre ! Depuis que je suis née, pourtant, j'ai fait plus que ne me le permettaient mes forces et mes moyens. Je suis allée jusqu'à partager ma vie avec elle, ce que je n'ai jamais vraiment accordé à un homme. Mais elle me préférait ses vieilleries…

Une ultime fois, la vieille femme se dressa sur son séant et adressa une muette interrogation à sa fille, du doux regard de ses beaux yeux bleus. Vision fugitive, qui se dissipa comme un fantôme. Iza se redressa sur sa chaise, chercha une cigarette dans son sac, se tamponna les yeux avec son mouchoir. La maison, son ancienne maison, peuplée d'Antal, de Lidia et de sa mère (Vince ne manquait à la scène qu'en raison de sa mort), fit une apparition sur un horizon imaginaire et disparut aussitôt ; Antal avait rêvé de l'évincer de partout, mais il avait échoué, en somme. Tu es morte, maman, songea-t-elle avec la commisération un peu forcée que l'on affecte sur la tombe de parents disparus depuis vingt ans. Tu es morte parce que le Fossé-aux-Balsamines, Antal, tes petites affaires se sont avérés plus forts que mon amour pour toi. J'ai pourtant essayé de faire tout ce qui était humainement possible. Je ne suis pas coupable.

La chaise jaune, bancale, craqua sous Domokos lorsqu'il se tourna vers Antal et Lidia. Il ne voyait que le profil du médecin, mais l'infirmière (dont l'écrivain ignorait le rôle qu'elle avait joué dans la famille) lui faisait face. Exactement le contraire d'Iza, commenta-t-il. Son visage mobile, c'est l'image même de la spontanéité et de la passion. Je ne pense pas qu'elle laissera la paix à l'homme qui l'épousera ; qu'elle trouve une raison valable de le déranger, et elle ne se retiendra pas de le faire. Et des cris, et des gestes tant qu'il n'aura pas su la calmer…

Guitza tenait de nouveau la vedette. Droite contre le dossier de sa chaise, Iza l'observait dans un numéro qui lui était spécialement destiné. La couturière, de son parler haut de ton et de couleur, invoquait le témoignage de divers absents : celui de Kolman, qu'elle ne laissait pas de haïr, celui de l'institutrice, celui de Dekker – un professeur, s'il vous plaît, lauréat du prix Kossuth –, les avis les plus autorisés pour attester que la proposition d'Antal n'avait pas le sens commun. Car enfin le monde entier connaissait le bien-être dont la disparue jouissait auprès de sa fille, qui lui fourrait de l'argent jusque dans ses armoires ; elle aurait vécu trente-six fois plus longtemps qu'elle n'aurait pas pu rembourser de tels bienfaits. Fillette, Iza était une enfant modèle. À peine son papa enterré, elle avait emmené sa maman à Budapest pour lui éviter les tristesses de la solitude. Elle l'avait installée dans son bel appartement de la capitale, moderne, avec une bonne à son service. Il fallait voir comme elle était mise, l'autre jour, en arrivant de la gare : manteau neuf, chapeau neuf, une écharpe en mohair autour du cou ! Une mère comblée… C'est vrai qu'elle n'avait pas beaucoup parlé pendant le temps qu'elles étaient restées ensemble ; mais lorsqu'on a passé soixante-dix ans, on a le droit d'être fatigué. Malgré ça, quand elle ouvrait la bouche, c'était pour chanter les louanges de cette fille si bonne et généreuse. Pour elle, la vie à Budapest, c'était le paradis. Il fallait être naïf pour s'imaginer qu'elle le quitterait pour l'enfer que représentait visiblement, aux yeux de Guitza, la vie dans une ville de province.

L'ivrogne, plus inquiet qu'il ne l'avait été jusque-là, n'arrêtait pas de se moucher, tandis que le veilleur de nuit toussotait à l'abri de sa main noueuse. Antal rougit comme si on l'avait souffleté. Lidia, pour la première fois, tenait ses yeux rivés sur Guitza comme si elle attendait qu'elle eût fini pour dire quelque chose ; mais finalement, elle y renonça. Iza, à mesure que l'autre parlait, respirait plus légèrement en même temps que se révélait une affection soudaine pour la vieille fille.

Quant à Domokos, les mots constituaient la matière première de son art, et ceux qui fuyaient de la bouche de Guitza comme d'un robinet ouvert lui en disaient plus long que des faits concrets. Ces paroles enthousiastes se chargeaient d'un contresens bourré de signification : retournées, elles laissaient apparaître une parcelle de la vérité sur le drame de la veille. Il avala sa salive et garda pour lui sa découverte.

« Bien, très bien », déclara l'officier de police. Jusque-là, les dépositions confirmaient qu'on pouvait écarter la thèse d'un suicide. C'était évidemment contraire aux vœux de l'ivrogne et du veilleur de nuit. Domokos lisait dans leurs yeux une muette prière : « Mon Dieu, faites qu'elle se soit suicidée ! » On les interrogeait à leur tour et le témoignage du veilleur de nuit permit de reconstituer le trajet probable de la disparue : elle avait dû prendre le tram jusqu'au Fossé-aux-Balsamines, puisqu'il l'avait vue arriver du côté de l'arrêt. Ses propos hésitants faisaient revivre la scène de la fontaine, la station prolongée de la vieille femme, le jaillissement irrégulier de l'eau froide. L'ivrogne bégayait de honte, et ne se souvenait de rien : après avoir noyé certain grand chagrin au bistrot, il était rentré chez lui par le Fossé-aux-Balsamines et ne se rappelait que des détails sans signification, l'épaisseur de la boue, la densité de la brume, les aboiements du chien. Son altercation avec le gardien n'était qu'une vague réminiscence, tandis que le vigile ne cessait de répéter comme une formule incantatoire propre à faire valoir la thèse du suicide : « C'est pas un endroit pour se promener, faut avoir une idée derrière la tête pour venir par là, encore mieux la nuit... »

Ce bout de phrase curieusement bâti flotta sur l'auditoire un long moment, doté d'une sorte d'apesanteur. Iza le répéta à mi-voix, et la dactylo, tandis qu'elle le tapait sur sa machine, comprenait obscurément qu'il y avait eu jadis, dans cette ville, un jeune homme et une jeune fille qui allaient s'embrasser la nuit dans les jardins, et qu'en cette fin de journée marquée par la pose de la stèle, la veuve avait toutes les raisons pour choisir le Fossé comme lieu de promenade commémorative. Domokos frémit à la pensée de cette vie mystérieuse, à jamais secrète, mise à plat dans un procès-verbal de police. Quelle image d'Épinal se dessinait au cours des dépositions successives ! Une vieille dame comblée, vêtue d'un superbe manteau à col de fourrure, poussée par des circonstances qui ont ravivé la douleur de son deuil, va errer dans le décor de son premier bonheur ; du compagnon défunt si regretté, ses songeries se tournent insensiblement vers son enfant chérie, soleil de ses vieux jours. Et parce qu'elle est timide, craintive en même temps que coquette – elle ne se résout pas à mettre ses lunettes, même par une nuit de brume où personne ne peut la voir –, la dispute de deux hommes l'effraie, elle s'égare dans le brouillard et perd une vie tranquille, assurée, qui lui aurait procuré encore tant de joies.

L'écrivain en aurait crié d'indignation.

– Hé oui, les souvenirs ! soupira l'officier de police. Tout cela me semble parfaitement clair, à présent.

– Ils appartenaient à une autre époque, murmura Iza, réellement bouleversée. Mon père et ma mère appartenaient à une autre époque...

– Eh bien, je pense que nous en avons terminé, reprit le fonctionnaire. Je vous présente encore une fois mes sincères condoléances.

Il serra la main d'Iza. C'est le moment que choisit l'ivrogne pour prendre sa tête dans ses mains, plonger dans la vraie détresse et éclater en sanglots, comme l'assassin qui découvre un peu tard la portée de son crime. Le veilleur de nuit bredouillait des bribes de phrases qui auraient pu s'adresser à son chien. Le médecin s'était retiré. Guitza reboutonnait son manteau, laissait un sourire de satisfaction errer sur son visage, puis, consciente de la gravité de l'heure et honteuse de sa légèreté, elle reprit une tête de circonstance. Iza avait l'air triste et fatigué du maçon qui a peiné à construire un mur et le voit s'effondrer sous ses yeux jusqu'à la dernière pierre.

Elle se tourna vers Domokos, lasse, trahie dans ses meilleures intentions, et esquissa un sourire pour le remercier de sa présence auprès d'elle. Pourtant, l'écrivain savait à quoi s'en tenir : la figure large et luisante de Guitza, ses niaiseries à propos du manteau neuf, de l'écharpe en mohair et des piles de billets de banque avaient révélé une vérité, entrevue à Budapest, qui s'imposait désormais avec une clarté aveuglante. « L'affaire est classée, conclut-il, classée pour toujours. »

Antal et Lidia, côte à côte, s'étaient approchés du bureau pour dicter leur état civil à la dactylo. Leurs épaules se touchaient ; la fenêtre décorée de cactées et de plantes grasses formait autour de leurs visages attristés une aura automnale accordée au chagrin des futurs époux.

Le bras d'Iza frémit sous celui de Domokos lorsque l'infirmière énonça : Lidia Takacs, née le 5 octobre 1932 à Karikásgyüd.

4

Lidia se retourna pour lancer à Iza un regard froidement objectif, le premier depuis qu'elles se connaissaient.

La jeune fille travaillait à l'hôpital depuis plusieurs mois quand elle avait rencontré la doctoresse. Elle l'avait regardée, gorgée de confiance, comme elle regardait les autres médecins qui lui indiquaient ce qu'elle devait faire pour aider à la guérison des malades. S'y ajoutait une émotion supplémentaire, car les infirmières les plus anciennes parlaient souvent de la doctoresse Szöcs, la rhumatologue, la préférée du Dr Dekker, celle qui avait été l'épouse du Dr Antal et travaillait maintenant à Budapest.

Iza revenait au moins une fois par mois à l'hôpital où elle avait débuté ; Lidia avait élaboré autour d'elle une espèce d'idolâtrie alimentée par la légende de Dorozs, la ville de verre élevée par ses soins sur les sources bouillonnantes, les récits de la guerre et de la résistance où Iza s'était distinguée, l'épopée de la reconstruction à laquelle elle avait vaillamment participé. Ses anciens camarades de faculté, ceux qui avaient assisté à ses conférences, ne tarissaient pas d'éloges non plus : intelligence, sensibilité, générosité, Iza Szöcs avait reçu tous les dons à sa naissance.

Lidia en avait fait son modèle.

Chaque fois qu'elle arrivait de Budapest, le portier s'empressait de téléphoner à tous les étages : « La voilà ! Voilà la doctoresse ! » Alors Lidia filait dans les couloirs pour être la première à la voir sortir de l'ascenseur. Il lui semblait grandir en mérite et en considération quand son idole daignait lui parler, fût-ce pour lui adresser le compliment le plus anodin, à propos de ses fleurs, par exemple : « Que leur faites-vous pour qu'elles poussent si bien ? »

Quand Antal et elle s'étaient déclaré leur amour, les sentiments de la jeune fille s'étaient modifiés à l'égard d'Iza. Tout le monde savait à l'hôpital (où l'on savait tout sur tout le monde, médecins, malades, personnel et même parents) que c'était le mari qui avait pris l'initiative du divorce. Iza elle-même ne l'avait jamais caché, malgré le tort que cela pouvait lui causer. Aux questions posées par ses amis et collègues, une fois qu'elle était de garde, elle avait répondu sans ambiguïté : « C'est lui qui veut que nous divorcions. » Dekker avait éclaté en jurons, les autres avaient hoché la tête en signe de désapprobation, et pendant longtemps Antal fut tenu à l'écart par une nette poussée d'antipathie. Quelqu'un avait clairement résumé la cause de ce refroidissement : « Si Iza Szöcs n'est pas assez bien pour lui, alors nous autres, pauvres petits médicastres, on doit être moins que de la crotte de bique ! »

Une fois Iza partie pour Budapest, les choses avaient semblé s'arranger. Antal ne se remariait pas, et les observateurs conclurent qu'il n'était pas volage mais renfermé, un ours qui aimait vivre seul dans sa tanière. « Tant pis pour lui », conclurent ses collègues avec une pointe de commisération. Les plus raisonnables admettaient volontiers que trop de facteurs mystérieux entraient en ligne de compte dans la vie d'un couple pour qu'on puisse en juger de l'extérieur. Au fond, quelle sorte de femme était-elle, la doctoresse Szöcs ? Personne n'en savait rien, étant donné que depuis sa première année de fac, Antal avait été le seul à jouir de ses faveurs. On finit par l'absoudre, et Dekker lui-même lui rendit ses bonnes grâces.

Lidia, par contre, se désolait d'aimer un homme qui avait eu pour épouse la doctoresse Szöcs.

À l'inverse d'Iza, immédiatement au diapason des patients, l'infirmière, naturellement taciturne, ne se sentait à l'aise qu'avec certains malades, en général les cas graves exigeant beaucoup de présence, qui lui permettaient de s'exprimer non pas en paroles mais par les soins attentifs qu'elle devait leur prodiguer. Sa vie n'avait rien de comparable avec celle d'Iza : point d'événements extraordinaires, une carrière scolaire sans histoire ; compte tenu de son âge, elle n'avait pas eu l'occasion d'accomplir des prouesses en collant des tracts ou en transportant des armes, la nuit, par les ruelles de la ville. Un été, elle avait bien pelleté la terre au sein de la brigade des jeunes engagée dans les travaux de régularisation de la Tisza, mais cela ne comptait pas à côté de l'œuvre gigantesque accomplie par Iza à Dorozs. Jusque sur le plan physique elle se jugeait désavantagée et considérait d'un œil chagrin ses cheveux blonds et ses yeux gris. Iza était une brune aux yeux bleus.

Elle ne doutait pas qu'en y mettant du sien elle pourrait prendre rang parmi les passades d'Antal ; le jeune médecin, par la brièveté de ses liaisons, battait tous les records de l'hôpital, où la norme n'était pourtant guère élevée, suscitant la pensée peu flatteuse que, pour lui, seule comptait la coucherie. Mais la jeune fille visait plus haut. Elle s'imaginait auprès d'un Antal fatigué, soucieux, affamé, à qui elle apporterait le repos, la quiétude et confectionnerait de bons petits plats. Un Antal débordé qu'elle seconderait dans son travail. Un Antal très proche, avec qui bavarder de tout et de rien, d'une fleur, de la guérison d'un malade, d'une robe neuve, d'un livre à lire, quand elle aurait le temps de se pencher sur autre chose que la littérature professionnelle. De fil en aiguille, et le plus naïvement du monde, Lidia était tombée amoureuse du médecin. Du jour où elle le comprit, son regard sur la doctoresse Szöcs se modifia.

Son admiration grandit encore. En plus de ses mérites, cette femme extraordinaire possédait le mot de passe permettant d'accéder à l'intimité d'Antal. Elle n'aurait pas craint de succéder à une autre qu'Iza, fût-ce à un parangon de toutes les vertus. Mais elle ne s'imaginait pas capable de supplanter Iza dans le lit, dans le cœur, dans la maison d'Antal. Impossible d'oublier une femme pareille ; impossible de ne pas faire la comparaison avec celles qui viennent ensuite. Qui oserait soutenir la comparaison ? D'ailleurs, un homme à qui une Iza n'avait pas suffi jetterait-il seulement les yeux sur une Lidia ?

Elle s'appliqua, alors, à éteindre cette flamme dangereuse, comme un infirme tente de se guérir de son infirmité en abusant de la gymnastique et des cures. En dépit de son emploi du temps chargé, elle profita de toutes les occasions de se distraire qu'offrait le « groupement de la jeunesse » de l'hôpital : la danse, le cinéma en compagnie d'un chevalier servant, la piscine en été, la luge en hiver sur la colline aux sapins, et les batailles de boules de neige. Comme une autre, elle se laissait embrasser sous la statue du poète local, tant et si bien qu'un des employés de l'économat lui parla mariage. Désolée, elle cessa quelque temps de le fréquenter, consciente, mais un peu tard, d'avoir induit en erreur un garçon sincère.

Rien de moins facile que d'oublier Antal : elle le voyait chaque jour, ils échangeaient quelques phrases anodines à propos du travail. Il lui arrivait de le rencontrer devant l'hôpital en compagnie de sa maîtresse du moment, ce qui ne laissait pas de la dépiter. Qu'est-ce qu'il lui trouvait, à celle-là ? Qu'avait-elle de plus qu'elle ? Mais elle ne ressentait aucune jalousie, plutôt une sorte de fierté mêlée de tendresse quand elle apercevait Iza dans les couloirs à la recherche de son ex-mari. Antal, de son côté, si prompt à engager la conversation avec les filles, à les emmener au restaurant, voire à les entraîner le long du sentier du Bois, se conduisait en face d'Iza comme avec un homme, lui parlait comme à un homme, lui serrait la main sans y mettre la moindre intention, et s'arrangeait presque toujours pour ne la voir qu'en présence d'un tiers, le professeur de préférence.

Lidia refusait de jalouser la femme qu'elle vénérait sous prétexte qu'elle avait vécu avec Antal. Sa passion pour la doctoresse, enfantine et comique en un sens, n'était pas dénuée d'un sentiment douloureux : il lui était doux et pénible à la fois de savoir Iza Szöcs sous le même toit, dans le même bâtiment qu'elle. En somme, l'admiration qu'elle lui inspirait ne faisait que croître et embellir.

Un événement survint qui aurait dû la renforcer : Iza fit hospitaliser son père dans le service de Lidia. L'infirmière eut le loisir de la voir à l'œuvre : elle plaisantait avec le malade, l'aidait à manger, témoignait une patience infinie, l'amusait de cadeaux divers, quémandait un sourire. Une fois sortie de la chambre, elle la voyait appuyer son front à la fenêtre du couloir et contempler les arbres d'un regard perdu comme si elle cherchait une réponse : pourquoi faut-il perdre les êtres que l'on aime ? Si, à ce moment-là, le pas hésitant de la vieille Mme Szöcs se faisait entendre sur les dalles, elle fourrait vite son mouchoir dans sa poche et s'adressait à sa mère avec un sourire : « Je le trouve un peu mieux aujourd'hui ; surtout, mon ange, prends garde de ne pas pleurer devant lui. » Chaque jour, elle offrait une gentillesse de ce genre, chaque jour sans exception.

Au chevet de Vince Szöcs, dont elle avait reçu la charge, Lidia espérait y voir plus clair dans son propre cœur. Petit à petit, j'oublierai Antal. On peut tout oublier, à plus forte raison ce qui n'a jamais existé. Elle jugeait absurde et ridicule son engouement pour le médecin. Iza redevenait sans partage l'idole de ses premières années. Avant même qu'elle la connût, on lui avait vanté le cœur d'or de la doctoresse. C'est vrai qu'elle avait un cœur d'or. Lidia rougissait à la pensée qu'elle l'avait considérée comme une rivale dangereuse.

Une nuit, Vince Szöcs se mit à parler.

Elle crut d'abord qu'il souffrait ou qu'il délirait. Elle revint vite de son erreur quand elle s'aperçut que le juge souriait, qu'il essayait de s'étirer. Il énonça, d'une voix parfaitement claire :

– Je n'ai pas rêvé depuis des années, et figurez-vous, Lidia, que dans mon demi-sommeil je viens de faire un rêve. Et quel rêve ! J'étais chez nous. Chez nous, vous vous rendez compte ?

Une infirmière, dans un cas pareil, doit « enchaîner ».

Elle arrangea donc l'oreiller sous la tête du malade, lissa les plis de sa couverture. Elle aimait s'occuper de ce vieillard fragile, doux, propret, et si courageux. Le professeur, lors de ses visites, lui lançait : « Tu verras, tu verras que tu iras au bal l'année prochaine ! » Antal mentait avec moins de talent : « Je vous trouve meilleure mine, papa », disait-il en se forçant. Le juge insistait toujours pour qu'on lui donne un médicament avant la visite de sa femme afin, comme il disait, « de ne pas l'inquiéter par une faiblesse passagère ». Sur ce mot, il clignait ses petits yeux vifs et ajoutait : « Vous savez, Lidia, ce roboratif. » La jeune fille se détournait, sous prétexte de ranger quelque chose sur la table. Il n'est pas facile d'affronter le regard d'un malade qui pressent sa propre mort.

Elle aimait Vince, non pas tant à cause d'Antal ou d'Iza, mais pour la constance qu'il déployait afin de jouer le mieux possible son rôle dans la comédie héroïque que l'on met toujours en scène autour des malades condamnés. Iza n'avait pas percé son secret, il continuerait à rire et à jouer aux cartes avec elle tant que ses forces le lui permettraient ; quant à sa femme, elle ne se doutait pas de son état. Il lui prodiguait des sourires, multipliait les signes amicaux de sa main diaphane ; la volonté, chez lui, était plus efficace que les médicaments. Il réclamait l'écouteur de la radio, les journaux – tant qu'il put les tenir –, il plaisantait avec ses visiteurs ; et s'il arrivait à Lidia de s'assoupir durant ses nuits de garde, il lui disait galamment au réveil qu'elle était fraîche comme une églantine.

Pourtant, dans l'état de demi-veille où le plongeaient les calmants qu'on lui administrait sans compter, la maladie reprenait ses droits, et tous les symptômes d'une fin prochaine se manifestaient. Les doigts exsangues du vieillard cardaient le revers de la couverture, sa voix montait, non pas sommeillante et étouffée, mais claire et distincte, comme celle d'un enfant cachottier qui se laisse enfin aller.

Lidia l'écoutait.

Les paroles du vieillard ramenaient d'un passé lointain la voix zézayante de la petite Iza, son tablier de satinette, ses nattes brunes, et de plus loin encore la robe bleu pâle, la première robe de bal de la jeune Mme Szöcs et le bouquet de pensées qui ornait ses cheveux blonds relevés en chignon sur la nuque. Puis le vieux juge gémissait, non de souffrance mais de chagrin, du chagrin qu'il avait éprouvé quand il avait été chassé de son poste comme un fonctionnaire indélicat ; et elle comprit que les récriminations adressées au pauvre homme par une épouse inquiète, jadis, il les avait pardonnées, sans doute, mais ne les avait jamais oubliées.

Le nom d'Antal revenait souvent.

Le malade lui réservait une place à part, comme s'il le mettait sur un piédestal. Ce serait donc merveilleux de vivre sous le même toit que lui ? songeait l'infirmière. « Pourquoi l'a-t-il quittée ? demandait la voix menue. C'était un garçon bien, il l'aimait tant ! Pourquoi l'a-t-il quittée, le sais-tu, Etelka ? »

Pourquoi Antal avait-il quitté Iza ? Personne n'en savait rien, à l'hôpital. De l'avis général, on n'avait jamais vu de couple plus uni : Antal, apparemment, ne songeait pas à tromper sa femme ; quant à elle, il était de notoriété publique que dès son premier jour à la faculté, elle n'avait pas regardé un autre homme. On connaissait également dans le détail leur lutte commune pour Dorozs, et la façon dont Iza, si virile dans le travail, reprenait, pour s'adresser à son mari, le plus doux et le plus féminin des sourires.

Et elle découvrait que Vince n'en savait pas plus que les autres sur les raisons de la rupture.

Cette nuit-là, le vieux juge parlait et l'infirmière prêtait l'oreille. Mme Szöcs s'était attardée plus que d'habitude. Cette longue visite avait ravivé l'image du monde extérieur, et la présence à côté du lit d'un être jeune et vigoureux tenait en éveil l'esprit du malade, bien que son corps réclamât le repos.

– Chez moi... répétait-il à l'infirmière.

– Où est-ce, chez vous, monsieur Szöcs ?

Le juge sourit et esquissa de sa main amaigrie un geste de renoncement ; depuis quelques jours, il n'avait plus la force d'aller jusqu'au bout de ses mouvements. Il répondit :

– Loin d'ici, en province...

– Ah ? Vous êtes de province ?

Le terme « province » revêt une signification particulière pour les provinciaux : il désigne tout ce qui n'est ni la capitale ni leur lieu de résidence actuel. La province : des noms de patelins comme Kazna, Dorozs, Okolacs, Kusu...

– Oui, de province, répondit le juge. De Karikásgyüd.

Lidia ouvrit de grands yeux. Elle était née à Karikásgyüd. Cette découverte les rapprocha, les enferma l'un près de l'autre.

– Un beau pays ! soupira le juge. Les rives de la Karikás sont rouges au printemps et jaune soufre à l'automne. Dans mon rêve, j'étais debout sur la digue et je n'avais pas peur de l'eau qui bouillonnait sous la roue du moulin.

– La vieille digue a disparu, fit Lidia. On en a construit une autre, en ciment, et on a régularisé le cours de la rivière.

Cette conversation marqua le début d'une étonnante amélioration dans l'état du malade. Pendant trois jours, le phénomène dérouta Antal ; Dekker se contentait de hausser les épaules, mais la vieille Mme Szöcs commençait à reprendre espoir. Une nuit que Lidia passait devant la chambre d'Antal elle l'entendit téléphoner à Iza : « Papa va tout à fait bien, il ne souffre plus, je n'ai pas la moindre idée de ce qui lui arrive… »

Pendant ce temps, la jeune fille et le vieil homme nageaient en pleins souvenirs.

Lidia connaissait, bien sûr, le monument commémoratif de la grande catastrophe ; elle avait souvent lu l'inscription : « Aux morts de l'inondation de Gyüd », et à l'école elle avait appris que l'événement s'était produit en 1887. Elle se souvenait de l'allée de saules menant à la digue que gardait, jadis, le père du juge ; elle avait participé à la démolition de l'ancien ouvrage, l'été où la nouvelle digue avait été achevée, dans le coude de la rivière, près de la centrale électrique. Elle avait vu disparaître la totalité de ce qui était si cher au souvenir du juge : le vieux moulin, les chaumières… Ils cheminaient tous les deux d'une rue à l'autre, d'une venelle à l'autre, d'un pré à l'autre. Vince décrivait à Lidia le vieux Gyüd pittoresque, et l'infirmière lui exposait le nouveau village, encerclé par d'immenses fermes d'État ; elle lui faisait découvrir le nouveau dispensaire, la station de machines agricoles, les paysans roulant à motocyclette sur des routes nouvellement tracées. Ils avaient quelques difficultés à cause des noms de rue qui avaient changé : deux noms différents désignaient parfois le même endroit, parfois le juge s'avisait que certain endroit dont parlait Lidia n'existait pas à l'époque de sa dernière visite au village.

Vince s'accoudait dans son lit, son visage pâle reprenait des couleurs. Ils parlaient du moulin. Lidia y avait beaucoup joué avant qu'il ne soit démoli pour laisser la place à un moulin électrique. Elle était née à côté et se réveillait le matin en entendant le bruissement de l'eau dans l'écluse. Vince ignorait, jusqu'à cette journée-là, que son village eût à ce point changé ; la régulation de la Karikás et les nouvelles installations avaient occupé les journaux durant l'été 1953, et c'était la seule période de sa vie où il avait cessé de lire la presse et d'écouter la radio. Le divorce d'Iza était en cours.

Ils se racontèrent leur vie.

Lidia faisait la connaissance du père de Vince et aussi de la Karikás, cette marâtre qui prodiguait poissons et écrevisses, mais qui, un jour de colère, engloutissait le tiers des habitants du village. Elle apprit les terreurs du gamin quand il guettait, à la fenêtre bleuâtre du petit matin, les rumeurs montant de la rivière du côté du barrage menacé. Elle connut Dávid, l'instituteur, le lycée, la faculté de droit, puis elle vit poindre la tante Emma et sa maison de la rue Darabont, et Kapitany…

La vie de Lidia, bien que courte, suivait les étapes de ces changements que le juge montrait tant de curiosité à connaître. Son père, berger de son état, avait quitté le Pré-aux-Bœufs de Gyüd pour aller à la guerre et n'en était pas revenu, comme Maté Szöcs avait disparu du barrage sans laisser de traces. Les études de la fillette s'étaient pourtant enchaînées sans histoire : l'école primaire, l'internat du lycée, l'école d'infirmières, tandis que sa mère gagnait sa vie au magasin de la coopérative. Son diplôme, Lidia ne le devait ni à une souscription publique, ni à la requête d'une institutrice, elle l'avait acquis aussi naturellement qu'elle était née. Elle n'avait pas, non plus, besoin d'une aumône, à Noël, pour acheter des livres. Orpheline de père, elle avait droit à plus de sollicitude que les autres.

Durant les trois nuits qui précédèrent la mort du juge, le vieillard et la jeune fille cheminèrent ensemble dans le passé et le présent, par les ruelles qui n'existaient plus du temps de Lidia, sur les routes qui n'existaient pas encore du temps du juge, et où il aurait tant aimé se promener avec Iza.

– En somme, fit-il en riant, le moulin à eau ne subsiste que sur la photo que j'ai à la maison.

Un moulin électrique... Il se demandait quel aspect offrait à présent cette rive qu'il avait si souvent photographiée quand il était étudiant à l'université.

Et trois jours durant il vécut comme un vieil homme en pleine santé pour l'unique raison qu'il pouvait enfin parler de Gyüd.

Sa femme, Etelka, n'avait commencé à vivre que le jour où ils s'étaient rencontrés... Iza, petite fille, avait horreur des histoires tristes et des ballades plaintives ; il fallait à tout prix que les morts renaissent à la vie, et elle refusait d'écouter jusqu'au bout la complainte qu'il préférait parce que la jeune morte ne ressuscitait pas. Quant à Gyüd, Mme Szöcs ne s'y sentait pas chez elle et Iza détestait cette Karikás qui avait fait tant de mal à son père. Non, le passé, elle n'en voulait pas. Et quand, à table, Vince se lançait dans une de ses évocations dramatiques, elle le regardait à travers la vapeur qui montait des assiettes et énonçait gravement : « Notre avenir sera meilleur. »

– Elle a toujours été incroyablement bonne, ajouta le malade, il n'y a jamais eu de meilleure fille qu'Iza.

Et son visage rayonna d'un air de santé vraiment effrayant.

Lidia imaginait une Iza écolière discutant de l'avenir avec son père, inspirée comme une petite prophétesse. Elle ouvrait son atlas à la carte de Budapest, parce qu'elle avait très envie de connaître la grande ville. Sur le plan, dans le Bois de Ville, elle essayait de repérer l'endroit exact où se dresse la statue du Notaire anonyme, le chroniqueur du Moyen Âge hongrois dont le portrait encapuchonné lui plaisait tant. Puis c'était Iza jeune fille, présentant la demande de réhabilitation de son père ; puis Iza jeune femme, aux côtés d'Antal ; puis Iza médecin, préoccupée de l'état sanitaire des agglomérations rurales. Penchée sur le journal, elle soulignait de l'index un paragraphe et prononçait avec componction le nom d'un homme politique ; Vince se penchait à son tour, et sa joue frôlait celle, veloutée, de sa fille.

– Je n'ai jamais rencontré de personne aussi cultivée, ajoutait le malade. Et tellement intelligente ! Vous n'en avez pas idée, Lidia. C'est dommage qu'elle n'ait jamais le temps de bavarder. Je suis sûr qu'elle saurait très bien m'expliquer le fonctionnement d'un spoutnik. Enfin, tant pis. Au fait, Lidia, comment appelle-t-on le Pré-aux-Bœufs, aujourd'hui ?

– Place de la Centrale électrique, répondit Lidia un peu étonnée. On y a érigé un monument, et autour du monument il y a un square avec des bancs.

Mon Dieu, ça n'est pas possible ! pensait-elle en même temps qu'elle parlait. Elle a tant fait pour son père, elle l'a gardé en bonne santé jusqu'à près de quatre-vingts ans, lui si fragile, elle l'aime au point de fondre en larmes chaque fois qu'elle quitte sa chambre, et elle ne l'aurait jamais emmené à Gyüd, elle l'aurait privé du plaisir de revoir son village natal ?

Le malade souriait, détendu, reposé.

– Oncle Szöcs, cria Lidia sans s'en rendre compte, le monument aux morts de l'inondation représente un jeune homme, la main en visière, qui regarde du côté de la rivière pour surveiller la crue !

Les murs, la porte, la fenêtre de la chambre s'écartèrent, les plantes vertes grandirent et bruissèrent comme les saules dans le vent, le robinet d'eau chaude, qui gouttait sans arrêt, déversa le flot transparent d'une rivière et les étoiles du mois de mars se reflétèrent, démesurées, dans les eaux de la Karikás.

Pendant trois jours et trois nuits, une bourgade de la plaine hongroise s'avéra plus forte que la mort.

Calé entre ses oreillers, presque disparu, le vieux juge eut bon pied bon œil pour sa dernière promenade. Il alla jusqu'à chanter. Antal l'entendit du couloir et se précipita pour déterminer d'où sourdait cette voix bizarrement perchée. Il trouva le juge assis dans son lit, et Lidia penchée pour mieux l'entendre. Il connaissait la chanson pour l'avoir entonnée chaque année avec ses camarades pour l'anniversaire du directeur du collège ; soit dit en passant, c'était bien de Caton de choisir cette mélopée au lieu d'un hymne à la joie… Jamais il ne l'avait entendue dans la bouche de son beau-père.

Tout en haut de la tour
Où brûlent les cierges
Résonnent les chants
D'adieu à la vierge.

Dans la chambre du haut
Sur son lit de deuil
Repose la fille
En son blanc linceul.

Comme neige d'hiver
Blanche et froide, hélas !
Ses yeux étoilés
Sont éteints déjà.

Lidia s'appliquait à lire les paroles sur les lèvres du malade en suivant la mélodie, qu'elle fredonnait d'une voix hésitante.

Moi, ce que j'aimerais,
C'est m'étendre en pleurs
À côté de toi
Jeune fille en fleur.

Elle entendit la porte qui se refermait et leva les yeux sur Antal. Elle lui adressa un regard lourd de signification, puis fit un signe de tête pour manifester que tout allait bien, qu'elle n'avait pas besoin d'aide, malgré les apparences. L'étrange voix du vieillard, enfantine et chevrotante, traversée de râles et de soupirs, allait toujours :

Comme neige d'hiver
Blanche et froide, hélas !…

Et Lidia comprit qu'elle épouserait Antal s'il le lui demandait, qu'elle n'était pas indigne de succéder à Iza, qu'elle valait bien cette femme estimée comme un modèle inaccessible. L'admiration céda brusquement la place à une vague pitié : comme si elle apprenait que la doctoresse Szöcs était unijambiste de naissance, mais que personne ne s'en était jamais rendu compte. La vierge dont la petite Iza refusait opiniâtrement d'entendre l'histoire et qui reposait à présent, blanche et froide, sur son lit de deuil, prenait pour Lidia valeur de symbole. Mon Dieu, comme elle a dû souffrir, parfois, de cette rigueur qu'elle s'impose de manière constante dans le but de chasser la souffrance de son foyer et de la terre entière ! De cette dureté de diamant que ne devaient entamer ni ballades attendrissantes ni souvenirs amollissants ! Pauvre être, qui croit que le passé nous est hostile alors qu'il est une explication, une référence, le mot de l'énigme que nous pose le présent…

Quand il fut à l'agonie, Vince crut que sa fille était près de lui parce que Lidia s'était agenouillée contre le lit et parlait comme Iza lui aurait parlé. Une même pitié, à ce moment-là, unissait dans son cœur le père et la fille. Mais quand Iza lui remit de l'argent, alors qu'elle avait joué son rôle auprès de son père mourant, une indignation violente la souleva et elle haït cette femme qu'elle avait tant aimée. Maintenant, dans le bureau de l'officier de police, elle observait le visage fatigué d'Iza et se disait pour la première fois : elle m'est indifférente. Ni haine ni amour, ni jalousie ni pitié. Au point qu'elle souhaita à la doctoresse Szöcs davantage de bonheur ; peut-être qu'elle consentirait, un jour, à écouter *La Ballade de la vierge* (tout le monde y vient tôt ou tard), et qu'en traversant la salle haute du château, dans le scintillement des cierges, elle reconnaîtrait son visage froid dans le visage blanc de la morte.

Sa mère, qu'Antal désirait garder dans leur maison parce qu'elle ne semblait pas heureuse à Budapest, n'avait pas réclamé Iza à son heure dernière. Lidia s'était agenouillée auprès de son lit, comme auprès de Vince quelques mois plus tôt, et avait prêté l'oreille aux dernières paroles de la mourante. Elle avait soif, elle voulait seulement de l'eau. Qu'a-t-elle donc fait, se demandait la jeune fille en regardant le visage triste d'Iza, qu'a-t-elle donc fait pour que sa mère oublie jusqu'à son nom sur le chemin étroit qui conduit de la vie à la mort ?

5

Les témoins pouvaient disposer, sauf l'ivrogne et le veilleur de nuit qui devaient rester. Tandis que le second tentait d'expliquer quelque chose à l'officier avec force gestes, l'autre, timidement, s'approcha d'Iza et posa maladroitement sa main sur son épaule. La jeune femme sursauta et recula d'un pas, non de dégoût pour l'haleine de l'ivrogne (qui ne répandait d'ailleurs qu'une innocente odeur de savon, témoignant d'ablutions prolongées), mais d'indignation devant ce malheureux qui osait lui offrir sa compassion et ses excuses.

Domokos intervint. Il observa le visage stupide et craintif de l'homme, instrument mal dégrossi du destin et de la mort, et, sous le regard sidéré d'Iza, il lui tendit la main.

– Ce n'est pas de votre faute, et de toute façon on ne peut plus rien y changer. Vous n'avez pas à vous sentir coupable.

Ces paroles apaisantes blessèrent Iza. Quel besoin Domokos avait-il de consoler cet individu lamentable ? Après tout, n'était-il pas en partie responsable de l'accident ? Quel besoin de l'absoudre aussi complètement ? Mais elle garda son mécontentement pour elle.

Dehors, leur groupe se défit comme un tricot qui file.

Lidia la première prit brièvement congé et monta dans la voiture de Dekker. Antal serra les mains à la ronde : il devait également retourner à l'hôpital, ils se reverraient l'après-midi, Iza n'avait qu'à donner ses ordres si elle voulait déjeuner à la maison, la mère Guitza ferait le feu et s'occuperait de tout. Sous le regard acéré de la couturière, il monta à côté de Lidia et la voiture disparut en direction de l'hôpital. Il a eu vite fait de s'habituer aux autos, constata à part soi la commère. Son père, jamais rasé, courait en caleçon en portant son baquet, et lui il roule en voiture !

Elle s'installa près de Domokos, sur le siège avant, fort aise de trôner à côté du conducteur. Il ne lui aurait pas déplu de montrer à ces gens de Budapest ce que c'était qu'un vrai repas, mais l'écrivain, de même qu'Iza, déclina la proposition d'Antal ; ils mangeraient au restaurant, ils ne voulaient pas la déranger.

Ce refus poli ne laissa pas de mortifier la couturière, en même temps qu'il flattait son amour-propre. Elle voyait bien qu'ils la respectaient, qu'ils se gardaient de lui « donner des ordres », comme avait dit le fils du tonnelier, mais d'un autre côté elle éprouvait un vif désappointement à la pensée que les événements, désormais, se dérouleraient sans elle. L'un après l'autre disparaissaient les acteurs de la pièce qu'elle suivait de près depuis si longtemps. Plus de Vince, plus d'Etelka, Iza ne reviendrait sans doute que très rarement, l'infirmière ne lui témoignait guère de sympathie, Antal la traitait en femme de ménage ; elle finirait par refaire la paix avec Kolman, bien qu'elle eût juré huit jours plus tôt, quand il l'avait obligée à reverser dans le cageot les pommes de terre qu'elle avait soigneusement choisies une à une, de ne plus remettre les pieds chez lui. Malgré tout, Kolman était un des rares à se souvenir encore de la ville de leur jeunesse, et il connaissait tous les gens qui entraient dans sa boutique. Prise d'une soudaine envie de pleurer, elle tourna la tête vers Domokos pour chasser ses idées noires. Elle détailla ses mains velues, sa crinière rousse, et le jugea assez bel homme. L'écrivain la déposa à sa porte ; elle descendit lentement de voiture, pour que voisins et passants aient tout le temps de l'envier.

Domokos, de son côté, sondait son cœur et son âme.

C'était nouveau pour lui. Depuis son plus jeune âge il avait consacré presque toute son attention au monde extérieur, pour bien reconnaître sa place parmi les hommes ; dénué d'amour-propre et de romantisme, il s'intéressait peu à lui-même. En temps normal, il aurait sûrement enregistré du premier coup d'œil, dès l'instant où il y pénétrait, le hall de l'hôtel Barány et ses meubles pompeux, ses vitrines folkloriques (pipes en terre, hussards de pain d'épice, poupées paysannes), et ses clients affairés : ingénieurs agronomes réunis pour le congrès qui, avant de repartir, leur serviette de cuir sous le bras, déposaient ou lançaient sur le comptoir de la réception des clefs accrochées à une grosse boule de bois. Mais il s'intéressa à peine à ce qui l'entourait, et c'est l'esprit ailleurs qu'il parcourut la carte que lui tendait le maître d'hôtel dans la salle du restaurant. Elle offrait pourtant des spécialités locales qu'il n'avait jamais goûtées ; au lieu de prendre du temps pour choisir, comme à son habitude, il commanda simplement deux escalopes panées.

Il faut que je prenne une décision, c'est presque une question de vie ou de mort. Il faut que je sache où je vais, comme quand il s'agit d'écrire un livre. Un précipice s'ouvre devant moi ; il suffit d'un faux pas et je tombe. Pourtant je veux vivre. Il me semble, du moins, que je veux vivre !

Iza mangeait lentement, sans appétit. Elle se sentait mieux pourtant, son visage reprenait quelques couleurs, malgré son expression de profonde tristesse. Leurs couverts étaient disposés côte à côte, ce qui lui apparut plus intime que le tête-à-tête habituel. Il lui semblait d'ailleurs qu'elle n'avait jamais connu de moment aussi intime en compagnie de l'écrivain.

Rien ne la retenait plus dans cette ville, elle en avait terminé avec Antal. Sans en mesurer l'importance, Domokos sentait que cette matinée marquait un tournant dans la vie de la jeune femme.

Elle était douce, silencieuse et reconnaissante. Sa nuque ployée, ses gestes lents, ses paroles rares lui disaient : « J'ai confiance en toi, guéris-moi, j'ai très mal… j'ai vraiment aimé maman. »

Ils rentrèrent à pied chez Antal, laissant la voiture devant l'hôtel Barány. Domokos avançait sans regarder les vitrines, ni le ciel d'automne encombré de nuages, ni la façade ocrée du temple. Quand Iza répondait au salut de quelque passant, il adressait un petit signe de tête machinal. Elle ouvrait la porte quand il recula, décidé à ne pas entrer : il était fatigué, la matinée avait été pénible pour lui également, il désirait aller s'étendre.

– Eh bien, tu peux t'étendre ici, les lits ne manquent pas. Tu ne vas pas retourner chez Dekker pour faire la sieste ?

Si, il préférait.

Iza détourna les yeux. Elle se trompait rarement dans ses diagnostics, les symptômes les plus enfouis ne résistaient pas à son attention tenace. Cette fois, elle fit fausse route : elle crut que c'était dans la maison que Domokos refusait de se reposer.

– Veux-tu que je t'accompagne ? proposa-t-elle d'un ton hésitant.

Elle craignait une réponse affirmative. Elle eût été terrifiée de se trouver si près du corps désarticulé de sa pauvre mère.

Il répondit non. Iza devait se reposer. Il lui téléphonerait plus tard pour convenir de l'heure et de l'endroit où ils se retrouveraient. Surtout, pas à l'hôpital. On y crevait de chaleur et tout le monde voudrait lui parler. Iza acquiesça, mais une vague de peur panique, de crainte soudaine devant la solitude voila son regard.

L'homme comprit cette prière muette, il discerna la mendiante aux mains jointes. Si je manque le pas, je tombe comme sa mère est tombée. Il y a tout de même une justice. Quand j'étais petit, je faisais deux fois par jour ma prière à la statue de la Justice. Adieu donc, pauvre Iza !

Il l'embrassa longuement, avidement, plein de compassion. Son visage était brûlant, et Iza sentit que ce baiser était différent, presque désespéré. Il ne l'embrassait pas ainsi d'habitude, et son regard ne brillait jamais de cette lueur sans gaieté. L'ange que sa vieille mère avait chassé deux jours plus tôt dans l'obscurité du Fossé-aux-Balsamines accourut près d'Iza pour lui glisser à l'oreille : « Ne le laisse pas partir, cours, parle, implore, cramponne-toi ! » Mais Iza demeura debout sans mot dire, elle contempla Domokos qui s'éloignait entre les façades rapprochées du passage Budenz et ne perçut pas le message de l'ange, car sa mère était la seule à entendre son langage.

Elle ferma la porte à clef. Si Guitza sonnait, elle ne lui ouvrirait pas, ni à personne d'autre, d'ailleurs ; elle jetterait un coup d'œil par l'entrebâillement des rideaux pour voir de qui il s'agissait.

Il faisait chaud et sombre à l'intérieur. Guitza avait fait du feu pendant qu'ils déjeunaient. Dans le silence, si profond qu'il en devenait irréel, elle remarqua le tic-tac de la pendule. La vieille pendule, avec sa grosse voix méchante. Elle entra dans la chambre d'Antal et ferma la porte derrière elle.

Elle savait qu'elle était ici pour la dernière fois. Après l'enterrement, la ville basculerait à l'horizon de sa mémoire, son repos ne serait plus troublé par des appels interurbains, elle serait seule, absolument seule, n'ayant plus à répondre que pour elle-même. Elle connaissait cette impression pour l'avoir ressentie le jour où on l'avait reçue docteur en médecine : quelque chose s'achève pour toujours, une nouvelle vie commence, plus dure peut-être... Les murs qui résonnaient de ses pas d'enfant tenaient une dernière fois le toit au-dessus de sa tête.

Une sorte d'angoisse lui étreignait le cœur, mais la fatigue des dernières heures, jointe à une nuit sans sommeil, pesait sur ses paupières, et elle s'assoupit à côté du feu, dans le fauteuil bas et profond d'Antal.

Elle dormait ainsi lorsqu'il rentra.

Il ignorait qu'elle était là et alluma l'électricité ; il s'approcha de la dormeuse sur la pointe des pieds. Un désordre inhabituel régnait dans la pièce comme si l'Iza méticuleuse qu'il connaissait avait fui sans prendre le temps d'effacer ses traces. Son manteau, son chapeau, son sac gisaient épars sur les meubles, elle n'avait pas eu le courage de refaire le chemin jusqu'à la penderie de l'entrée.

Antal la regarda dormir. Il retrouvait le visage d'Iza jeune fille, mais empreint d'une expression douce, triste et souffrante, le beau front de Vince, l'arc de ses sourcils, la découpe de ses yeux en harmonie avec le nez court, les lèvres enfantines et le menton légèrement fuyant de la vieille femme.

Je t'aimais, songeait Antal, je t'ai aimée comme je ne pourrais plus et ne voudrais plus jamais aimer : sans aucune critique. Je t'appartenais, mais tu ne m'appartenais pas ; même dans mes bras, tu étais loin de moi. La nuit, j'avais parfois envie de te réveiller, de te secouer, de t'arracher de force le mot de passe, de te faire dire, enfin, où je devais aller pour te retrouver. Quand j'ai compris que tu n'étais qu'une égoïste, que tu ne te donnais que dans la mesure où cela ne te gênait pas dans ton travail, j'ai sangloté de toutes les forces de mon désespoir. Mais tu n'as pas entendu mes sanglots ; et si tu les avais entendus tu aurais cru que c'était un rêve, car tu avais de l'estime pour moi, de la considération, et que selon toi un homme ne doit pas pleurer.

J'ai compris que je devais te quitter avant de subir la contagion de cette discipline terrible qui défendait ta personne et ton travail, avant de me fondre en toi au point de ne plus voir qu'avec tes yeux, avant de penser, comme toi, que Dorozs c'était de l'eau chaude et un établissement thermal, du ciment, du verre et des devises étrangères, alors que c'était bel et bien une folle envie de justifier l'existence de cette vieille source, de racheter des souffrances, de réhabiliter des morts, de prouver, enfin, que le temps peut jouer le rôle de redresseur de torts.

Je n'ai pas pu vivre avec toi.

Le jour où je t'ai vue pour la première fois, tu avais l'air d'un petit soldat résolu, près de ton père qui fut le mendiant le plus fastueux de la terre, et j'ai cru que tu serais comme lui, que tu saurais te dépenser, te dilapider de la même façon que tes parents pour le bien de tous. Or je n'ai jamais connu personne plus avare que toi, qui sembles prodigue, ni plus lâche, malgré les grenades que tu transportais dans ta serviette jusqu'à l'université, et la hardiesse avec laquelle tu répondais à l'agent qui t'interpellait. « Pourquoi me regardez-vous comme ça ? Vous n'avez jamais vu une étudiante ? » n'était qu'un faux-semblant…

Par la porte restée ouverte, Kapitany pénétra dans la chambre avec des soupirs presque humains. Antal, en secouant la cendre de sa cigarette, heurta le cendrier qui tomba. Iza tressaillit, ouvrit les yeux et sut immédiatement où elle était. Kapitany fila sous une table. Dehors, il faisait noir. Iza consulta sa montre : six heures passées.

Elle se redressa, arrangea les plis de sa jupe, tendit la main vers ses cigarettes. Antal la devança en lui offrant son paquet.

– Pourquoi Domokos est-il parti ?

Elle le regarda sans répondre.

– Je l'ai cherché partout à l'hôpital, mais il n'y avait plus trace ni de lui ni de sa voiture. Dekker m'a raconté qu'il était venu le remercier de son hospitalité et lui faire ses adieux. Il était deux heures et demie quand il a pris la direction de Budapest. Reviendra-t-il pour l'enterrement ?

Dans un premier temps, il ne remarqua pas la crispation du visage levé vers lui et les lèvres entrouvertes, et ne comprit donc pas le sens de la nouvelle qu'il lui apportait. Puis il la fixa de tous ses yeux, comme on regarde une maudite, une damnée, l'âme perdue à qui nul ne doit donner ni gîte ni couvert. « Bang », fit la grosse pendule qui n'avait jamais su dire tic-tac comme les autres, « bang, bang, bang… » Tous les deux l'écoutaient se démener comme une lionne en cage. « Bang ! »

Iza, assise, contemplait la fumée de sa cigarette, en prenant de longues inspirations pour éviter de perdre connaissance. Elle ne comprend pas, se dit Antal. La malheureuse ne peut pas comprendre.

Il se pencha vers elle, avec le geste qu'Iza avait attendu la veille. Il ne l'avait plus touchée depuis le matin où il lui avait annoncé qu'il la quitterait. Iza s'arracha à son étreinte, se leva, le regarda en plein visage comme si elle hésitait à parler, puis sans un mot elle courut rassembler ses affaires. Dans la salle de bains, la grande serviette éponge jaune séchait toujours. Elle ouvrit sa valise, y fourra ses vêtements de nuit, mit son chapeau et son manteau.

– Je crois qu'il ne me reste plus qu'à te remercier. Ce soir, il y aura des chambres libres à l'hôtel.

Sans attendre la réponse, elle marcha vers la porte. Elle marcha droit devant elle, malgré l'obscurité qui régnait dans l'entrée, et Antal la suivit. Huit ans auparavant, ils avaient marché dans la même antichambre, Iza devant, suivie d'Antal qui sifflotait vaguement en portant ses deux valises. Tous les deux savaient qu'ils avançaient ainsi pour la dernière fois. Il n'y en aurait pas de troisième.

Kapitany se lança sur leurs talons. Iza évita de se pencher pour le caresser. Le rectangle de ciel était compact, sévèrement tendu au-dessus du jardin, sans lune ni étoiles. Sous le porche, la lampe brûlait. Iza se retourna et Antal lui dit :

– Attends, je mets mon pardessus et je t'accompagne.

– Non.

Ils ne se serrèrent pas la main. La porte, bien huilée comme celle de la chambre, tourna sans bruit sur ses gonds. Antal attendit que les pas inoubliables aient décru sur le pavé de la rue, puis poussa le verrou.

On n'apercevait Kolman que jusqu'à la taille, comme s'il était coupé en deux. Il versait du lait dans un pichet de plastique bleu ; derrière son dos, s'élevait une montagne de pains croustillants. Des boîtes de conserve, un sac de noix ouvert garnissaient la vitrine, que fleurissait un bouquet d'immortelles dans un vase de terre cuite. Iza traversa et attendit, le cœur battant, que la porte s'ouvre, et la sortie précipitée de Kolman, et ses bras ouverts, et ses paroles bredouillées : « Ma petite Iza ! » Avec quelle force elle désirait le contact de la vieille main qui sentait l'oignon, et le souffle chaud de la voix familière : « Il n'y a pas de petite fille plus gentille que toi dans le monde entier… » Mais Kolman ne la voyait pas ; son corps coupé en deux était tourné vers d'autres femmes, ses mains jouaient avec la balance.

Iza dépassa la boutique.

Au coin de la rue, le marchand de journaux n'était pas à son poste. Elle s'arrêta. Avant, lorsqu'elle quittait la maison pour un voyage, elle évitait de regarder derrière elle, agacée de savoir ses parents sur le pas de la porte tant qu'elle n'aurait pas tourné le coin ; ils risquaient d'attraper froid à rester plantés là et de toute façon c'était une émotion bien inutile. Mais rien ne pouvait les dissuader de la suivre des yeux et d'agiter leurs mouchoirs tant qu'ils voyaient un bout de leur Iza ou du taxi qui l'emmenait à la gare. Vince se tenait d'une main à la gouttière en gueule de dragon, même si cette gueule déversait des tonnes d'eau sur sa manche ; il la regardait partir dans l'obscurité, sans parapluie, et la vieille femme, toujours sans châle dans le vent ou la neige, se tenait à côté de lui, uniquement pour voir le plus longtemps possible une nuque qui ne se retournait jamais, ou les feux arrière d'une voiture. À présent, le trottoir était vide devant la porte, et la rue elle-même était vide, désespérément, incompréhensiblement dépeuplée. Les fenêtres d'Antal s'éclairèrent. Alors elle souleva sa valise, comme si cette lumière avait été un signal lui interdisant de faire le guet devant la maison des autres.

Devant le temple, elle dut faire un détour pour éviter des tranchées ouvertes. Les enseignes lumineuses qu'elle avait à peine remarquées la veille la fascinaient : des lettres couraient sur les façades, une cafetière versait du café dans une tasse ventrue, au fronton de l'hôtel Barány un mouton jaune soufre, emblème de l'établissement, levait la patte comme un chien à l'arrêt.

La porte à tambour lui parut plus lourde que le matin, le hall était surchauffé, l'employé de la réception occupé par une communication téléphonique. Elle posa sa valise sur la mosaïque laide et demanda une chambre.

– Pour une personne ?

Naturellement. Elle pensa à Domokos et frissonna. Son stylo à bille refusa de fonctionner et le portier lui en prêta un pour remplir sa fiche. Elle formait lentement chaque lettre, en serrant le stylo entre ses doigts gourds.

– Tiens, vous êtes née ici ? fit le portier avec la sympathie toute neuve qu'il manifestait aux clients budapestois dès qu'ils avaient un lien quelconque avec la ville. Vous avez le n° 116.

C'était une chambre du troisième étage. Iza arriva essoufflée sur le palier. L'hôtel était tranquille, presque désert, elle n'avait rencontré personne dans l'escalier. Sa chambre possédait un balcon donnant sur l'angle de la place.

Elle ferma la porte, inspecta les lieux : des meubles impersonnels, une nature morte au-dessus du lit, un poste de radio sur la table de chevet.

Elle ouvrit la porte-fenêtre et sortit sur le balcon. Le vent se levait, malmenant les frondaisons, un vent du nord, le vent de la Puszta. Elle se laissa décoiffer, debout au-dessus de la ville, le regard perdu dans le ciel obscur.

– Mère ! cria-t-elle pour la première fois. Mère ! Papa !

Derrière elle, le vent faisait battre la porte-fenêtre demeurée ouverte. La cafetière lumineuse versa un flot de café rouge, rouge sang. Personne ne lui répondit. Les morts se taisent.

CET OUVRAGE
A ÉTÉ ACHEVÉ D'IMPRIMER
PAR L'IMPRIMERIE FLOCH
À MAYENNE EN DÉCEMBRE 2004

N° d'éd. 152. N° d'impr. 61749
D.L. janvier 2005
(Imprimé en France)